SHORT STORIES OF LIFE SERIES

为人处世的小故事

杨春雷◎编著

时代文艺出版社
SHIDAI WENYI CHUBANSHE

图书在版编目（CIP）数据

为人处世的小故事 / 杨春雷 编著. —长春：时代文艺出版社，2011.8（2023.7重印）
（小故事中的生活智慧）

ISBN 978-7-5387-3699-1

Ⅰ. ①为… Ⅱ. ①杨… Ⅲ. ①故事－作品集－世界 Ⅳ. ①I14

中国版本图书馆CIP数据核字（2011）第140155号

出品人 陈 琛
选题策划 朱凤媛
责任编辑 苗欣宇 田 野
装帧设计 孙 俪
排版制作 徐俊轩

为人处世的小故事

杨春雷 编著

出版发行 / 时代文艺出版社
地址 / 长春市福祉大路5788号 龙腾国际大厦A座15层 邮编 / 130118
总编办 / 0431-81629751 发行部 / 0431-81629758
官方微博 / weibo.com/tlapress
印刷 / 永清县晔盛亚胶印有限公司
开本 / 710×1000毫米 1 / 16 字数 / 252千字 印张 / 15
版次 / 2012年1月第1版 印次 / 2023年7月第3次印刷 定价 / 58.00元

目录
Contents

失去的金币

上帝派来的天使

仁爱之心

光荣的荆棘路

STORY

失去的金币

失去的金币

第一次世界大战结束后，一班法国军人退伍还乡。他们大多数日子都过得不错，只有一人——被毒气致残的法兰西瓦·勒布因不能正常工作而穷困潦倒。但这位自尊心极强的汉子却从不肯接受村里人的接济。

每年这班退伍军人都要举行一次宴会。这次他们在格兰登家相聚。格兰登赚了不少钱，大腹便便，自以为是。席间他拿出一枚古金币，就它的年代、珍奇及价值大谈特谈。客人们在餐桌边争相鉴赏。美酒醉人，笑语喧哗，金币很快就被遗忘了。待格兰登想起来时，金币不见了。

一时满客厅里都是盘问声和抵赖声。最后，村里的律师建议搜身检查。客人们全都同意了。

只有勒布不干。同伴们全都惊讶地盯着他。

"那么说，你是拒绝喽？"格兰登问。

勒布脸红耳赤。"是的。"他说，"这样做我不能接受。"

"您意识到拒绝意味着什么吗？"金币的主人问道。

"我没偷金币，我不会同意搜身的。"勒布回答。

客人们逐一把自己的口袋翻过来，金币仍然无影无踪。众人的目光再次投射在可怜的勒布身上。

"你一定不会再拒绝了吧？"律师问道。勒布不答。格兰登怒气冲冲地走出客厅。众人都不再跟勒布说话，朋友们怜悯地望着他。在众目睽睽之下勒布带着自觉有罪的神情离开宴会，快快地回家。

自此以后，勒布成了个名誉不好的人，人人都对他侧目而视。他变得越来越穷，不久妻子也在贫困和屈辱交加中去世了。

数年之后，格兰登家里作了些搬动，一个工人发现了那枚金币，它夹在当年用作宴客厅的地板板条中，已经盖满灰尘。

格兰登尽管自以为是，却是个正直的人。既然事实证明勒布无辜受冤，他便马上去向他赔罪。他匆匆赶到勒布家，把发现金币的经过告诉勒布，为自己的轻疑赔礼道歉。

“但是。”他最后问道，“你明明知道金币不在自己身上，为什么不同意搜身呢？”

衣衫褴褛、未老先衰的勒布呆呆地望着格兰登。“因为我口袋里有不好见人的东西。”他伤心欲绝地回答，“我一家大小连续几个星期都饿着肚子——我的衣袋里装满了从桌上拿来的食物，准备带回家去给老婆和饥肠辘辘的孩子吃。”

如果我不告诉你，你会知道吗

寒冷的春雨敲打着窗子。本来我的情绪就因手术后长期恢复不好而压抑，这样一来就更加低落了。四周沉寂无人，我油然产生一种孤独感，仿佛自己被这个世界遗忘了。显然，没有我它照样很好。

这时，邮递员来了，带来一张字条。这是一位老师写的，我每天早晨在去学校的路上遇到她，后来偶然相识了。“亲爱的珍妮，”她写道，“我的班马上就要上课了，但在我的学生来到之前我必须写上几句话。今天早晨我没见到你的微笑和招手致意，自从你病了后一直如此。我祝愿你早日恢复健康。收到这个条子你可能很惊讶。但是没有你，对我来说这个世界就失去了快乐。如果我不告诉你，你会知道吗？”

一下子，因绝望而麻痹了的感觉消失了。有人想念我，有人需要我。这个认识比医生所能开的任何药物更有效。

我仔细地把这些话重读了一遍，玩味着每一个字。最后一句引起了我的深思：“如果我不告诉你，你会知道吗？”当然，我一直不知道。如果我们不得到一些字眼，一些手势，怎么能知道别人心里想的是什么呢？

我们中的许多人自以为深于世故，喜欢掩饰自己的情感。我们不习惯于使用爱、赞美、同意这些字眼，尽管这些字可能会给那些痛苦的人短暂的安慰，甚至可能使他们原来沉闷的生活闪耀出一些光芒。

我忆起最近一次去市场的情景。在我前面的一个男子对一个面孔冷冰的售货姑娘温和地微笑着，并称赞她如此小心地包装了他买的物品。看得出，她对这出乎意料的称赞感到惊讶。不过她脸上泛起了光彩，原来紧绷得、疲劳的神色消失了。她温柔地向他道谢，然后转过身来以愉快的笑容接待我。那天，她为之服务的数百人中偶然出现的这件事，给了她热情，并由她传给了别人。

一个人，如果他尽了最大努力去工作，他就需要别人注意他，评介、赏识他。我认识一位年轻的教师。她被指派到一个城外小学为六年级学生代一个星期的课。她满怀热情，希望同学生们一起分享这一周愉快的时光，分享她对原野、对树林的爱。

但这一个星期真是糟透了，五天内有四天在下雨，孩子们很粗野而且不做作业。在最后一天，当孩子们收拾书包准备回家的时候，年轻的老师含着眼泪来见我。她说："现在我知道了，我不能和孩子们在一起，我不适合这个工作。"

多大的损失呀！如果她经验多些，老练一些，这个敏感的女孩子一定会成为一名杰出的教师。但我知道，我已不能改变她的看法了。

后来，当孩子们拥挤着上汽车时，一个女孩儿在后边磨蹭着。过了一会儿，她对这位教师说："我想为这一个星期感谢您，感谢您教给我们好多知识。您知道，以前我从来没有听到过树林中的风声，它是那么可爱，我永远也不会忘掉它。这是我为您写的一首诗，我差点没有勇气把它给您。"她从口袋里掏出一张纸给了老师，然后就跑到孩子们中间去了。

读完这儿行铅笔字，年轻教师眼里充满了泪水，不过现在是幸福的眼泪。我的心里，对这个作出了正确选择的女孩儿表示了真诚的感谢。我明白她的这一举动将使无数的孩子们享受到友爱并得到一位好老师。

如果说可爱的赞美字眼对一个人的生活道路是重要的，那它在一个人的生命开始时更为重要。孩子们还没有学到医治痛苦的经验，不知道幸福总是伴随着痛苦，失败经常点缀着成功。因此，如果他们想要成为一个真正的人，必须有人指导且坚持磨炼。但更为重要的是，孩子们渴望得到真诚的爱和赞美。为了丰富他们的情感，必须让他们听到：我爱你，我为你骄傲，我喜欢你在这儿。

这些柔和的声音，友爱的眼神，文雅的字眼，将把感情的信息传给每一个孩子。

那张使我浮想联翩的纸仍在我手里。我想讲述一件很久以前发生的事情，并要尽可能快点把它告诉别人。离我房屋不远住着一位农场主的妻子。这位老妇人把道路两旁清扫得干干净净，并且种上了花。我每次路过那儿都得到了享受，使经过一天劳累而疲惫的精神感到振奋。如果这位老妇人知道这些，她一定非常高兴。但我不告诉她，她会知道吗？

（美国）L.珍妮

送 行

对我来说，给朋友送行似乎是天下最难的事情了。我实在不擅长于干这种事，或许你也有同感。

在房间里，甚至在门阶上，我们都能与朋友十分成功地告别。那么为什么不就这样相别呢？要上路的朋友总是恳请我们不必劳神在第二天一早去车站相送，而我们却总是对这种恳请置若罔闻，认为这不过是客气话。我们及时赶到车站，可是，到那时，哦，到那时，竟出现了一条多么大的鸿沟啊！我们的感情被隔开了。我们不知该说什么好，就像不能说话的动物看着人那样地互相呆视着。我们想方设法寻话说，而又能说出些什么来呢？只能巴望着站警早点吹响哨子，来结束这令人发窘的场面。

上星期一个阴冷的早晨，我准时到达尤斯顿车站，为一位去美国的老友送行。

前一天晚上我们曾为他饯行，席间欢乐的气氛与感慨的心绪融为一体。他这一去得许多年才能回来，我们中的一些人也许将永远不会再见到他了。

我们很幸运能与这位朋友相识，想到今后不能与他在一起，大家心中深感惋惜。别离的悲欢之情洋溢着整个宴会，这真是完美的送别。

可是现在，我们来到了车站，在月台上僵硬地站着，一副不自然的样子。我们那位朋友的脸从车窗里露了出来，几乎像是一张陌生人的脸。

“东西都带上了吧？”我们中的一位打破沉默问道。

“是的，都带上了。”那位朋友轻快地点了点头。“都带上了。”他又心不在焉地重复了一遍。

“您可以在火车上吃午饭。”我说，尽管这话早就说过多次了。

“哦，是的。”他表示赞同。接着他又说火车直达利物浦。我们莫名其妙地互相看了看，“难道在克鲁不停吗？”我们中的一个人问。

“不停。”他简短地回答。接下去又是一阵沉默。然后，我们中间有一个人朝车上那位朋友点了点头，做了一个笑脸，“唔”了一声。这点头，这微笑，这意义含糊的单音词都得到了对方一丝不苟的回报。随之，沉默又被一位送行者的一阵咳嗽所打破。这咳嗽显然是做作的，但倒也能打发掉一点时间。然而，月台上依旧是一片拥挤与嘈杂，火车没有丝毫要开的迹象，我们和我们朋友的解脱时刻还没有到来。

我东张西望的目光落到了月台上一个相当壮实的中年男子身上，他正与邻近车窗里的一位女郎在依依惜别，我对他那漂亮的侧影感到有点眼熟。那女郎一望而知是个美国人，而他显然是英国人。要不是这一点，那动人的神情真要让我把他们当成是父女俩了，我想知道他们在说些什么。他注视着女郎，眼中流露出深沉的慈爱之情，十分感人。我相信他给予那位旅客的一定是最美好的嘱咐。当他最后向女郎话别时，他显得如此富有魅力，就连我站在那儿都能隐约感受到。这吸引人的力量就如同他那漂亮的侧影一样令我似曾相识。我在哪儿见到过？

我恍然回想起来了——这人是霍伯特·勒·洛斯！但是和最后一次见到他时相比，他的变化多大啊！

那是七八年前在斯特拉德时的事了。当时他没排到什么角色，向我借了半个克朗。借东西给他似乎是一件令人荣幸的事，他总是那么富有魅力。为什么这种魅力从未能使他在伦敦的舞台上走运？我始终弄不明白。他是个出色的演员，过着严肃的生活。不过，与他的许多同行一样，霍伯特·勒·洛斯不久后就流落到了乡间，于是我就像别人一样地不再记着他了。

时隔多年之后，在尤斯顿车站的月台上见到他如此的阔绰和壮实，不能不令人惊异。使他难以被认出来的不仅在于他发福了，而且还在于他的装束。当年他总是穿着一件仿羊皮的上衣，如今他衣饰庄重，华而不俗，使人肃然起敬。他看来是个银行家，有这样的人为自己送行，任何人都是足以自炫的。

“请站开——”火车就要启动了。

我向我的朋友挥手告别。

勒·洛斯却没有站开，他的双手仍紧握着那美国女郎的手。

“请站开，先生。”

他松开了手，但随即又冲上前去，轻声说了几句什么，女郎的泪水几乎夺眶而出。他目送着列车远去，热泪盈眶。

他转身见到了我，一下子又开心起来，问这几年我都躲到哪儿去了，同时掏出半个克朗还我，好像是昨天刚向我借的。他挽起我的手臂沿着月台慢步走着，一边告诉我他是如何在每个星期六爱不释手地读我的评剧的。我也告诉他，我是多么希望能再在舞台上见到他。

“啊，对了，”他说，“我现在已经不在舞台上演出了。”

他把“舞台”一词说得特别重。

“那么您在哪儿演戏呢？”我问。

“在站台上。”

“您是说在音乐会上朗诵？”

他笑了。“这个站台，”他悄声说，用手杖顿了顿地面，“这就是我所说的站台。”

难道他那神秘的发迹使得他神志不清了？我感到迷惑，但他看上去十分清醒。我只得请他解释一番。

他递给我一支烟，替我点燃之后就说开了：“我猜想您刚才是在为一位朋友送行，是吗？”我说是的。他又问我认为他刚才在干什么，我当然认为他也在为朋友送行。

“不，”他一本正经地说，“那小姐不是我的朋友。我今天早上才第一次见到她，就在这儿，”他说着，再次用手杖顿了顿地面，“离现在还不到半小时。”

我觉得自己被弄糊涂了，他却笑了笑，问我：“您可曾听说过英美社交局？”我没听说过。他解释说：“每年都有成千上万的美国人到英国来，而许多人在英国是举目无亲的。过去他们总是靠介绍信，但英国人并不好客，开那些信只是在糟蹋纸张。所以，”勒·洛斯继续说，“英美社交局就来满足这个长期的需要。美国人喜欢交际，许多人有的是可花的钱。英美社交局为他们提供英国朋友，收取的费用百分之五十付给这些朋友，其余的归局里。可惜我不是头儿，要不我一定是个阔佬了。我只是一名雇员，但就这样，我也混得不错——我是一名送行者。”

见我还没搞懂，他继续解释说：“一些美国人付不起在英国雇朋友的钱，但请人为自己送行这点钱是谁都付得起的。一个单身旅客的费用才五英镑，两人以上的团体是八英镑。他们把钱交给局里，讲好离开的日期和让送行者在月台上辨认他们的标记。然后，嗯，然后，就有人给他们送行了。”

“但是值得这样干吗？”我喊道。

“当然值得。”勒·洛斯说，“这可以使他们在离别之际不会感到被人冷落，使他们在站警面前身价陡增，可以使他们赢得旅伴们的尊敬。这里说的旅伴是指那些还要在一起坐船的人，这次送行为他们的整个航海旅行开了个好头。再说，送行本身也是够味儿。您是看到我和那小姐告别的，难道您不觉得我做得挺动人吗？”

“动人极人，”我承认，“我真嫉妒你，而我……”

“是的，我能够想象得出，您站在那儿，从头到脚地不自在，茫然地看着您的朋友，没话找话说。我懂。在我费工夫学习送行术并把这作为自己的职业来干之前，我也是和您一样的。即使现在，我也没有达到炉火纯青的地步，仍然会有怯场。您知道，火车站是一切地方中最难演戏的地方了……”

“可我不是在演戏，我的一切感受都是真的！”我愤愤地说。

“我也是在真正地感受呢，我的朋友。”勒·洛斯说，“没有感情是演不成戏的。那个法国人，叫什么名字来着——对了，叫狄德罗，他说得很漂亮，但他真懂得这个吗？火车开动的时候，您不是看到我眼里的泪水了吗？这不是装出来的，我是真正地动了感情的。我敢说您在送行时也和我一样动情，但您却没有一滴泪水可以证明这一点。您不会表达您的感情，也就是说，您不会演戏。”他又补充一句：“至少，您是不会在火车站演戏。”

“教教我吧！”我叫起来。他望着我，若有所思。“唔，”他终于说，“送行的季节快要过去了，好吧，我可以给您开个课。现在我手头学生不少，不过，”他掏出一本精致的笔记本翻了翻，“我可以在每星期二和星期五给您上一个钟点的课。”

他要的价，我得承认相当高。

一夜平安觉

没有人比我更喜欢旅行，因公或是因私，步行或是坐船，我都不在乎。任何时候，任何地方我都很乐意去。但是现在，我正坐在火车站的候车室里，诅咒着离开家的那个坏日子。

理由十分简单，我的火车将晚点3个小时。我喜欢旅行但我讨厌等待！忽然，我有了个主意，为什么不改乘长途汽车呢？我正要冲出候车室，一个服饰整齐的老先生一把拽住了我的胳膊："年轻的女士，在赶长途汽车之前为什么不先看看时刻表？"我张大嘴吃惊地望着他：他如何知道我的心思？没容我吐一个字，他又笑着说："你很奇怪我怎么知道你的计划是不是？你看，我的火车也晚点了，我也动了同样的念头。

"但是过去的经验告诉我，出门在外时，头脑太灵活往往得不偿失。愿不愿听我谈谈如何得此经验的？愉快的谈话能打发时间，在你知道这点之前，你的火车恐怕早到站了。"

好吧，事实上我很喜欢听故事，所以是不会拒绝的。一俟我坐下，老先生便开始了他的故事。

"你看见了，我带着几个照相机，我是个职业摄影师，干得不坏，能自由选择何去何从。但在我年轻的时候，情况可大不一样。我必须接受给我的工作。那一年，我的主要工作是在奥地利冬季奥运会上摄影，我没日没夜地干了8天。为了省钱，我和另外两个摄影师合住一间旅客房。我们趣味相投，相处得很融洽。只是有个问题，不能安静地睡一觉。干完活之后，我计划再多住一宿，好好休养一下。

"那天下午，我进了房间，脱下衣服蒙头就想睡一觉。但是，门响了，我去开门，一个服务员塞给我一份电报，上面写着：乘第一班飞机去巴黎，到达后给杂志社打电话。还有编辑的签名。天哪，可是我无法选择，虽然我极需睡眠，但这个差事更重要，我得立刻出发。我冲到楼下的咖啡厅，猛喝了几杯咖啡，然后直奔旅行社订票，下一班飞机是晚上7点起飞，现在是5点30分，回旅馆收拾了一下，半小时后便坐在了去机场的出租车上。一场小雪正轻盈地飘着，司机忽然说希望雪不要越下越大，否则机场将会被迫关闭。

"机场关闭？这个消息真是太棒了，我简直不敢相信。噢，雪下得大点吧！我开始美滋滋地设想：航空公司会免费安排旅馆的，我可以美美睡一觉，明天赶头班飞机回巴黎。太棒了！丰盛的晚餐，热水澡，最后上床……"

"后来呢？"我迫不及待地问，"机场真的关闭了？"

老先生顿了片刻，说："我刚才告诉过你，那时我年轻，爱耍小聪明。他们真的关了飞机场。航空公司真的免费给我们安排了旅馆，但并不是每人一间，单身的乘客被告知要和另一个人合住一间客房。我气极了，决心无论如何一定要为自己争取个独住的房间。到了旅馆后，乘客们在登记处前排起了长队。轮到我的时候，服务员问：'你是一个人吗，先生？'我没回答，反而闭上了眼睛。'你觉得不舒服吗？'语气中并无关切之意。

“我说：‘我得了一种奇怪的病，一睡着呼吸就停止，我正要去巴黎看一位名医，直到那时为止我不能睡觉，我必须整夜在房里亮着灯。’一个不坏的故事，我祖父曾得过这种病。我一本正经地看着服务员，也许他不会信我这个故事。可是我猜错了，他无奈地递给我一把钥匙：‘我们只有几个房间，不过很显然您得一个人住一个房间，这是202房间的钥匙。’

“我无法形容我的喜悦之情，简直想拥抱那个可怜的受骗者。但就在我接过钥匙的时候，一个矮个子走到队伍前面，戴着墨镜，拄着金属拐杖。他对服务员说：‘我很高兴能和这位先生共住一室，我不在乎灯，我是个盲人。’我简直不敢相信自己的耳朵！服务员如释重负，非常高兴地将钥匙交给我们，那个矮个子也很高兴。只有一个人愁眉苦脸，你知道他是谁。我提了两个人的行李进了房间……”

“好了，你虽然不能一个人住一间房，但是总能好好睡一觉了。”我说。

“哪里。”老先生露出一丝苦笑。

“那是个盲人，你总可以把灯关上吧？”

“唉！我们进了屋，那人对我说：‘朋友，非常遗憾你得了那种怪病。但是我也有点高兴，老实说我自己也很难入睡，今晚恐怕也睡不着，我有失眠症。所以我想和你合住一室，你我都睡不着，倒可以聊聊打发时光。’他那么满怀希望地望着我，我实在不忍心告诉他真相，他需要我，他以为我也需要他，可怜的人。我谢过了他，于是和他吹了一个通宵，唉！哦，你的火车到站了，可爱的女士。”

我抬头一看，正是我要坐的列车，于是谢过了老先生：“真是一个有趣的故事！”

火车启动了，我把头伸出窗外，准备和我的新朋友握手告别。你猜他在干什么？给我拍了一张照。哦，真棒！

（美国）J·W·布兰克

知　音

不知是出于个人的爱好还是生计的必需，小个子提琴手鲁道夫总是独自驾小船在斯堪的纳维亚漫游，在那些小小的海港城市里举办个人音乐会。如果能找到伴奏者，那当然好；没有的时候他就演奏一些不需要伴奏的作品。偶尔他特别想要钢琴给他伴奏，他就在脑子里想象一架。这样，即使没有钢琴在眼前，他也可以把为提琴和钢琴谱写的奏鸣曲一口气拉下来。

有一年，鲁道夫跨海到了冰岛，沿着嶙峋的海岸，在一个个小城镇里做巡回演出。这是一块威严、冷峻的土地，可是这里的人民却从不忘却好客的规矩。因为他们知道，也许某一天上帝也会使他们变成身在异乡的陌生人。鲁道夫的听众并不太多，就是在他演奏得格外出色的时候，他们也往往不动声色。从古时候起，这里的人们就把精力统统用在辛辛苦苦的劳作上了。有时当地学校的教师把他们召集起来，告诉他们理应知道贝多芬、巴赫、莫扎特等的名字。人们往往呆坐在那里，瞧着这位小个子琴师闹腾一番，最后表情庄严地返回家中，像接受了一次深刻的教诲。不过他们是付钱的。

一次，鲁道夫又驾起他的小船，从一个小城出发到另一个地方去。忽然东北方的天空变得昏暗吓人，一场暴风雨就要降临冰岛。这时他正绕着一个荒凉、险峻的海岬航行。他打开地图，发现最近的港口也要半天的航程才能到达。他开始忧心忡忡起来，但忽然发现离岸边不到一英里的地方有个小石岛，岛上有座灯塔。他吃力地把船靠上小岛。灯塔下面是峭壁，岩石中开辟了一段台阶，拾级而上，便可以到达上面的灯塔。在飞渡的乱云的背景下，有一个人站立在高高的崖顶上。

“欢迎您！”声音在峭壁间轰鸣着，给像要把小岛席卷而去的波涛增加了声势。

天很快就黑了下来。小岛的唯一的主人带着来客顺着螺旋型的楼梯爬上灯塔的三层，然后就忙着去作应付暴风雨的准备了。他的主要任务就是看守灯塔。灯塔终年光华不灭，雄视着整个这一片海域，一丝不苟地向过往这片海域的船只传递着庄严的、无声的信息。

守灯人是个魁梧的老人，花白胡须垂在胸前。他的行动迟缓，笨重，不慌不忙，他在自己的独自的天地里，有条不紊地做着一切。他不大讲话，比起其他那些构成他生活内容的因素——海洋、暴风、塔楼，恐怕语言对他不甚重要。而他平和的内心却和那狂暴的外部世界形成对照。

简单的晚餐之后，两人对坐着，各自想着对方的存在。灯塔在头顶上熠熠闪光，咆哮的风浪一下一下重重地撞击着灯塔的墙壁。为打破僵局，鲁道夫请对方抽烟，又忽然觉得这多少显得幼稚。老人微微笑了笑，摇头表示拒绝，好像他对鞭长莫及的东西没有任何企求。他坦然地坐在那里，沉思着什么，一双劳动的大手放在张开的两腿上。

鲁道夫觉得，守灯老人一定也能真切地感受到窗外那撞击着灯塔的惊涛骇浪，但他对这太熟悉了，好像什么也没发生，好像他的心跳和血液的不自觉的流动。尽管老人表面上对客人彬彬有礼，但实际上已经把鲁道夫神不知鬼不觉地变成了他的世界的一部分。

鲁道夫慢慢从老人嘴里得知了他的一点身世。八十三年前他就在这座灯塔上出生，当时他的父亲也是守灯人。教他读《圣经》的母亲是他所认识的唯一的女人。他每天读《圣经》，再没有其他书可看。

当音乐家的鲁道夫也没多少时间读书，但他毕竟一直生活在城市里。他弯下腰，从琴盒里取出他那把心爱的提琴。

“您拿那家什干什么用？”老人问。

起初鲁道夫以为主人在开玩笑，但看到对方泰然的表情，他才知道并非如此。老人甚至丝毫没有表现出对乐器的好奇，而只有对他，包括他的那件“家什”在内的整个人的兴趣。在平时，鲁道夫决不相信有人居然不知提琴是何物。而现在他不想笑。他只感到世界太大、太深不可测，而自己太渺小，能力太有限。

“我用它来搞……音乐。”他结结巴巴地低声说。

“音乐？”老人缓缓地说，“哦，听说过，可是没见过。”

“音乐不是看的，是听的。”

“啊，对了。”老人同意道，话音里不无谦卑。这也是造物的一部分，世上所有事物都有各自的神奇之处。

万物促使人们去永无休止地认识世界，每件事物在它的稍纵即逝的短暂存在中，给人们留下难以磨灭的光辉。

老人的灰眼睛睁得大大的，注视着这位瘦小的提琴手，使他感受到了一个人所具有的全部存在价值。

风雨、灯塔和老人突然使鲁道夫兴奋起来，使他内心充满了怜爱之情，赋予他一个比他自身大无穷倍的广阔空间。他想为老人创造出一个烈火与繁星的杰作。他站起身，扬起琴弓，在涛声的伴奏下，演奏起来——贝多芬的克鲁采尔奏鸣曲。

分分秒秒在琴弦上流淌，一瞬间等于创造那个烈火与繁星的世界的数日；腾腾喷向天空的生命之火、缓缓注入心域的万物之泉；惊雷的呐喊，软风的抚慰；情感搏斗的波峰浪谷、世界的大同、人类崇高精神光辉下的灿烂谐音……鲁道夫从未演奏得如此炉火纯青，也从未得到过这般不同凡响的伴奏。海浪和暴风用巨大的手指敲击着塔楼，熠熠的灯塔自信地持续着一明一暗的循环。最后一声音响消失了，鲁道夫把头垂在胸前，大口地喘着气。大海在小岛周围翻腾着，咆哮着，像鼎沸的人声，在给他喝彩。

老人自始至终都一动不动地坐在那里，宽大、粗糙的手放在大腿上，低着头，使劲地听着。曲终许久，他依然静静地坐着。然后他仰起脸，平静地、显得很有鉴赏力地抬起手，点点头。

“对，一点不假。”他说道。

（美国）约翰·贝里

盛开的鲜花

一连好几年，守墓人每星期都收到一个不相识的妇人的来信，信里附着钞票，要他每周给她儿子的墓地放一束鲜花。后来有一天，他们见面了。

那天，一辆小车开来停在公墓大门口，司机匆匆来到守墓人的小屋，说：“夫人在门口车上，她病得走不动，请你去一下。”

一位上了年纪的妇人坐在车上，表情有几分高贵，但眼神哀伤，毫无光彩。她怀抱着一大束鲜花。

“献花。”守墓人答道。

“对，给我儿子。”

“我一次也没忘了放花，夫人。”

“今天我亲自来，”夫人温柔地说，“因为医生证实我活不了几个礼拜。死了倒好，活着也没意思了。我只是想再看一眼我儿子。亲手来放一些花。”

守墓人眨巴着眼睛，苦笑了一下，决定再讲几句：“我说，夫人，这几年您常寄钱来买花，我总觉得可惜。”

“可惜？”

“鲜花搁在那儿，几天就干了。没人闻，没人看，太可惜了！”

“你真的这么想的？”

“是的，夫人，你别见怪。我是想起来自己常去孤儿院，那儿的人可爱花了。他们爱看花，爱闻花。那儿都是活人，可这儿墓里哪个活着。”

老夫人没有做声。她只是默默地祷告了一阵，没留话便走了。守墓人后悔自己说的一番话太欠考虑，这会使她受不了。

可是几个月后，这位老妇人又忽然来访，把守墓人惊得目瞪口呆：她这回是自己开车来的。

“我把花都给那儿的人们了。”她友好地向守墓人微笑着，“你说得对，他们看到花可高兴了，这真叫我快活！我的病好转了，医生不明白是怎么回事，可是我自己明白，我觉得活着还有些用处。”

“为小事而生气的人生命是短促的”

英国著名作家迪斯雷利曾经说过：“为小事而生气的人生命是短促的。”对这句寓意深刻的名言，法国作家莫鲁瓦作过下面的解释：“这句话可以帮助我们忘却许多不愉快的经历。我们常常为一些不令人注意、因而也是应当迅速忘掉的微不足道的小事所干扰而失去理智。我们生活在这个世界上只有几十个年头，然而我们却为纠缠无聊琐事而白白浪费了许多宝贵的时光。试问时过境迁，有谁还会对这些琐事感兴趣呢？不，我们不能这样生活。我们应当把我们的生命贡献给有价值的事业和崇高的感情。只有这种事业和感情才会为后人一代代继承下去。要知道，为小事而生气的人生命是短促的。”

这儿有一个哈里·埃默生博士讲述的非常有趣的故事，一个有关森林之王胜败兴衰的故事。

在科罗拉多河畔的一个山坡上有一株死去的大树。据生物学家估计，这株大材屹立在那儿已有四百多年历久了。当初哥伦布在圣萨尔瓦多登陆时它已存在。在漫长的岁月中，它曾先后遭受过14次雷电的袭击，四个多世纪以来无数次的雪崩和风暴它都傲然挺过了。它巍然耸立在山上，不曾畏惧过一切强暴，可是在一群很不起眼的昆虫的攻击下，它却倒下了！这些昆虫穿透它的树皮，蛀空它的树心，用它们微弱的、然而不间断的进攻最终彻底瓦解了它的战斗力。一株参天的巨树，一株几百年来雷电劈不死、飓风刮不倒、任何东西摧毁不了的巨树，终于被一群小得可怜的、我们用手指头轻轻一压就会成烂泥的虫子征服了。

我们难道不也跟这株饱经风霜的森林之王一样吗？我们不也能经受住生活中各种风暴、雪崩、雷电的袭击。而却让忧郁“昆虫”渐啖我们的身心和情绪，而最终失却我们强壮的体魄吗？像这些忧郁“昆虫”也都是用手指轻轻一压就会成为烂泥的区区小物啊。即使像鲁迪埃德·基普林（英国作家）这样的非凡人物，有时也会忘记上述名言。因为他曾经向他的舅子起诉。造成了美国佛蒙特州历史上最有名的家族不和案。曾有人专门对这个耸人听闻的案子著书立说，书名就叫《佛蒙特州基普林的家庭之争》。

事情经过是这样的：基普林跟佛蒙特州的一个名叫卡罗琳·巴勒斯蒂的姑娘结了婚。婚后，基普林便在该州的布拉特利博罗市修了一幢非常漂亮的房子，然后搬到那儿住下来度过他的垂暮之年。他的舅子比特·巴勒斯蒂是他最要好的朋友，他俩工作休息都常在一块儿。

后来基普林买下了巴勒斯蒂一块地皮，并互相说定：巴勒斯蒂有权收割这块地上的青草。可是有一天巴勒斯蒂看见基普林正把这块草地改建成花团，这可把他气炸了，当即出言不逊，骂将起来。基普林也不示弱。于是佛蒙特这块草地之争便结下了两个朋友之间的冤仇。

几天之后，基普林骑着一辆自行车在路上碰见了他的妻弟巴勒斯蒂。后者坐在一辆双套马车上挡住了去路，硬要基普林下自行车让他过去。就因为这么一点小事，基普林丧失了理智，发誓要到法院去告他妻弟。一场耸人听闻的案子就这样发生了。新闻记者们从各大城市向布拉特利博罗蜂拥而至。消息传遍全世界。基普林从这次官司中得到了什么呢？一无所获。相反，他还不得不按照法庭宣判，他跟他的妻子一起永远离开他在美国的这幢住宅！就因为这么一点区区小事，就因为园子里的一些青草，带来了这许多怨恨和痛苦，这又何必呢？“要是你能保持内心的平静，而不管他人如何有负于你就好了！”写书的作者这样写道。

两千多年前的古雅典政治家伯里克利斯就曾说过：“请注意啊，先生们。我们太多地纠缠于小事了！”这一警言同样也适用于今天的人们。

早安的魔力

1930年，西蒙·史佩拉牧师每日习惯于在乡村的田野之中漫步很长的时间。无论是谁，只要经过他的身边，他就会热情地向他们打招呼问好。

其中有个叫米勒的农夫是他每天打招呼的对象之一。米勒的田庄位于小镇的边缘，史佩拉每天经过时都看到他在田里勤奋地工作。然后这位传教士总会向他说："早安，米勒先生。"

当传教士第一次向米勒道早安时，这个农夫只是转过身去，像一块石头般又臭又硬。在这个小乡镇里，犹太人和当地居民处得并不太好，成为朋友的更绝无仅有。不过这并没有妨碍或打消史佩拉传教士的勇气和决心。一天又一天地过去，他持续以温暖的笑容和热情的声音向米勒打招呼。终于有一天，农夫向传教士举举帽子示意，脸上也第一次露出了一丝笑容。

这样的习惯持续了好多年，每天早上，史佩拉会高声地说："早安，米勒先生。"那位农夫也会举举帽子，高声地回道："早安，西蒙先生。"这样的习惯一直延续到纳粹党上台为止。

史佩拉全家与村中所有的犹太人都被集合起来送往集中营。史佩拉被送往一个又一个的集中营，直到他被送往位于奥许维滋的集中营。

从火车上被放下来之后，他就等在长长的行列之中，静待发落。在行列的尾端，史佩拉远远看出来营区的指挥官拿着指挥棒一会儿向左指，一会儿向右指。他知道发配到左边的就是死路一条，发配到右边的则还有生还机会。

他的心脏怦怦跳动着，愈靠近那个指挥官，就跳得愈快。很快，就要轮到他了，什么样的判决会轮到他？左边还是右边？

他离那个掌握生死的独裁者还有一段距离，但是他清楚这个指挥官有权力将他送入焚化炉中。这个指挥官到底是个什么样的人？他怎么能在一天之中将千百人送入枉死城中？

他的名字被叫到了，突然之间血液冲上他的脸庞，恐惧消失得无影无踪了。那个指挥官转过身来，两人的目光相遇了。

史佩拉静静地朝指挥官说："早安，米勒先生。"

米勒的一双眼睛看起来依然冷酷无情，但听到他的招呼时突然抽动了几秒钟，然后也静静地回道："早安，西蒙先生。"接着，他举起指挥棒指了指说："右！"

史佩拉边喊边不自觉地点了点头。

"右！"——意思就是生还者。

学会宽恕他人

罗依·马斯特斯在他的《心理健康要诀》中指出，倘若有人冒犯了我们，我们应感激他们才是。他解释说：他们是在做好事。因为，当我们原谅了那些冒犯我们的人时，同时也就消除了一些我们从前给他们造成的冒犯。我们由此也获得了一条有益的教训："要取得别人的宽恕，你首先要宽恕别人。"

那些不能谅解他人的人，其自身可能遭受身体、智力、情感甚至精神上的伤害。凯西的例子就很有说服力。凯西一生都痛恨她的父亲，而且她认为这种痛恨完全是正当的。据称，父亲抛弃了母亲、凯西和其他六个孩子。每当母亲怀孕时，父亲就失踪了，直到婴儿降临到世上，父亲才露面。而一旦他回到家，从前的痛苦经历就又会重演，他让每一个孩子受尽打骂，有时甚至还用马鞭毒打母亲。母亲和孩子们对他怕得要命，谁也不知道他会在什么时候发脾气打人。有时，凯西被吓得藏在床下或桌下。许多人都认为，凯西痛恨父亲完全是正当的。

然而，凯西的这种持久的愤怒给自己的生活和感情造成了很大的伤害。和父亲一样，凯西常常会因为一些小的差错而用鞭子抽人。她的行为使她丢掉了一份份工作，她和许多人相处得既紧张，又无趣。

她的痛恨与苦恼最终伤害了她的健康。她患上了头疼、胃病和关节炎。尽管医生为她的病尽了最大的努力，她仍然感染了许多疾病，体弱不堪。到了她25岁生日时，凯西的外表已像个中年妇女了。

她知道，如果她学会了宽恕父亲，她的状况会好得多；但是，她做不到这一点，她也不希望其他任何人宽恕她自己。每当她追忆起往日的痛苦生活，她就愤怒地大叫："他这个糟糕透顶的家伙，看看他做过的那些事！"然而，凯西在内心深处一直在提醒自己："要得到宽恕，你自己必须宽恕他人。"为求得宽恕，我们会不惜一切代价。凯西也不例外，她希望有朝一日能卸去心灵上的包袱，希望求得他人的宽恕。于是，她开始了这个艰难的宽恕历程，她这么说了一句："我宽恕你这个该死的。"

最初，这样做很困难，凯西感到自己有些不诚实，因为她心目中一点也没有宽恕父亲。

但她坚持了下来，口中的语言也变得缓和了。不久，她就不再说"你这个该死的"。当她了解到父亲何以对他们如此残暴时，她开始可怜他；最后，她对父亲有了真正的爱。

凯西宽恕了父亲之后，她也开始宽恕自己，爱自己。最终，她摆脱了身体的各种疾患，走向新的生活。通过这个经历，凯西认识到，宽恕不仅使被宽恕者受益，而且，宽恕者自己亦受益匪浅。

当一个人不再背着拒不宽恕的包袱时，他的心境就会重新获得宁静，轻装前进。人的头脑是个十分奇妙的工具，它能将信息储存起来，以备日后查找。如果一个有关冒犯的（包括实际的和感觉到的）消极念头存在着，改变这一心理印象的能力也存在着。消极的记忆可以通过宽恕他人和宽恕自己而得到改变。

西奥多·恺勒·斯皮尔斯强调指出："如何宽恕他人，这是我们需要学习的一种能力；我们不能将宽恕视作一种责任，或视作一种义务，而要把它当作类似于爱的体验，它应自发地到来。"

对指责你的人表示感谢

乔治·罗纳在维也纳当了很多年律师，但是在第二次世界大战期间，他逃到瑞典，一文不名，很需要找份工作。因为他能说并不能写好几国语言，所以希望能够在一家进出口公司里，找到一份秘书的工作。绝大多数的公司都回信告诉他，因为正在打仗，他们不需要用这一类的人，不过他们会把他的名字存在档案里……

不过有一个人在给乔治·罗纳的信上说："你对我生意的了解完全错误。你既错又笨，我根本不需要任何替我写信的秘书。即使我需要，也不会请你，因为你甚至于连瑞典文也写不好，信里全是错字。"

当乔治·罗纳看到这封信的时候，简直气得发疯。于是乔治·罗纳也写了一封信，目的要想使那个人大发脾气。但接着他就停下来对自己说："等一等。我怎么知道这个人说的是不是对的？我修过瑞典文，可是并不是我家乡的语言，也许我确实犯了很多我并不知道的错误。如果是这样的话，那么我想得到一份工作，就必须再努力学习。这个人可能帮了我一个大忙，虽然他本意并非如此。虽然他用这种难听的话来表达他的意见，但是对我是一个帮助，所以应该写封信给他，在信上感谢他一番。"

于是乔治·罗纳撕掉了他刚刚已经写好的那封骂人的信，另外写了一封信说："你这样不嫌麻烦地写信给我实在是太好了，尤其是你并不需要一个替你写信的秘书。对于我把贵公司的业务弄错的事我觉得非常抱歉，我之所以写信给你，是因为我向别人打听，而别人把你介绍给我，说你是这一行的领导人物。我并不知道我的信上有很多文法上的错误，我觉得很惭愧，也很难过。我现在打算更努力地去学习瑞典文，以改正我的错误，谢谢你帮助我走上改进之路。"

不到几天，乔治·罗纳就收到那个人的信，请罗纳去看他。罗纳去了，而且得到一份工作。

寻找微笑，与人分享

那是个很普通的星期三，我和我太太正在安养院里聊着我们心脏病发作、却能逐渐康复的事情。不久，安养院内另一位居民米芮安过来问我们，能不能和她聊一会儿。

"我一直认为如果要快乐，就需要三个条件：有个人可以爱，有件事可以做，有件事可以期待，"她说，"现在我有这里的人可以爱，这里的活动也让我不至于无事可做，不过我却没有什么可以期待的事情。你们有没有什么好的建议？"

“你来这里以前都期待些什么？”我们问。

“哦，我以前很喜欢和人家一起大笑。”米芮安说。

“你们都笑些什么？”我们问。

“笑我看到、听到、摸到、尝到或闻到的每样东西。”她说着露出一个微笑。

就在那一刻，我们有了灵感，决心推行一项计划。我们开始刻意寻找能给人带来幽默的事物，同时将五官的各种感觉全都用上。

一开始我们找到一张海报，上面说：“生命太重要，因此不能严肃看待。”我们又找到一个按钮，上面写着：“享受生命，这不是预演。”有个茶包上写着：“你就像这个茶包……只有在热水中才能了解自己的能量。”

我们持续不断地寻找，发现卡通、录像带、录音带里，全都充满幽默的表现。有人会带些保险杆上的贴纸、插画、书籍、游戏、有趣的漫画和杂志给我们。我们则将书籍、录音带、问假卡以及适合各种年龄儿童玩的玩具搜集起来，装成幽默篮，而填充玩具永远是最受欢迎的项目，卡斯克球次之，当然每个篮子里更少不了吹泡泡的肥皂水。

我们当然也为米芮安——那位促使我们推动这项计划的人，准备了一个幽默篮。她告诉我们，她每天生活的高潮就是和他人（院里的居民、访客……随便她碰到的什么人）分享篮里的东西。有人说她这样做其实是在寻找微笑，与人分享，于是我们就将自己的计划命名为“寻找微笑，与人分享”。

这项计划相当成功，到后来，连其他安养院都听说这件事，而向我们提出一些特殊要求。

有一家安养院请我们做了一个特别的幽默车，就像超级市场的购物车那样，由义务工推着穿过走廊，和两旁商店里的人分享微笑与笑声。另一家安养院则请我们布置一个幽默房间，里面还有录放像机，可以播放趣味录像带，不久就有许多家庭捐出他们最喜欢的录像带，像“体育大乌龙”、“欢笑一箩筐”以及千面女郎卡萝·伯特和强尼·卡森演出的幽默短剧等。

一开始，这只是帮助一个老妇人的简单举动，没想到后来却成为我们终生努力的目标。

米芮安如今已投入上帝怀抱，但我们最后一次看见她时，她还在安养院商店的门上贴着一张纸：“能嘲笑自己的女人最快乐，因为她永远不乏乐趣的泉源。”

难忘的两件事

一个人具备什么样的优点，才能成为我们所尊重的楷模呢？我想，大多数人都会认为，这个人应主持正义、诚实、心地善良、勇敢、意志坚强，当然还应该谦虚。

谁也不希望自己成为一个吹牛家，也没有人愿意做一个骄傲自大、目空一切的人。但是，夸夸其谈和骄傲自大的思想却在我们中间许多人身上潜藏着，而且会自觉或不自觉地一下子流露出来。

我手头保存着几张照片。照片上，我的头发全无，是个秃子。每当我看到它们，心里总是涌腾起一股深深的惭愧之感。

事情是这样的：大约在卫国战争爆发的前一年，莫斯科电影制片厂决定拍摄一部描写俄国著名元帅苏沃洛夫的影片。苏沃洛夫性格急躁，极为好动。导演组全力以赴挑选具有类似性格特点的演员担任主角，仍是一筹莫展。

就在这时，一位熟人偶然同我谈道："难道我国电影界中真的没有一位能演苏沃洛夫的演员吗？"

我的脑子里豁然一亮："为什么我不来演这一角色呢？眼下我没有拍摄任务……对，就这么办！我来演苏沃洛夫！"

在年龄方面，我不大适合演这个角色。不过可以经过化妆来弥补差距。而最主要的，是我的体态和长相与这位俄国元帅相去甚远：苏沃洛夫身体瘦小，面庞瘦削，脸部线条分明。可我正相反，体格粗壮，是个圆脸膛……然而话又说回来了，我是演员哪！斟酌再三，最后一鼓劲我向摄制组提出，由我来演苏沃洛夫吧。摄制组回答说，他们已找到合适的人选了，不过如果我执意要演的话，可以为我进行一次彩排。

我深信，这个角色一定将会由我来演。因为当时我在电影界中已算是一位颇有名气的演员了，而我的竞争对手呢，不过是个初出茅庐的新手。再说，我的愿望，导演和制片人也都一定会尽量给予照顾的！

我到理发店剃光了头发。秃头更适宜粘假发化妆。

然而，苏沃洛夫我没有演成。另一位同志比我更合适：他的外形酷似角色，表演也比我强……我痛责自己过分自信，骄傲自大。我懊悔自己不够谦虚。我对自己发誓：今后任何时候再也不做说大话、过分自信的人了。可是，剃光的头顶再长出头发来，那得需要好长一段时间哪！

我一直忘不了这次不光彩的失败。在以后几年时间里，它使我比以前虚心谨慎了些。但十分遗憾，随着时间的推移，这次教训所带来的痛苦渐渐被我淡忘了。骄傲自负这个魔鬼又重新占据了我的头脑。于是又发生了一件事。那是在国外，在巴黎。

那是在国外，在巴黎。法国苏联之友协会为欢迎来法国的苏联电影界人士举办了一次晚会。会上为巴黎市民放映了苏联著名影片《宝石花》。大厅内座无虚席，观众反映热烈，不断鼓掌向我们这些出席晚会的苏联电影工作者致意。放映结束，人们纷纷拥到我们面前，将我们团团围住。巴黎市民很熟悉我国的电影，认得许多影片的主人公。他们也还认出，马克辛——一位年轻的彼得堡布尔什维克，就是由我扮演的。

热烈的握手，友好地拍肩致意，然而这不过只是个序幕。接着便是请我们签名题字。当时，我随身连一张照片或名片都没有了，只好把名签到随便到手的东西上，有节目单、入场券，还有记事本等。手中的钢笔用完了墨水，立刻有人递过来铅笔。我不断地签名，手发酸了，麻木了，铅笔折断了好几次，但周围仍是一批又一批请求签名的人。他们喊着说着："马克辛，马克辛，请给签个名！"

第二天一觉醒来，我心里仍荡漾着幸福快慰之感。早晨，我和一位同事出去散步。我们沿着巴黎街道走着，我还完全沉浸在对昨天晚会的美好回忆里。正在这时，突然听到有人清晰响亮地喊了一声："马克辛！"

怎么回事？是谁在喊我？大概，是我自己的错觉吧。不，不是错觉。有人又一次拉长声音喊道："马克辛！"

霎时，我觉得全身一热，心里涌起一阵飘飘然的感觉。是啊，这是荣誉呵！在远离祖国的异地，在巴黎，竟有人在大街上认出了我，对我表示欢迎……我偷眼瞅了一下我的同事：他照旧走着，一副漠然平淡的样子，仿佛根本没有听到什么。

"瞧！就连这样一位挺不错的人，有时也会产生妒忌心！"我想。但我并不责怪他，有什么办法呢？

那位站在街对面的法国人，还在冲我这儿挥动帽子喊着："马克辛！马克辛！"于是我微笑着，亲切地点了下头，抬腿穿越街道向那位巴黎人走了过去。我的那位同事被冷在原地，惶惑不知所以然。

我边走边摘下手套，准备与这位新相识的崇拜者握手。我离他只有五六米远的距离了，突然，一辆小汽车从后面悄声地开了过来，把我和那位法国人隔开。车门打开，那位法国人戴好帽子，一头钻进了汽车。

我望着远去的小汽车，茫然地站在原地，嘴里机械地念着写在车后部的几个字：Taxi（出租汽车）……

“Taxi，塔克辛，出租汽车……”我重复着这几个字，恍然大悟：“那位法国人一直在招呼出租汽车，可我自负而又可笑地以为，从昨天的晚会起，全巴黎想着的没有别的，而只有我一个人……出租汽车！”

这一令我备感羞辱的镜头只有两个目击者：我的那位装作什么也没看到的同事，和我自己。想到此，热血便阵阵涌上我的脸颊……

对肚子的反叛

这个关于齐心协办、共同努力的故事取自于古希腊。它告诉我们在分工劳动中每个人应负各自的责任，而且团结就是力量。它还告诉我们，辛勤劳动能使人保持身体健康，而那些一天到晚无所事事、牢骚满腹的人则死得更快。

以前有个人做了个梦，梦见自己的手、腿、嘴和脑子都开始反叛自己的肚子。

“你这个毫无用处的懒鬼！”手说，“我们整天劳动，又锯又钉，又拎又拿。到了晚上，我们身上都布满了水泡和伤疤，关节也很疼，而且还都是脏兮兮的。你却做坐在那儿，吞食着食物。”

“我们也有同样的看法！”脚说，“一整天我们都不停地来回走着，想想我们有多累。而你却塞得满满的，像头贪得无厌的猪，那么沉，压得我们走起来累死了。”

“对的！”嘴哭诉道，“你知道你喜欢的那些食物是从哪儿来的？我就是那个整天要为你咀嚼东西的人，我一嚼碎，你就把它们全都吞吸下去了，你认为这公平吗？”

“你们知道我的情况吗？”脑子说，“我一天到晚要想你下顿吃什么，做到这一步你们认为容易吗？辛苦了这么多，我自己却什么也没得到。”

人身体中的一个个器官都加入到了讨伐肚子的战斗中，肚子却一言不发。

“我有一个主意，”脑子最后宣称，“让我们都来造这个懒肚子的反，停止为它工作。”

“好主意！”其他器官都同意它的说法，“我们将让你知道我们有多么重要，你这笨猪。这样你也许就能自己做点什么了。”

于是它们都停止了工作。手拒绝去提或拿任何东西，脚拒绝走路，嘴决定不再嚼一下或吞一口，脑子则发誓不再想任何好的主意了。起初，肚子咕咕叫了一阵，就像它平时饿的时候一样。但过了一会，它就静悄悄的了。

然后，做梦的人大吃了一惊。他发现自己一步也走不动了，手也拿不动一点东西了，甚至张嘴也张不开了，而且一下子觉得自己病得不轻。

梦连续了好几天，每过去一天，做梦的人就感到越来越虚弱。“这次对肚子的反叛最好快结束，”他心里想，“否则我会饿死的。”

与此同时，手、脚、嘴和脑子就一动不动地待着，也变得越来越虚弱。最初，它们只是偶尔动一下，气一气肚子，不久，它们就连这点力气都没有了。最后，做梦的人听到了一个虚弱的声音从脚的方向传来。

“我们好像错了，”脚说，“看来肚子一个人好像过得好好的。”“我也这么想，”脑子轻声说，“它确实吃下了那么多东西，但看来它又把大部分东西送回来了。”“我们得承认我们犯了错误，”嘴说，“肚子与手、脚、脑子和牙齿一样都在工作。”

“那就让我们重新开始工作吧！”它们一齐叫道。就在这时，做梦的人也醒了过来。

让他高兴的是，他的腿又能走路了，手也又能拿东西了，嘴也又能嚼东西了，而且脑子也能清楚地想问题了。他开始感到好多了。

“是的，我获得了一个教训，”吃早饭的时候，他心想，“我们得协作做事，否则将一事无成”。

巴克斯特和《强求一致》

《强求一致》是博德莱安俱乐部出版的一本书。博德莱安俱乐部的会员都是些具有高度文化修养的绅士，书籍爱好者，收藏家。据我所知，俱乐部起了这么个名字是为了纪念牛津著名的博德莱安图书馆。在本地喜欢豪华公馆和珍本书籍的人们心目中以及别的城市的朝圣者心目中，这座俱乐部乃是一座圣殿。博德莱安俱乐部当年接纳过马克·吐温、约瑟夫·杰佛逊以及其他文坛和剧坛的名流。它拥有一套十分可观的收藏品，这些收藏品原属于有名望的作家。其中有歌德的吸墨器，爱默生用过的铅笔，马修·阿诺德的书信手迹，甚至还有格莱斯顿先生砍倒的一棵树上的木屑。

俱乐部图书馆藏有不少珍本书，其中有一套很不错的谈论棋艺的书——我们有一些会员很喜欢下象棋。

但是俱乐部的活动不仅仅限于图书。我们有一座漂亮的建筑物，布置得十分考究，雅致。这座房子的前厅挂着优秀的绘画，包括好几位前任俱乐部主任的肖像。除了书籍，我们收藏的烟斗也格外引人注意。吸烟室（其实根本不用设吸烟室，因为每个房间都允许吸烟）有一个长长的木格架子，上面陈列着收藏的烟斗，在文明的世界里恐怕再也找不到能与之匹敌的收藏品了。我们有个不成文的规章：凡是想要加入俱乐部的人，除了申请书外，还要交上一只样式别致的烟斗，如果他被接纳，他的这只烟斗便归入收藏品之中，且登记上他的姓氏。一年一度，在沃尔特·雷利（是他最早把烟草介绍给英国）逝世纪念日这一天，全体会员都来到俱乐部。当天晚上大家都把一包包上好的、贵重的烟草摆到桌子上。到了九点整的时候，人人都从架子上取下自己的烟斗，装满烟草，点着，然后在俱乐部主任率领下，一边喷云吐雾，一边对俱乐部各个房间进行礼仪性巡视，之后又回到吸烟室。到了那里我们的主任先发表演讲，他讲完话便请每个人发言：或引某作者的话或用自己的话，颂扬一番尼古丁。仪式结束后，大家把烟斗磕打干净，放回原处。

但是，如上所说，我们俱乐部的生存意义和声誉的源泉乃是所收藏的珍本书，其中最引人注目的是我们自己的出版物。就连我们的图书目录看上去也都像一件件艺术品，而且印数有限，成为图书馆和藏书家争相猎取的对象。博德莱安俱乐部创建以来所出版的书都符合藏书家们的最高要求。固然，我们的书并不奢求古雅，但就美观新颖的装帧，特制的“仿古”纸张，别致的开本，不切齐的纸边，宽大的页边空白，印数极其有限等而言，博德莱安俱乐部无疑是善于执牛耳的。

老实说，书的内容在这里只占次要地位。起初出版委员会曾声称，只有人类才智的最伟大的作品才有资格用俱乐部出版的豪华版本传世。但到头来起决定作用的反倒是作品的篇幅：页边空白很宽、精致小巧的书本容纳不下长篇文字。例如，我们出版了科尔律治的《古舟子咏》，爱默生的一篇论文，托罗的一篇论文。我们还印了由赫隆·阿兰根据牛津博德莱安图书馆收藏的手抄本翻译的波斯诗人欧玛尔·海亚姆

《鲁拜集》，这个译本在诗歌技巧方面不如爱德华·菲茨杰拉尔德的译本，但却鲜为读者所知。几年以前我们开始出版本俱乐部会员自己的作品。贝斯康姆《论烟斗》一文便是一个极其成功的例子。这篇论文共印行了一百册，由于该文从未出版过，而且版权属于我们俱乐部，因而成了珍本书，价值连城。

采取的第二个步骤是出版巴克斯特的《强求一致》这部叙事诗。

我还未来得及交代，博德莱安俱乐部每年有一次到两次，在事先通知召开的大会上举行书籍大拍卖。会员们把自己藏书中复本或者由于某种原因不再需要的唯一的一本书送到拍卖会上，以最高的价码拍卖出去。我们的拍卖会总是有许多来宾光临；近年来本俱乐部出版的书特别畅销。三年前贝斯康姆的论文《论烟斗》卖了十五美元，俱乐部印这本书的成本是一美元七十五美分。在下一届拍卖会上，这篇论文切边的卖二十五美元，不切边的卖了七十五美元。我们从前也知道不切边的书很值钱，但这次在财务上取得的成功，大大提高了不切边书的吸引力。《论烟斗》一书的价格猛涨，不能不影响俱乐部出版的其他图书。例如，爱默生论文从三美元一下子涨到十七美元。托罗是一位不大出名的作者，据他本人说，他的书卖不上大价钱，但是这一次他的书却以略高于定价的价钱转手给新主。

眼下必须竭尽全力保住书价不下跌。每个会员手头都有一本或几本值钱的书，所以对提价的方针都毫不隐讳地表示关切。

但卖价最高的书则首推巴克斯特的《强求一致》。

巴克斯特可说是博德莱安俱乐部一位最有学问的会员了。他毕业于哈佛大学，曾周游各地，博览群籍，虽然不像我们当中有些人那么热衷于收藏书籍，却拥有一座藏书相当可观的私人图书馆，就像本城任何一个体面的青年人一样。他加入俱乐部时刚三十五岁，显然是某种辛酸的生活经历，不知是情场上的失意，还是希望的破灭，给他的性格打上了烙印。巴克斯特那好看的外貌（浅色的卷发，红润的面孔，灰亮的眼睛）使人想象他具有温文尔雅的性格，或许还喜欢华丽的词句。然而他却很少开玩笑，说话总带点玩世不恭的味道，流露出阴暗的、悲观厌世的哲学观点，这和此人的容貌如此格格不入，以致我们不由得要去寻找造成他心中隐秘的忧伤的原因。可究竟是什么忧伤，却无人知晓。他拥有家产，在社交界很走红，而且我上文已提到，他长得又是仪表堂堂。至于说他到了三十五岁还是个单身汉，这倒是支持了失恋一说，但他在本俱乐部会员中的朋友们对此却无法加以证实。

我倒暗暗产生了怀疑：巴克斯特也许是一位不得志的作家吧？他是一位诗人，这我们很清楚。他的打印出来的诗稿常常在会员当中传阅。但巴克斯特本人却一直表白他对当代文学的深刻蔑视，不厌其烦地说他怜悯那帮文字奴隶，他们的饭碗能否保住和才华能否被承认，却取决于那些趣味不高的读者们的怪癖。因而我们当中没有人认为他希望发表作品，但是，我再说一遍，我头脑中突然产生一个想法，他在这个问题上所持的态度既是因又是果：他对发表作品之所以鄙夷不屑，可能是因为他曾孜孜以求而终于受挫，而他的作品得不到发表，又可能使他对时下的风云人物——一位拳击家或航空家所享有的庸俗的名声产生傲慢的偏见。

说句公道话，出版《强求一致》倒不是巴克斯特本人的主意。但是他把这部长篇叙事诗的构思透露给某些会员，因而不久俱乐部全体会员都知道了巴克斯特正在写作一部出色的作品。

他曾多次在我们图书馆会客室向少数几个友人读过叙事诗的片段——每次从不超过十行，听众从不超过五人，这些片段使某些人对该诗的主题思想和宗旨已经了解得相当清楚。至少我本人已逐渐明确，这部叙事诗反映了巴克斯特的哲学观点。社会就好比是普罗克拉斯提斯，它如同希腊神话中的这位强盗一样，把每个来到这个世界上的人都用一种人为的尺度来衡量，而这种尺度总是人最难以适应的。在生活中不能得其所的男男女女，世界上大有人在。大多数的婚姻都是不幸的，因为结成伴侣的多是彼此格格不入的人。宗教不过是迷信，科学多是伪科学，国民教育是培养蠢材、糟蹋天才的体系，其宗旨就是把正在成长的整个青年一代都拉平到一个平庸的水平线上。不久生活将变得如此刻板、单调，以致几乎失去生活下去的价值了。

如果我没记错的话，出版《强求一致》是斯密斯的主意。但是当人们向作者提出来时，他并未表现出高兴的样子，反而犹豫了许久，说他的这部叙事诗不值得发表出来。不过，听说只印五十册时，他又答应考虑考虑。我还记得我曾暗中推测巴克斯特在写作上遭到挫折，所以劝他尽可以放心，因为书印得很少，能够拿到这本书的都是他的朋友，而别有用心的评论家是很难搞得到的；退一步讲，即使有人不喜欢这本书，那么关于这本书写得不成功的消息也只能在有限的范围内流传。巴克斯特被我这番话说服了，因此当文献出版委员会正式向他提出这个建议时，他同意了，虽然很勉强。不过他提出一个条件，要亲自督办印刷、装订以及向订户发书的事宜；他答应文献出版委员会将按时交稿并履行装帧方面的要求。

巴克斯特如期交了稿，但要求不在会上宣读，因为他不希望这部叙事诗不加必要的装帧就面世；于是乎委员会再一次作出让步，听了巴克斯特关于叙事诗的题材及其发掘情况的通报后，表示相信他这位作者的眼力和造诣，便婉言取消了宣读手稿的做法。但是关于装帧的事却丝毫不含糊！纸张采用凯尔姆斯各特工厂手工生产的仿古纸，字模是英国古老哥特式花体字字模。封皮是巴克斯特亲自选定的：墨绿色的上等羊皮，边缘饰有用红漆印刷的小铃铛形图案，封里是栗色羊皮，有压印的花纹。巴克斯特授权与印刷厂洽商，并监督印制。经决定，这一版书（共五十册）在出版前便尽数拍卖，但一人只能买一本；卖书的全部收入必须抵补印制费用，如有盈余，则上交俱乐部。人们许诺给巴克斯特一册作为报酬，但他表示反对，理由是那书价将高于他的稿酬。

不过，经大家劝说，他到底还是同意了接受作者应得的赠书。

在讨论《强求一致》出版事宜的那些日子里，有一位会员在会上读了某杂志上刊登的一篇文稿，说康帕内拉的十四行诗集最新译本加了封印后卖了三百美元。这给我的同事们留下强烈的印象。这真是别出心裁！这真是长久保存珍贵典籍的一个高明的办法！这样一来圣洁的典籍便不会被那班鄙陋无知者的目光所亵渎，而书的主人可以在想象中翻阅它的宝贵的篇页，享用自己的财富，并且因为外人无法分享他的财富而感到无上快慰。文献出版委员会也迫不及待地想采用这个办法，建议巴克斯特在分发《强求一致》时也如法炮制。巴克斯特并不反对，而希望得到加封印的书的人都向作者提出申请。我也提出了申请。一本好书说到底是一笔万无一失的投资。既然有可能把这本书变得更稀罕，因而也就越珍贵的版本，我自然不会错过良机。

巴克斯特的书终于问世了，订户们都收到了一本邮寄来的、装在用厚纸板做的精美封套中的书。每本书都包着一层薄薄的而又十分坚固的透明纸，可以看到封皮上的图案和压花。包装纸上标有书号，两边折起的纸边用火漆封好，火漆上打着博德莱安俱乐部缩写花体字图章，证明这本书完好无损。

在我们俱乐部下一次会议上，人们大谈特谈《强求一致》这本书，异口同声地说这是博德莱安俱乐部出版的一本印制最精美的书。说来也真凑巧，谁也没有把自己那本书带来，而供俱乐部图书馆用的那两本，装订工人还没送来。巴克斯特解释说，这两本书还要另加些装饰。

在一位参加拍卖的同事的提议下，选举了一个三人小组，在将于最近召开的会议上评论这部长诗。

我不幸被选入这个书评小组。

不言而喻，我现在必须把这部长诗读一遍。为此还得把我那本启封，但紧接着又举行的一次拍卖使我没能这样做。这次拍卖的是一本加封的《强求一致》，结果被一位局外人出了一百五十美元的惊人高价买去！

在这之后我没敢去揭下我那本书上的火漆印，不得不另外设法阅读这部叙事诗。我怕显得太自私，便绝口不提自己那本加封的书，也没有开口向别人讨借。不过我却似乎无意之中对巴克斯特说我想看一下他的长条校样，因为我打算给自己那篇书评加进一些引文，可又不敢把自己那本书交给打字员。巴克斯特以一种明显的遗憾心情回答说，他看不出长条校样有什么用处，便填进壁炉烧掉了。他这种漠视珍贵墨迹的态度，在我看来不免有些过分。一份莎士比亚亲笔改过的校样肯定会被当做无价之宝！

在俱乐部的某一个活动日，我注意到同我一起被选入书评小组的汤普森和戴维斯两人，在吸烟室里令人可疑地匆忙而又十分热心地谈起巴克斯特的那本书，极力探问其他同事的见解。

任何一篇书评当然都或多或少以它的真正读者对象的评价为依据的。我想当然地认为汤普森和戴维斯既是订户，肯定读过《强求一致》，因而我也很想听听他们的意见。

"诸位对社会体系一章如何评价？"我这样问道。我忘了说，这部叙事诗是用无韵诗写成的，全诗分为若干章，每章有标题。

"这个嘛！"戴维斯颇为审慎地开了头，"这并不完全是斯宾塞的观点，虽然有许多地方很像斯宾塞，并且相当接近于黑格尔。依我说，这乃是把当代一切哲学家的杰出思想同巴克斯特世界观的特征熔于一炉。"

"对，对！"汤普森随声附和地说道，"这一章的精彩之处就在于它使我们感到它表现了巴克斯特的思想。就连它的风格也反映了巴克斯特的智慧，你就好像听见了他的声音。由于我们了解巴克斯特，所以很容易对他这本书进行评价，而读了这本书之后，我们觉得自己更进一步了解了我们这位同事——真正的巴克斯特。"

在我们进行这场谈话的时候，巴克斯特正在房间里，站在壁炉旁吸烟。我无法判断他那似笑非笑的神态是什么意思：扬扬得意还是玩世不恭。这是巴克斯特惯有的表情，而且我老早以前就觉察到，无论是他的神态还是他的言谈都使你无法判断他的心情。当我们俱乐部的看门人的残废儿子死去时，巴克斯特说这样对可怜的孩子会更好些，看门人也甩掉了包袱，我觉得他这话太冷酷无情了；可是过了一个星期以后，看门人偷偷告诉我，巴克斯特曾出钱为孩子动了一次费用很高的手术，以期延长他的生命。就因为这个，我从此不再根据巴克斯特的笑容作任何判断了。现在，他还没听完我们的谈话就走了出去，这使我松了口气。

这时戴维斯对我说："我说琼斯，您是否赞同巴克斯特关于蜕化的观点？"

我常常听到巴克斯特就当代文明似乎正走向衰落的问题发表议论，这使我可以满怀信心地、具有坚定把握地对他的观点作一广泛的评述。我说：“我觉得他的思想同叔本华的思想是相吻合的，但不像叔本华那样易动肝火，他的思想又同诺尔道的思想相吻合，但不像诺尔道那样夸夸其谈。他的唯物主义同海克尔的唯物主义有着亲缘关系，但又是以奥马尔 · 海亚姆的魅力表现出来的。”

“您说得很有道理，”戴维斯说，“这也符合当代的迫切要求。对于质朴的乐观主义不满，说明哲学面对着未知时是无所畏惧的。”

我恍惚记得在什么地方读到过这类话，不过在我们这个时代，要想探讨某一严肃课题而又不无意之中借用别人的见解和别人的言论，那几乎是不可能的。引章摘句，一如效仿他人，是一种高级的献媚形式。

汤普森被委托就《强求一致》的形式发表评论，他说：“这部叙事诗是用音调铿锵的诗节组成的，诗节的旋律回旋反复，耐人寻味，而且形式和内容结合得如此紧密，因此，如摘引个别段落，不免要冲淡整体印象。只有通读全篇，才能作出公允的评价。我将在我的那篇评论中谈到这一点。”

接着他问我：“您对装帧质量有什么话要说吗？”

我作为一个懂行的人，要对这本新书的装帧技术作出评价。

我若有所思地回答说：“装帧同这颗明珠倒是很匹配的。墨绿的封皮压有漂亮的花纹，古老的英文字体，仿古法制作的纸张，这一切都使得《强求一致》这本书堪称我们所印制的最珍贵的版本之一。从印刷方面看来，这本书也是完美无缺的——在大西洋彼岸还不曾看到比这更精美的版本。文字部分看上去也很美，犹如美丽的小溪，在宽阔的田野中间蜿蜒流过。”

我不记得我当时为了什么事离开了房间片刻。我在走廊里几乎和站在门外的巴克斯特撞个满怀；他正在观看迎面墙壁上一幅描写狩猎场面的版面，不时地现出愉快的笑容。

他对我说：“这幅画真逗。您看这位年老的胖先生，骑着这么一匹高头大马！我敢打赌，他连第一道篱墙都跳不过去！”

装得倒满像，可骗不过我去！巴克斯特装出一副满不在乎的样子，其实他急欲知道我们对他那本书的看法，正是为了这个他才站在走廊里，好在那里听我们的谈话，又不至于因为他在场使我们难堪。他听了我们的赞扬却掩饰着内心的高兴，佯装被那幅有趣的版画逗得发笑。

前来参加《强求一致》讨论会的有本俱乐部的许多公众，还有几位客人，其中有我们一位同事的表弟，这是一个初次到美国的英国青年。我们的人在别的俱乐部和社交场合见过他，都认为他是一个讨人喜欢的血气方刚的青年，只是对美国的事物充满天真的无知，惟其如此，他的观点更显得新鲜，有时甚至使人好笑。

我们的报告都是经过精心准备的，虽则内容有些含糊不清。

作者的诗歌天才几乎得到所有报告人的高度评价。

汤普森说："我们的兄弟巴克斯特不要把自己的才华埋没了。这颗明珠当之无愧地属于博德莱安俱乐部，而创作了这部出色作品的作者还会创作许多别的作品，用以激励和愉悦知恩的人类。"

戴维斯接着说道："作者在他这部出色的叙事诗中所表现出的生活态度，将有助于我们挑起生存的重担，使我们认识这样一个深刻的哲理：通过发愤图强，可以实现理想，从痛苦中可以获得一定的乐趣。当巴克斯特认为可以把他的丰富思想、把我们有幸分享到的这笔财富馈赠给广大读书界的时候，我们希望他的荣誉的一部分将留给博德莱安俱乐部。我们俱乐部有权自豪地宣布这位诗人是它的一位会员，而这个权利是谁也剥夺不了的。"

接着该我发言。我从装帧的角度谈到了这本书美学上的优点。我在与我们的出版委员会谈话时了解到订购了什么样的字模，至于说书的封皮，我那里有一本加封的书，隔着包装纸可以清楚地看到书的封皮。末了我说墨绿色的封皮反映了作者严肃的生活态度，强调了坚忍不拔的必要性。然而饰有高筒帽和小铃铛的色彩鲜艳而又带有一点轻佻意味的花边，则象征着一个乐观主义者迫使自己相信生活是美好的这种自欺欺人的做法。衬页上压印的复杂的花纹暗示着命运使我们对我们的未来，对我们的过去，甚至对今天还会发生什么事，都一概不知。

古老的哥特式英语字母，以及每个诗节一开头的古老花体字头，都突出表现了哲学上的悲观主义，但我们懂得，由于我们履行着自己的职责，所以我们逐渐认识到生活的真谛，并对人类会有一种较好的命运产生了希望，从而使这种悲观主义有所和缓。巴克斯特的书用诗歌形式体现了博德莱安俱乐部的理想，单凭这部叙事诗俱乐部就可以问心无愧地存在下去。假使博德莱安俱乐部过去以至将来都无所作为，那么单就出版了《强求一致》一举，就足以对它的富有成效的活动作出极高的评价，因为它使一部杰作得以问世。

不知是谁在桌子上放了一本封着的《强求一致》。我把它拿在手中，借此使自己的话更增添点分量，然后又把书放回原处。

当我发言结束坐下来的时候，发现霍恩金，就是坐在对面的那位年轻的英国客人，拿起那本书，正在很感兴趣地端详它。

慷慨的掌声终于沉寂下来，人们开始呼唤这次盛会的庆贺对象："巴克斯特！巴克斯特！本书的作者！"

巴克斯特在人们宣读书评稿的时候一直坐在一个角落里，而且据我看，他用玩世不恭的漠然表情巧妙地掩饰着内心的喜悦。但满场热烈的气氛也触动了他：当他起来致答词时，看得出他正在克制着某种强烈的感情。他说："先生们，尊敬的同仁们！书评家们如此专心致志地研究了拙作，朋友们怀着罕见的同情力求理解我对人生和品行的观点，这使我由衷地感到高兴，至于为什么会这样，我暂且不谈。十分感谢诸位！我的心情很激动，因此请诸位允许我就讲这些吧。"

巴克斯特回到了自己的座位上；这时又爆发了一阵掌声，突然有人高声喊叫起来。原来是仍旧坐在桌旁的那位英国客人，他喊道："天哪，我可是第一次见到这样的书！"

这位英国人被大家包围起来。他激动地说："真是莫名其妙。你们大家如此盛赞这本好书，使我很想看看它究竟是一本什么样的书。于是我解开了绸带，用桌上这把刀子裁开了书页，我发现，天哪，我发现书里一行字也没印上！"

听了这番话之后场内顿时变得鸦雀无声，因为事实果真是这样。我们每个人都本能地意识到博德莱安俱乐部上了一次大当。巴克斯特趁着大家陷入慌乱的时候溜出了会场，但后来传讯他作出解释时，他十分胆怯地坦白了。他说他一向认为印制书页不切开而又加封的书是一种荒唐的做法，而这一次他很想看看事情会闹到什么地步，结果却证实了他的这种看法：装着空白页的书和装着一部天才著作的书同样受到收藏家的器重。他提出由他偿付印制"子虚乌有的"《强求一致》一书的全部费用，或者用印好的书来更换空白的书，由俱乐部酌定。但俱乐部蒙受了这番侮辱之后，对他的书自然也就不再感兴趣了。不过，人们还是允准了他偿付费用，而且明白地暗示说，他要是申请退出俱乐部，会得到谅解和批准的。但他并没有提出申请，不久就去了欧洲，这场风波也就逐渐平息下来。

起初，我们当中有许多人出于对巴克斯特叛卖行径的义愤，都把自己那本书启开了封印，有人把书和一封措辞尖刻的附信一起寄给巴克斯特，有人干脆把它付之一炬。然而一些精明的人（这种人并不多）却把自己那本书保存起来，当这本书所剩无儿的消息传开来时，那班会钻营的收藏家们明白了这些书现在已经成了珍本。

一天晚上，俱乐部主任和几位经过挑选的会员围坐在壁炉旁聊天时说：“巴克斯特比我们想象的要聪明，就连他自己也不懂得他到底有多么聪明。他那本《强求一致》在收藏家眼里是完全合乎情理的，这本书堪称书籍出版方面的顶峰之作。对于一位真正的藏书家来说，书籍永远是艺术作品，书的内容如同歌剧中的道白，无关紧要。艺术装帧，往往是书籍所缺少的东西，在这个意义上说，《强求一致》达到了理想的境界。纸张好得无以复加。空白页边很宽。真正的藏书家都珍视宽页边，而《强求一致》只有空白，在这个意义上可以预言，新时代的曙光就在前面。印数吗？印数越少，收藏家们越强烈地盼望得到稀世的版本。我听说，没有切边的只剩下了六本，没有启封的只剩下了三本，而其中的一本被我幸运地保存着。”

我们主任发表这番讲话之后，在下一次进行得异常热烈的拍卖会上，一本未启封的巴克斯特著《强求一致》卖了二百五十美元，也就不足为奇了。这是一个创纪录的数目，博德莱安俱乐部出版的书还从未卖过这么大的价钱。

（美国）查尔斯·沃·切斯纳特

“玛莎后来怎样了？”

每逢我妹妹海伦和我在一起，我们常常会怀想我们小时候是多么顽皮不听话。她说我总是戴着绒线帽去吃早点，使妈无法替我梳头。我说她有一次赤脚跑过邻居牲口棚刚铺上三合土的地基，搅得乱七八糟。

“我们真是难教育，但是我们结果都很好。”妹妹说。妹妹是个护士，我是个教师。不错，我们结果都很好。但是我知道有一些孩子也许就不那么幸运了。

他们是一班八个过分活跃的、所谓情绪失调的儿童，我在一家儿童院教他们美工课。我很难使他们安心坐在椅子上做完他们的功课。但是假如我答应告诉他们一个特别的秘密，他们就会安静下来。他们一向都对我的童年感兴趣，所以我就虚构了玛莎，玛莎的行为正好就是他们的影子。

"老师说话的时候玛莎又嚷又笑……爬到美工室的桌子下面……总是不听话。她同我一个班。可是她不及格，因为她品行不好，什么也不肯学。"

看他们脸上严肃的表情，我知道我说的话抓住要领了。他们讨论玛莎在学校这样胡闹是很愚蠢的事。我强调了在学校品行良好对于一生的进展十分重要。

"玛莎后来怎样了？"杰弗雷问道，"她有没有坐牢？"

我本来打算说玛莎下场并不好。在学校读书不成，找不到工作。她享受不到好生活，生活也没有什么乐趣。她变得无可救药，没有朋友，十分悲惨。

后来我有了个主意，最好让他们以自己的选择去推想玛莎的下场，而从其间得到教训："你们先说说你们想象她后来变得怎样了，然后我才告诉你们真实情况。"

米歇尔第一个举手："她长大变得美丽可爱，大家都喜欢她。"

杰弗雷摇摇头："不。她大概每年都不及格，长大了以后进了监牢。然后她不想再这么蠢，就开始学一些东西，好找份工作。"

"我看她没有坐牢，"斯可特说，"我看他们把她送进一家特别学校，使她学好品行，能做功课。"

"我想不会吧，"杰弗雷迷惘地说，"她很蠢，她在特别学校可能还是老样子。我看她大概是进了监牢。"

"告诉我们，"他们都说，"后来她怎样了？"

这就使我左右为难了。他们打破了我预备讲的理论，就是生活上的成功有赖于早年的学业成就。可是从他们对玛莎的讨论中，我得到了对每一个教师和父母都极有价值的教训：每一个孩子所想得到的和需要的，不是失败的预料，而是希望。

"你们都猜得不远，"我说，"玛莎进了一所特别学校，她品行改好了，回了家，在学校很用功，毕业后找到一份好工作。她长大了以后很美丽，大家都喜欢她。"

"我不相信，"杰弗雷反驳说，"她不会变得那么好！"

杰弗雷是唯一有怀疑的人。他是个满腹狐疑的小孩，因为别人一直都在欺骗他。破裂的家庭、贫穷、被人遗弃，种种不如意的事都留下了伤痕。

那天是星期五。到了星期六，妹妹海伦来看我。我要去儿童院布置当天晚上情人节晚会的装饰，我叫她也去。孩子们在食堂里踩滚轴溜冰；我注意到杰弗雷在向后溜，两手交叉放在胸前。他卖弄技巧地转弯和扭身。

"那孩子真行！"海伦说。我们走的时候她向杰弗雷笑着挥手。

想不到板着脸的杰弗雷也咧嘴一笑。他高兴地也向我们招手。

星期一那天，他冲进教室。

“我看见她了！”他高声说。

“谁呀？”我问。

“玛莎！星期六那天她不是跟你在一起吗？”

“你怎么认出来的，杰弗雷，”我问。

“哦，你不是说她变得很好了吗？”

后来我告诉我妹妹杰弗雷的事，以及她在玛莎的故事中所扮演的角色。她笑了起来，叫我告诉他，说她很高兴看到他溜冰。

我把这些赞美的话告诉了杰弗雷，他很开心。那个星期以后的几天，他都努力地上课，把一个空的醋瓶涂上胶，铺上一片片的颜色石块，改成了一个花瓶。

这个花瓶做得不错。他做完以后，放到我桌上。

“把这个给玛莎。告诉她是我送的。”

你见过那棵树吗

关于那棵树，最初是我的邻居加根太太告诉我的。那天，我坐在后院欣赏着10月的暮色，加根太太过来问我：“你见过那棵树吗？”

她接着说：“就是那边下去拐角的一棵，五颜六色的，漂亮极了，好多车路过都停下来看，你该去看看才是。”

我对她说我会去看的，可转眼我就把这事全忘了。三天后，我在街上跑步，脑子里牵挂着几件恼人的小事，昏昏沉沉的，忽然，一片耀眼的橘红色跃入眼帘，一时间，我还以为是谁家的房子着火了呢，但我马上就想到了加根太太说的那棵树。

我朝那棵树走去时，不由渐渐地放慢脚步。这棵树的形状并没有什么特别之处，只是一株不大不小的枫树。但加根太太说得不错，它的颜色确实奇特。整棵树就像画家手中五彩斑斓的调色板，树底部的枝丫是鲜艳的梅红色，树的中部则燃烧着明快的鹅黄色和橘红色，再往上，到了树梢，枝条又缓缓地过渡成绛红色。在这火样的色彩中，流淌着浅绿的叶子汇成的小溪，深绿的叶子则斑驳点缀其间，竟似至今未曾受过一点秋天的侵袭。

这棵枫树集各种颜色于一身，它张开宽大的枝丫，历数着四季轮回，容纳着五湖四海，俨然是一个缤纷的地球。深浅错落的绿叶，昭示着南半球的春夏，灿黄的叶子和光秃秃的枝丫勾勒出北半球的秋冬。整个星球就围绕这一时空的交集点和谐运转。

我慢慢走近这棵枫树，就像虔诚的朝圣者缓缓步向神殿。我发现靠近树梢的地方有几根光秃秃的枝丫，上面黑糊糊的小枝像鹰爪一般伸向天空。这些枯枝上落下的叶子一片猩红，像地毯似的铺在树干周围。

我不禁为这棵树无所不包的美惊叹不已。这时，我想起了著名作家拉尔夫·沃尔多·埃默森有关星星的那段评论。他在《自然》一书中写道：倘若星座一千年才出现一次，那么，星座的出现是一桩多么激动人心的事；可正因为星座每夜都挂在天上，人们才很少去看上一眼。

对于眼前这棵树，我也有同感。

这棵树此时的华美只能维持一个星期，所以它对于我们就相当珍贵。可我竟差一点错过了。

有一次，当著名诗人埃米莉·迪金森的父亲偶然看见马萨诸塞州上空一道炫目的北极光时，他立刻跑到教堂鸣钟以告知所有市民。

现在，对这棵树，我也产生了这种传颂它的冲动。我愿成为秋天忠诚的信使，让田园乡村每一个角落的人们都了解它的奇妙。

可我没有教堂的大钟，也没有快马，但我会在回家路上每遇见一位邻居，就去问他那个加根太太曾问过我的极其简单又极其重要的问题：“你见过那棵树吗？”

（美国）罗伯特·S·凯弗

上帝赐的福

在谷地的一座小山包上，住着一户人家。

站在山顶上，能望见山脚下的小河，望见畜栏边上那块玉米地。玉米在扬花结苞，地里间种的豌豆也花开正茂——这可是庄稼人朝思暮盼的丰收前景呵！

这个时候，地里最需要的莫过于水了，下一场大雨该多好呀，不然，下小阵雨也能给庄稼解解渴。古德大叔心疼庄稼，这天他整个早上都搁下活不干，专门仔细地观察东北方向天空上云彩的变化。

“老婆子，我看这场雨可真的下定了。”

老婆子在忙着做饭，附和着说：

“是要下雨了，真是上帝赐的福。”

果然，20分钟后，雨大滴大滴地下起来了。空气也变得湿润凉爽了。

古德大叔跑出屋外，跑到畜栏里，似乎要找点什么东西。其实，他什么也没找，只是想淋个痛快，使心里更加舒畅。他返回屋里。大声说道：“老天爷给咱们下的不是雨，是一枚枚的硬币，大的10分，小的5分……”

突然，狂风骤起，大块大块的冰雹夹杂着雨点从天空中倾泻下来。晶莹光洁的冰雹纷纷落下，这倒真的像天降钱币了。

“哎呀，糟糕！”古德大叔望着漫天冰雹，像挨了重重的一拳，立刻惊叫起来，“这冰雹不能再下了！”

然而，冰雹仍下个不停。它整整地下了1个小时，把屋顶、菜园、山坡、田地都盖满了。整个山谷一片白茫茫的，仿佛铺上了一层厚厚的白盐。树木被打成光秃秃的，一片叶子都不剩；地里的玉米全给糟蹋了，豌豆花七零八落。古德大叔伤心透了。冰雹过去后，他站在他那块玉米地里，对着孩子们唉声叹气地说：“如果遭的是蝗灾，也不至于落到这个地步……这冰雹打得庄稼一棵不留！今年，我们连一颗玉米、一颗豆子也收不到了……”

黑夜降临了，这是个多么令人忧伤的夜晚啊！

“累死累活，颗粒无收！”

“没有哪一个人能帮咱们的忙！”

“今年就等着挨饿了……”

在这间处于谷地深处的孤零零的屋子里，人们心中只剩下唯一的希望：上帝救救我。

“庄稼看来是没有指望了，不过，咱们也不必太难过。别忘了，上帝不会让咱们饿死的。”

“不饿死一个人——牧师们都是这样说的嘛！”

希望之火在古德大叔的心中彻夜燃烧。他从牧师的教诲中知道，上帝的眼睛洞察一切，人们心里想些什么，上帝也会知道。

于是，古德大叔立刻拿起笔来写信，并准备亲自拿信到城里的邮局去投寄。

他写的不是什么别的信，而是一封寄给上帝的信。

“上帝，”他写道，“如果您不搭救，我们全家今年就要挨饿。我需要100比索买种子，买粮食，以便在地里重新播种，维持生活，因为雹灾……”

他在信封上只写了3个字：“上帝收。”他把信装进信封以后，便带着一种难以平静的心情进城去了。到了邮局，他买了张邮票贴在信封上，把信投进邮箱里。

邮局里有个雇员，他既当邮差，又兼打杂。他从邮箱里取出了那封寄给上帝的信，递给领班克博德时，忍不住一个劲地哈哈大笑。

克博德看到这封信，也不禁笑起来。但是，他很快就收敛笑容，把信在自己的办公桌上顿了顿，神情严肃地说：“多么坚定的信仰！但愿我的信仰也跟这个寄信人那样坚定。我要想他之所想，像他那样信心满怀地去开拓与上帝取得联系的通途！”

为了不使这信仰的奇迹幻灭，克博德心中升起了一个念头：以上帝的名义复信。然而，他把信拆开一看，才知道要回复这封信，不是费点纸张墨水、写几句好话就能把问题解决了的。

不过，克博德是个意志坚强、决不食言的人，既说复信，就得复信。他请雇员们捐款，自己也拿出了部分薪金；此外，他有几个朋友也高高兴兴地掏出了钱。因为他告诉他们，这是一个表示“上帝之爱”的行动。

克博德无法凑够100比索这样一笔巨款。他寄给古德的钱只有其所需数目的一半多一点。他把钱装进信封，写上收信人的姓名和地址，并写了一封信。信上什么话也没有，只有一个签名：上帝。

又一个礼拜天到了。古德大叔急着打听他的信件，早早就来到了邮局。把信交给他的还是那个雇员，克博德则站在邮局门口的台阶上看着，心里甜滋滋的——谁做了好事不感到愉快？！

古德大叔对上帝给他寄钱的事是深信不疑的，所以，当他看见信封里装有一沓钞票的时候，脸上一点惊异的表情也没有。等到数清了钞票的数目，他竟生气起来：难道连上帝也出差错，克扣他所需要的金钱吗？这是决不可能的事！

古德大叔猛然转身走到柜台前，要来纸张、笔墨，在那张公用写字台上把信纸一摊，又挥起笔来。他眉头紧锁，沉思默想，显然是在搜索枯肠，寻找字句，来表达他那激愤的感情。信一投进邮箱，克博德就走过去把它取了出来。信是这样写的：

上帝：

我要的钱没有如数收到，只收到70比索。请再寄30比索，我急需使用。下次付款切勿邮寄，因为邮局这帮家伙都是盗贼，没有一个好东西。

幽默的力量

林肯把他的幽默感直接带进了白宫，他用幽默来减轻政治诽谤的刺痛。通过讲一个恰如其分的故事，他往往能有效地转守为攻。有一次，林肯几句话就击败了道格拉斯，他说："这位先生的雄辩完全中止了他大脑的一切活动。"他把这位发言者比作一只汽船，说道：

"过去我当内河运货船船工时，见到过一只非常非常小的汽船，这只小汽船常常喷着烟，呼哧呼哧地在桑嘉门河上来回航行。它有一个5英尺高的锅炉和一个7英尺高的汽笛，每当汽笛一响，小船就不得不停下来。现在，道格拉斯先生告诉我们：'他思考时就不能说话，说话时就无法思考。'"

另一次，林肯在征兵政策上受到一位北方州长的攻击，此人暗示说，他将不执行总统的命令。然而，林肯并没有退却，他命令陆军部长斯坦顿直接进行征兵。

"这位州长就像是我有一次在轮船下水时看到的一个男孩。当一切准备就绪时，他们选出一男孩，派他到船底下敲开档块，使船前进。在这关键的时候，一切都取决于这个男孩了。他必须做好这件事，要敲得又准又狠，然后，平躺下来不能动，让船从他身上滑过。这个男孩一切都做得很好，但是，从他下到船底到再露出头来，他一直大声喊叫，好像要了他的命一样。我以为他背上的皮都被刮掉了，然而他却一点也没受伤。造船厂的主人告诉我，这个男孩总被选派去做这件事，他能很好地完成任务，而从未被伤着。不过，他总是这样地叫。这位州长也是这样。他没有受伤，他正在很好地完成他的任务。不要管他怎么喊叫，他只是想让我们知道他的任务是多么的艰难，想让我们知道他正在忙于完成这一任务。"

幽默在政治上给他帮了大忙，因为它们占据了公众的头脑。人们对他的机智和热热闹闹的故事简直着了迷。结果，在他生前就有人把他说的许多幽默故事辑录出版，还有成百上千个故事，据说都是林肯讲的，而其实总统本人却连听都没有听说过。

林肯曾经说过："我相信我会讲故事这点已经出了名，但总的说我是名不副实的，因为我感兴趣的不是故事本身，而是其目的或效果。我往往用一个简短的故事来说明我的观点，从而避免别人冗长而无味的议论以及我自己费力的解释。同样，一个选得合适的故事可以减轻拒绝或批评所造成的尖锐刺激，这样既达到了目的，又避免了伤感情。我并不单是个讲故事的人，但讲故事作为一种缓冲剂为我省去许多摩擦和烦恼。"

另一次林肯说："有人说我讲了好多好多故事，我想确实如此。我从长期的经验中了解到，普通民众终日劳碌，举一个易于理解而又幽默风趣的例子，比用别的任何方式都更容易影响他们……"

即使是在他与内阁成员们进行最严肃的商谈的时候，林肯仍然抽出时间讲一段轶事，以向下属表明他究竟是怎样想的。往往在他们讨论政策或国家未来的方针问题时，总统的一段故事就结束了这场讨论。还有些时候他讲故事仅仅是为了娱乐。当林肯第一次向内阁成员展示"解放宣言"的原稿时，他读完以后，财政部长蔡斯居然大胆地打破沉默，提出几点修改建议，随后所有内阁成员都对这份文件评点一番。林肯说：

"先生们，这倒使我想起一个出门人的故事，在回家的路上，遇见一个在他的农场里干活的工人，工人对他说：'主人，小猪都死了，还有，老母猪也死了，我不想一次全告诉你们。'"

林肯入主白宫后，求职者蜂拥而入，踏破了门槛，给焦头烂额的林肯平添了无穷无尽的烦恼。为了应付这群求职者，林肯大伤脑筋。他曾经这样说："当我把一个政府的职位分派出去，我发现我招来了一百个敌人，而只有一个朋友。"

林肯有一个儿时的朋友，也来求职。这个人没有什么才华，要价却很高。他向林肯提出的职务起码是国家造币厂厂长。

"我的老天，"总统惊叫，"为什么他不当财政部长？"

不过想了一会儿，他认为这位朋友并无才干，就幽默地对秘书说："也许他认为劈柴的林肯能当总统，他起码也应该水涨船高，谋个高位呢。"

有一天来了一位胡搅蛮缠的求职者。他对林肯说，他曾经为林肯的当选作出积极的贡献，也就是说他的努力使得林肯当上了总统，所以，他有理由在林肯手下谋求一个职位。

“这么说是你使我当上了总统，是吗？”林肯先生眨着眼睛问道。

“我想我是这样做了。”

“那你给我带来的是麻烦，这还有什么可表示感谢的呢！”总统说完，立即准备送客。

林肯形容自己对付这些求职者时说：“我像一个人忙得不可开交地把房子这一端的房间租出去时，却停不下来去熄灭房子另一端正在燃烧的火。”

有个代表团劝林肯先生任命他们推荐的人担任桑德威奇岛的专员。他们说，他不仅有能力，而且身体虚弱，那地方的气候对他会有好处。

“先生们，”林肯叹道，“十分遗憾，另外还有八个人已经申请了这个职位，他们都比你们说的人病重。”

一个女人迫切地要求林肯先生授予她儿子上校军衔。

“先生，”她对林肯陈述理由时说，“我祖父在列克星敦打过仗，我父亲在新奥尔良打过仗，我丈夫则是在蒙特雷阵亡的。”

“夫人，”林肯说，“我想，你一家已经为国家作够了贡献，现在该给别人一个机会了。”

有位来自费城的家伙三番五次来找林肯，无端地占用了林肯的大量时间。林肯在实在无奈之中，想出了一个摆脱他的办法。

当那人又一次来访时，林肯打断了他的话，朝屋角的衣柜走去。他从架子上拿出一个瓶子，对那个头发秃得厉害的来访者说，“你没有试过这种生发的玩意儿？”

那人说：“没有，先生，我从来没有试过。”

“那好，我建议你可以试试。”林肯接着说：“我送你一瓶。如果无效，你可以继续擦，要一直继续下去。你现在先拿去用，八至十个月后再来，告诉我疗效如何？”

当那人有些狼狈地走后，林肯却笑得前仰后合！

林肯生病时，前来求职的人依然络绎不绝。一天，又一个人来到林肯这里。一屁股坐下就摆出一副想长谈的样子。正好总统的医生进屋，林肯就伸出双手对医生说：“医生，你看这些疙瘩到底是怎么一回事？”

“这是假天花，也可能是轻度天花。”医生认真地回答。

“我全身都长满了。我想，这种病会传染的吧？”

“传染性确实特别强。”医生肯定地说道。

就在林肯和医生的一问一答中，那个求职者已经站起来了，他大声对林肯说：

"哦，林肯先生，我该走了，我只是来看望你一下。"

"啊，你可以再坐一会儿，别这么急嘛！"林肯开心地说着。

"谢谢你！林肯先生，我以后再来拜访你。"那人说着，急忙向门外走去，一转身就不见影子了。

林肯为摆脱这些人的纠缠，就讲起一个见证人的故事：

"有位年老的见证人在庭上作证，当他被问到年龄时，他答道：'60。'法官见他的模样无论如何也不止60岁，所以就再次提问，可得到的仍是原来的回答。法官只好警告他，说是法庭知道他的年龄。"

"'是这样的，'老头回答说，'你是计算我在马里兰州所度过的那15个年头。那段日子简直白活了，所以算不得数了。'"

听到这个故事，求职者只好苦笑着告退了。

尽管每天困难重重，压力巨大，林肯仍然设法解闷。从获得提名一直到入主白宫，林肯得到许多礼物，其中大多数是穿戴。那天，又有一个人送来一顶漂亮的丝织礼帽给林肯。面对这些礼物，林肯开怀大笑，对玛丽说道："好啊，太太，就算这场叫人难以应付的麻烦再没有别的收获了，我们也起码有几件新衣服穿了，是不是？"

1860年底至1861年初，南方有一些州宣布退出联邦，有些胆小的人害怕马上采取行动会刺激某些动摇分子加入南方叛乱同盟的阵营。对于这种暂缓反击的观点，林肯总是这样回答：

"如果篱笆上有三只鸽子，你开枪打死了一只，还留下几只？"

"两只。"那些人回答道。

"哪里有这样的事？"林肯更正道，"一只也不会留下的，它们被枪声所惊吓，一只也不会留下的。"

同路人

不管是雨天、雪天或酷热的仲夏，我们一群人总是一大早便在公车站聚合，启程去礼拜堂。在这种情况下，同舟共济远较互通姓名重要。

司机的八字胡已经雪白，在他那饱经风霜的面孔上显得格外突出。他和蔼地向每个乘客微笑，希望他们把应付的车票钱放入钱箱内，并且遵守乘车的一切明文及不明文规定。

在他的公车上，绝对不能吸烟、乱丢垃圾、言行粗鲁；也很少人在到站时要打那刺耳的铃，他记得每个常客下车的地方。

启程前，我们都会在心中暗自点名：前排那个向来不出声、就算我们热烈地跟她打招呼她也从不回应的女人在哪里？呀，她来了。她衣衫破旧，显然并没有多少余钱，却总是多带一杯咖啡送给司机。

那个刚挨过漫漫长夜、总让我们觉得有他在大家就很安全的夜班工厂保安员来了没有？哦，他来了，一屁股坐在座位上，闭起眼睛，直到车子开近他该下车的街角，才不得已地睁开眼，站起来从前门下车。

还有那个进城去买份早报的矮胖子，他总是跟我们一起去咖啡店买个面包，然后把报纸夹在腋下乘车回家。有个早上，他正要上车时，突然晕倒在人行道上，我们都立刻趋前帮忙。一个不知名的人伸出手臂让他枕着，等救护车到来。我们离去的时候，人人都在为他默祷。然后有人瞥见他的报纸丢在沟渠里，司机便把车停下，我们把报纸塞进救护车内他的身旁。那天早上公车误点很久。

第二个星期天，那胖子又来了，夹着一份刚出版的早报，脸上带着明显的感激笑容。

一对手牵手上车的墨西哥夫妇也是笑容满面，他们下车时仍紧牵着手。去年年底那个女的怀孕了，后来有一天，她的大肚子不见了，清楚告诉我们孩子已经出世。我们甚至为添了一名新成员而有点骄傲。

我们在距离车站15个街口外，就会见到那群海地人。他们乘的那辆公车总是比我们的晚到换车点，要是我们开走时他们还没到来，我们就会怅然若失。在他们全上车后，大家总是微笑点头。只要能表达内心的情意，谁需要说话或互通名字呢？

有个黄昏，我们去光顾公车路经的一家鲜鱼馆子，侍者把我们带到一张桌前，旁边有个紧裹着大衣的人独坐着。我们还没有看到那人的脸，先已认出她那件大衣：正是那坐在公车前排的妇人。

我们像每个星期天那样微笑熟稔地跟她打招呼。这一次，她的脸不再冷冰冰的，而露出表示认得我们的神情，然后羞涩地微笑。她的话从因语言障碍而绷紧的双唇生硬地吐出，我们马上明白为什么过去她不跟我们谈话。

她说，坐公车是她整个星期最大的享受，其次就是偶尔到这家馆子来吃饭。“而这一次我更是跟朋、朋、朋友一起吃。”她补充说。

桌上的烛光摇曳不定，两张桌子接近得好像合在一起。我们觉得以前从来没有吃过像这样鲜美的鱼。夜深沉，也更温馨。我们分手时成了朋友，我们交换了姓名。

幽默岂止一笑

生活中人们常常因为受到一点小挫折而心灰意冷、迷失方向。

此时，幽默可令你“反败为胜”。

我的一个年轻朋友，因为迟到已受到“最后通牒”，但今天又遇上塞车。也许他可以找个理由——大病一场啦——但他不想用“家喻户晓”的借口。

他叫山姆。9点35分他赶到公司。每个人都在努力工作。山姆的主管过来了，山姆突然咧嘴一笑，握着主管的手说：“你好！我叫山姆梅纳德。我想求职，那个职位35分钟前是我的。我第一个来，‘勤快人先捡柴’吧？”

一阵哄堂大笑，主管竭力保持严肃地走了。山姆用“笑”保住了他的工作。

我的一个邻居在前往机场的路上与妻子发生了激烈的争吵。起飞后，他感到抱歉，他知道妻子也一样。两小时后，回到家里的妻子接到了长途电话：“请给我的妻子留话，我感到抱歉。”只一瞬间，电话两头的冷漠之心充盈了爱意。

一位机智的英国女主人招待8个著名人士就餐，她想从他们身上得到慈善捐赠。照英国惯例，她让孩子侍餐。她儿子模仿杂耍艺人托着一只大火鸡，用胳膊肘顶开了门，但门借惯性关上时撞到他，鸡掉在地上。男孩站住，客人们面面相觑。女主人摇着头微笑，“别害怕，丹尼尔，”她说，“把这家伙抓起来放到厨房去，换一只乖一点的来。”她眨着眼睛。

一个暗号一句戏言把尴尬化为娱乐，宾客也绝想不到待会儿端上来的还是那只“落地鸡”。

幽默消解敌意源于它无言的承诺。当加拿大的技术部长罗兰密切纳要去视察一个公立学校时，大楼的修理工们正在闹事，不准人员进出。如果他退回办公室，这有损政府形象；如果他走出去，必将招致更严重的劳工风潮。

当他沉思时，更多工人拦住了他的去路，他望着那条“禁区线”，忽然脸上露出笑容，好像禁区线不是对他的，他朗声说道：“多谢你们来看我，我们可以过去吗？”罢工纠察员忍俊不禁，罗兰大步跨上校门台阶。

自然，幽默远不是一笑了之。二次大战时，幽默像英勇的皇家空军一样为阻止德国法西斯对英国的占领出过大力。举一例即足以说明，这就是那个从伦敦空袭的残垣断壁中爬出来的女人的故事。当问到“你丈夫在哪里”时，她擦着头上、臂上的泥土回答：“他只是在利比亚流血的傻瓜！”言下之意：他应该在更艰苦的伦敦战斗。其幽默的意志令人钦佩。

当我们走到生活的死角，先问一下：“可否一笑置之？”有责任感的人经常这样解决难题。像西马歇尔，美军参谋总长，把“仓促”的美国引入二次大战，他面临的首要问题是鼓舞士气。

他认为陆军重要，海军出身的罗斯福总统却认为海军是首要的，其次是空军。争论日趋激烈，马歇尔坚持己见。最后，在一次碰头会上，一贯不苟言笑的马歇尔笑了：“总统先生，你起码不要再说‘我们海军’和‘他们陆军’吧。”

罗斯福望着戴眼镜的马歇尔禁不住露齿大笑，他重新研究了马歇尔的建议，逐步接受了“陆军第一”的观念。

我的私有财产

秋天，满山的树叶都变黄了，唯有枫树像春天的花朵一样，呈现一片红色，阳光灿烂，空气清新凉爽，没有一丝风。山脚下的小湖湖水清澈平静。但由于水凉已不能游泳了，就是说到了该离开避暑山庄返回都市的时候了。贾德森的妻子马西亚正在卧室里打点包裹，贾德森自己站在室中端详着手中的一瓶酒。

“我收拾完了，”马西亚在卧室里边说，“亚历克取钥匙回来了没有？”亚历克住的地方离这别墅不远，冬天由他代为照管别墅。

“他到湖边弄船去了，大约半小时后就回来。”贾德森回答说。马西亚进屋来拿她的皮包，当她看见丈夫手中的酒瓶时，愕然地停住了脚步。

“贾德森！”她大声叫着他的名字，“你怎么上午就喝起酒来了？”

“不，亲爱的。”他望着她笑眯眯地回答道，然而她并不喜欢他这种笑脸，“你错了，我不是想往外倒酒，而是要往里面放点什么。”

他张开手让她看手中的一些白色粉末，他的笑容收敛了，脸色变得十分严峻。这使马西亚感到有点害怕，尽管她还不清楚自己究竟怕什么。从他说话的声调，她感觉出一定要有可怕的事情发生，她对他不曾判断错过一次，因为每当他要打什么鬼主意的时候，总是那样地说话，不知这次他又要打什么人的算盘。

“这是什么？”她问。

“毒药，”贾德森镇定自若地回答，“我们每次春天回到这里，我总发现瓶子里的酒少了，肯定是有人进来偷喝了酒。这个贼！这就是我要往瓶子中放毒药的原因，我们走后那个偷酒喝的贼还会来的，这回让他再喝！”

女人的脸刷的一下变白了。“使不得，贾德森！”她大声地说，“太可怕了，那要出人命的？”

“要是我毒死了一个用暴力进入我的住宅的贼，按法律不能定我犯有杀人罪吧，”他回答道，“我们的别墅上了锁，如果有谁溜门撬锁进来喝酒的话，那我可就不管了。”

他把粉末倒进瓶子里，然后将瓶子和一个杯子放在桌子上，他看着瓶子笑起来：“看上去真馋人。”

“不能那样做，贾德森，”她又说了一遍，“法律也不能判一个小偷死刑啊，你有什么权利……”

“当我不得不保护自己的财产的时候，我有我自己的法律。”

他现在说话的那种腔调就好像一条大狗在向另一条前来抢肉的狗狂吠一样，她熟悉这种声音，厌恶这种声音。

“他们充其量不就是喝了你一点酒吗？”她说，“那可能是附近滑雪的孩子们干的，他们又没有拿别的东西。”

“我管不了那么多，”他说，“假如一个人截住我，抢我五元钱或是五百元钱我认为都是一样的，贼就是贼！”

她还是想劝阻丈夫不要那样做：“我们明年春天才能到这里来，把这个瓶子放在这里，怎么能让我安心睡觉呢？你且想想，要是我们出了什么事，别人又不知道，那不可怕吗？”

贾德森又说了一遍他管不了那么多，而且斥责她不要再说废话了。她知道再多说也没用，他一向心狠手辣。

她朝门口走去，一边走一边说她要去和亚历克的妻子玛丽告别。她决定把酒瓶子的事告诉给玛丽，玛丽是能理解她的，她会从亚历克那里拿到钥匙，将瓶子中的酒换掉。

马西亚离开了别墅，过了一会儿，贾德森出去取他晒的猎靴，他看见马西亚下山朝亚历克的家走去，亚历克正从湖边上山来，贾德森喊亚历克快一点，然后便拿起靴子回屋，走着走着，一不小心绊倒了，他因为脑袋撞到门框上面而昏了过去，过了一会儿，他半睁开眼睛想弄明白自己到底是怎么了。他听见亚历克说："你只是摔了一跤，老爷，不要紧，喝了这个马上就会好的。"说完将一杯酒递给了他，他迷迷糊糊的连眼睛都没睁就喝下去了。

（美国）威·德米勒

忠实的费奇小姐

身材小巧玲珑的费奇小姐正在装订文件，通信员给她送来一张通知单，那上面只寥寥几字："档案科玛格丽特·费奇下午三点钟到402房间去见里格斯先生"。

"里格斯先生是谁？"玛格丽特问在她旁边工作的贝蒂·吉姆波尔。吉姆波尔想了一会儿，说："他不是忠诚审查委员会的负责人吗？他找你干什么？"

费奇小姐耸了耸肩膀，没说什么，干脆也没往心里去。忠诚审查委员会已成立几个月了，这与她毫不相干。她是爱达荷州人，二十三岁便进政府机关工作，在这里她已工作了三十年。她耳闻目睹过各种党派的政府上台和下台，无论是保守党的政府，还是自由党的政府，对费奇小姐来说都是一样的。所以这个通知单没有理由让她多想什么，可是在别的方面她却想得很多，因为再有十一个月她就可以领养老金退休回爱达荷州老家了。

差五分钟三点的时候，费奇小姐拿出通知单向科长吉尔哈特小姐请假，她没有留意吉尔哈特小姐脸上的惊恐表情，上了电梯就下到了四楼。

在402房间的门口，费奇小姐用手理了理她那灰白的头发便进去了，她拿出通知单交给了那位面颊绯红且漂亮的女秘书，然后被领到里格斯先生的办公室。

“请坐，费奇小姐，”里格斯先生说，然后清了清喉咙，“忠诚是非常重要的事情，费奇小姐。”

费奇小姐点头表示同意，里格斯先生从他的办公桌里拿出一张卡片看了看说：“您本人的表现还是很好的，费奇小姐。但不知您是否发现同事中有什么不忠诚的现象，听到过什么对我们政府不够信任的言谈没有？”

费奇小姐回想了一会儿。

“没有。”她说，“就是有过，我也想不起来了。”

“我想以后你会留心一下周围的人和事的，我们希望能听到您反映的一些情况，谢谢，费奇小姐，你可以走了。”

玛格丽特回到档案室继续工作起来。她很快就把里格斯先生的话忘得一干二净了。两周以后的一天下午，她又收到了一个让她去向忠诚审查委员会主席汇报的通知书，这时，她才着起急来，因为她才意识到自己根本没有留心周围的一切。

“您好，费奇小姐，”里格斯先生说：“有什么情况吗？”玛格丽特一再表示歉意，说她没有什么可奉告的。

“这可不怎么好：”里格斯先生说。玛格丽特解释说她了解的人很少，平时也不爱和周围人多接触。

“一个真正忠诚的雇员，”里格斯先生说，“不仅要自己不做不忠诚的事情，也要使别人不敢做不忠诚的事情。忠诚不仅仅是消极的，也是积极的。从另一角度讲，不忠诚不仅仅是积极的，它也可能是消极的，如果一个雇员顾及虚伪的同事情分而宽容他人的不忠诚，这实际上也是一种不忠诚。不忠诚不仅仅是积极的，也可能是消极的。”

这番话使费奇小姐如大梦初醒，她意识到自己陷入了可能被视为不忠诚而失去养老金的危险之中。

“我相信您下次来的时候不会再让我们失望。”里格斯先生说。从此以后，玛格丽特几乎变成了另一个人。她只用一半的精力工作，而把一半精力用在察看办公室其他人都在干些什么，连谁和谁说话都不放过，一心一意想探听到谈话的内容，哪怕是只言片语。但同事们的谈话内容总不涉及政府，只不过是最近上映的电影啦，商店卖什么东西啦，华盛顿的暑热啦之类的琐事。

夜里，费奇小姐辗转反侧难以入睡，她回忆着白天听来的一些谈话，凡是她熟悉的人她都想到了，看是否有谁无意中流露过对两种社会制度的品评，想来想去，她想到了贝蒂 · 吉姆波尔。

第二天，在食堂吃午饭的时候，她特意挨着贝蒂 · 吉姆波尔坐下，但一无所获。然而，里格斯先生随时随地都会再次召见费奇小姐，她不能等待事情任其自然地发展了，她决定采取主动，套出贝蒂 · 吉姆波尔的话来——正像设一个圈套那样，她认为如果贝蒂 · 吉姆波尔没有对政府不满的思想，与她本人也没有什么伤害。

翌日中午，玛格丽特突然对贝蒂说："报纸上有关俄国的那些报道你都看过了吗？"

"看过了。"贝蒂 · 吉姆波尔说，费奇小姐决定乘胜追击："我怀疑俄国是否能像报上所描述的那样糟。"

贝蒂 · 吉姆波尔正往嘴里塞面包，当然没法回答了，然后她突然指着一个端着盘子的漂亮女人说："你瞧，洛蒂 · 怀特穿的那件衣服多漂亮！"

第二天下午，轮到了贝蒂 · 吉姆波尔去见里格斯先生。

"请坐，吉姆波尔小姐。"当贝蒂站到他跟前时他说。

"忠诚是非常重要的事情，吉姆波尔小姐。"

"嗯，非常重要。"吉姆波尔赞成地说。里格斯先生从他的桌子里抽出一张卡片瞥了一眼，说："你的表现不错嘛，吉姆波尔小姐，但不知您是否发现同事中有谁不忠诚，是否听到过什么不满政府的言论。"

"没有。"贝蒂回答道，可是这时她突然想起头一天午饭时费奇小姐说的话来。

"一点都没有吗？"里格斯不无威胁之意地问。

"要是有人说她怀疑俄国是否像报上描述的那样糟，算不算……"

"算，吉姆波尔小姐，太算了。"他说。

"请告诉我是谁说的吧。"吉姆波尔咬了一下嘴唇，眼睛充满了泪水，她万万没有想到事情会这么严重。

"说呀，吉姆波尔小姐，"里格斯先生催促她快说，"你提供的这个情况对政府可能极有价值。"

"是玛格丽特 · 费奇小姐说的。"贝蒂小声地说。里格斯先生显出惊奇的神色："非常感谢您，吉姆波尔小姐。"

"但我可以保证说那话并没有什么用心。"贝蒂一再强调地说。一小时以后，里格斯先生又把费奇小姐传了去："请坐吧，费奇小姐。"费奇小姐感到惊慌失措，因为这次谈话不是里格斯先生一人，他的左边坐着一个又矮又胖的中年男人，右边坐着一个干瘪的老太太。

"听说你感觉我们美国的报纸对俄国不太公平。"里格斯先生用一种过于和善的腔调说。

同贝蒂·吉姆波尔在食堂的谈话闪进了玛格丽特的脑海，"啊，不！"她喊道，"是贝蒂·吉姆波尔说的！"

"是谁这不关你的事，费奇小姐，"里格斯先生甜蜜蜜地说，"我们关心的只是你对这个事情的看法。"

费奇小姐竭力分辩说她那是在套贝蒂·吉姆波尔的话："是你让我弄清别人都在说什么想什么的呀！"

"那倒不假，"里格斯先生说，"但我们也同样关心你在说什么想什么呀。"

就这个问题，几个忠诚审查委员会的成员审问了费奇小姐将近有一个小时之久。

当费奇小姐离开后，那个又矮又胖的男人问里格斯先生："对这个问题你是怎么想的？沃尔待。"

里格斯先生咳嗽了一声："很难说，也许她讲的都是实话，但我看问题不在于她是否有罪，而在于这种时候政府能否雇用一个对政府持有怀疑态度的人。"

第二天，全档案室的人都为费奇小姐的遭遇感到震惊。

（美国）阿兰·马克斯

被诅咒的房子

年少英俊的子爵，过着年收入三万利渥尔的舒适生活。不幸的是他叔父去世了，这位叔父平日聚敛财富且爱财如命，所以将近二百万的家产全部留给了年轻的子爵。

当年轻人查点叔父的产业簿时，发现自己已是胜利路一座房子的主人了，这座房子在扣除各种捐税以后，每年可净剩租金八万两千法郎。

"数目太大了，"慷慨的子爵心想，"我叔父太刻薄了，租金太高，像我这样名声昭著的人，不该如此巧取豪夺，从明天起降低房租，房客们肯定会称赞我的。”怀着这样高尚的目的，子爵立刻派人去叫那座房子的管家，管家迅速赶到，在主子面前深深鞠躬致敬。

“伯纳德，我的朋友。”子爵说，“你马上去通知房客我要降低房租三分之一。”

这个从来没有听说过的词儿“降低”，好似给了伯纳德当头一棒。但他马上清醒过来，可又不敢完全相信自己的耳朵。

“降低房租吗？”他结结巴巴地问，“老爷您是在说笑话吧，降低？！老爷，您的意思是相反吧。”

“我一生从来没有这样认真过，我的朋友。”子爵答道，“我说了，我再说一遍，降低房租。”

管家惊愕到困惑不解的程度，他感到啼笑皆非，不能镇定。

“老爷没有仔细想过吧。”他说，“今天晚上您会后悔的，降低房租，这种事情闻所未闻。老爷！要是让房客们知道了，他们对您会有什么看法呢？别的人又会怎么说呢？实在……”

“伯纳德先生，我的朋友。”子爵打断他的话说，“我喜欢我的吩咐，下属立刻照办不误。听明白就走吧！”

伯纳德像喝醉了似的踉踉跄跄地出了子爵的宅第。他完全糊涂了，他怀疑自己是不是成了噩梦中受人捉弄的玩物。他连自己是不是原来的伯纳德都开始疑心了。

“降低房租！降低房租！”他一遍一遍地说，“不能令人相信，要是住户提过意见的话……可是他们从来没说过什么呀。相反，他们都按期缴纳房租。唉！要是他叔父知道了，准会从坟里跳出来。这个侄儿肯定是疯了，降低房租，他该到宗族祠堂去受审，他是不会有好下场的。谁知道他以后还会搞出什么新花样？准是吃多了撑的。”

伯纳德由于过分激动，到家时脸色变得很苍白，他的妻子和女儿惊讶得齐声喊道：“天哪！怎么啦？你出什么事了？”

“没什么，”他答话的声音都变了，“什么事也没出。”

“你在骗人，”太太说，“你肯定有事瞒着我，说吧，我是经得住的，新主人跟你讲了什么？他要把你辞掉吗？”

“要是辞掉那倒好办了，你想想看，他亲口告诉我，唉！就是我说了，你也决不会相信的……”

“那你就说说看吧。”

“好，我说，刚才，他命令我通知房客，说他要降低房租三分之一，你听清楚了吗？降低房租……”

伯纳德太太和小姐还没等他把话说完，就前仰后合地大笑起来。

“降低！”她们重复了一声，“真会开玩笑！降低房客们的租金！”伯纳德发火了，他认为在他的家中，不允许她们那样放肆。他的太太也不甘示弱，结果争吵起来。太太认为，伯纳德先生一定是在喝得烂醉如泥的时候，得到这个荒唐的命令的。

要不是女儿极力劝阻的话，夫妇肯定会打起来。最后还是伯纳德太太，不愿意让人家以为她疯了，跑到子爵府上去问个究竟。伯纳德说得果然不错，她亲耳又听了一遍这句令人难以置信的话。可她是一个机灵的女人，她请主人当场立了字据。

整晚上，父亲、母亲和女儿在家里争论不休。他们拿不准主意，是执行呢，还是事先通知主人的亲属们加以注意？最后他们决定照办。

次日清晨，伯纳德穿上很好的一套衣服，出来向全体房客宣布重大的消息。

十分钟以后，胜利路的这幢大楼陷入了无法形容的混乱状态。那些在同一层楼住了四十多年，从来彼此不打招呼的人们，如今却聚在一起交谈起来。

“您听说了吗？先生？”

“实在想不到。”

“真是闻所未闻。”

“房东要减房租！”

“三分之一，对不？我的也减了。”

“奇怪！一定是搞错了吧。”不管伯纳德怎样解释，也不管那字据，反正没人相信。有三个人给子爵写了信，告诉了他这里发生的事，要他提防管家的精神失常。可是子爵的回信证实了伯纳德所说的一切。房客不得不相信了，于是又纷纷议论起来。

“房东为什么要降低房租呢？”

“是啊，为什么呢？”

“他一定有充分的理由才这样做的。一个明智的人，决不会仅仅为了自己不图享乐而甘心放弃高额收入的，其中必有缘故，一定是有什么不可告人的秘密。”

于是每个人心里都在嘀咕：“此事蹊跷。”

“可这又是怎么回事呢？”他们都在挖空心思地想，从大楼的顶层考虑到大楼的底层，想找出这个疑问的答案。每个住户都是一副沉思的面孔，都怀着一种莫衷一是的焦虑心情，就像一件不愉快的神秘事情即将降临时所表现的那样。有人甚至揣测，这个人一定是干过于心有愧的事，现在想要向社会赎罪。

“这不是一种用意善良的念头，”他们寻思道，“这不等于和一个坏人在一起吗？不能，绝不能！即使他有忏悔之心，但还是难免重犯类似的罪过。”

“再不就是这座楼盖的质量有问题。”另一个人提出他的看法。事情是这样：房子确实比较陈旧。去年三月份房客们挖沟的时候，房子就不得不用柱子支撑着。

“也许是屋顶不好。”六层楼的一个住户说。

“不然也许是，”一个住在顶层的房客说，“地下室里有一台造伪币的机器，我在深夜常常听到奇怪的声音。”

还有人说这房子里住满了密探，而住在二楼的一位绅士则认为，房东想要放火烧房，好向保险公司索取一笔巨款。

接着，奇怪的事情一件接一件地发生了。在七楼和顶楼，听到了无法解释的异常声音。一天晚上，五楼的一位老太太的保姆到地窖里去偷酒，碰上了已故房东的鬼魂，一只手还拿着房租的收据。

于是人们更加焦躁不安起来，从害怕变成恐怖。二楼的那个绅士，家中有贵重的东西，决定搬出去，叫他的用人送来了退房通知单。

伯纳德把情况报告了东家，东家回答说：“好，就让这个傻瓜搬走吧！”到了第二天，三楼的一个人，虽然没有什么值钱的东西可担心，也提出退房，六楼的一些房客也开始仿效。

从此，搬家风一发不可收。到了周末的时候，所有的住户都送来了退房通知单。大家在期待着一场可怕的灾难。他们夜不能寐，通宵达旦地守候着。一些惊惶失措的仆人声称，不给他们增加两倍工资，他们是不肯待下去的。伯纳德本人简直成了一个鬼，他惶惶然不可终日。他把二十二张退房通知单都挂在了房子的前面。每一张通知单上都写着“出租”的字样。有时候伯纳德领客人来看屋子。

“您可以随便挑选，”他说，“这些屋子都退了。不知他们究竟为了什么，可能就是房东要降低他们的房租。”客人们听后吓得马上走开。

二十二家房客及其全部家具全搬走了。大楼从上到下空空如也。就连老鼠，由于找不到吃的东西，也搬家了。只剩下管家提心吊胆，惴惴不安地还留在自己的住处，受着折磨。太太也不比他轻松，女儿为了早日离开父亲的家，嫁给了一个年轻的理发师，这种人在以前她是无论如何也不能容忍的。

终于，在一天早晨，伯纳德在做了一场可怕的噩梦以后，作出了最后决定，他去晋见子爵，交出房屋的钥匙，不辞而别了。

至今，胜利路那座被诅咒的房子依然空着没人住，房子外面积满了灰尘，院子里野草丛生，从来无人问津。这座楼房的名声坏到了连左邻右舍都受到牵连的地步，谁能想到，降低房租会招来这样悲惨的结果。

（法国）加博里约

墙

在布德尔俱乐部里，我的朋友雷大夫坐在我对面的一张很舒适的老式安乐椅上，这里曾留下许多杰出的英国人士的踪迹，他们在这里举止得体地享受过生活的乐趣。

我们坐在炉火旁，距离不近不远，恰到好处，暖烘烘的，很是舒坦。

“怎么，还没想出来？”雷大夫关切地问。

我坦率地回答说：“没有！一连两个星期，我眼前仿佛竖了一道墙。”

我这次来，是想请这个老朋友开一张药方，给我服用一种能使人精力充沛、乐观、注意力集中的“灵丹妙药”。十二月即将到来，我以前曾答应一家大报社的社长，要给青少年写一则圣诞故事，一则能使人获得教益的动人的故事，这是我的年轻的读者们对我的期望。他们是有这样的权利的。

“往常在圣诞节即将来临时候，我就能想出一个亲切动人、充满温情的故事，”我神情沮丧地这样解释，“每当商店橱窗里陈列出琳琅满目的各种玩具，长夜漫漫的时候，这种故事就自然而然地来到我的头脑中。但这一次却好像丧失了灵感，我感到面前横了一堵墙……”

雷大夫眼里露出若有所思的神色：“嗯，依我看，您找到了一个现成的题目……”

“什么？”

“我指的是墙……不用开药方了，再说，我在这里又不行医。假如你硬要几粒什么药丸的话，那就到我诊所里来找我，不过，这要破费您五个基尼。现在，我可以给你讲个真实的故事，题目就叫《墙》，一堵墙。我说的墙，既取其本义，也取其转义。故事发生在有一年圣西尔韦斯特瞻礼日的寒冷之夜。每逢这个宗教节日，人们心中就会非常需要温暖、友谊，非常盼望出现奇迹。好了，干脆长话短说吧。

“最初，我在伦敦警察厅当法医，半夜里经常有人来拖我起床，去为某一个回生乏术的可怜的家伙检验尸体。十二月的一天黎明，天色灰蒙蒙的——在伦敦这还算好天气，我被叫到‘伯爵大院’住宅区的一个十分简陋的带家具出租的公寓里去验尸。那里悲凉简陋的情景就无须赘述了。我面前的这个死者是位在当天夜里自缢的大学生，二十来岁，住在一个简陋的单间里，那里的取暖设备是一种要投入数枚一先令的硬币后才能使用的煤气炉。当我在冰凉的环境中，坐在桌子前写验尸报告的时候，猛然间，我的目光被几页布满了潦草的字迹的纸吸引住了。我先瞟了一眼，接着就全神贯注地读了全文。这个不幸的年轻人在遗书上写明了自己自杀的原因。从表面上看，是因为忍受不了孤独。他只身一人，举目无亲，没有朋友，而且手头拮据。圣诞节到了，他特别渴望温情，企求爱情，向往幸福……因此，事情就显得复杂了——我想，在法语中，就是这样说的。

“他隔壁住着一位陌生的姑娘，不过他们两人有时在楼梯上擦肩而过，见过面，那姑娘‘天使般的容貌’——你从这种说法中可以看出他是一个非常年轻的小伙了——深深打动了他的心。那天夜间，正当他努力同悲伤和泄气作斗争的时候，从隔壁传来了嘎吱嘎吱的声响和阵阵喘息声。小伙子在遗书中说，那些声音具有明显的特征，这意味着什么，是非常容易猜出来的。大概那些声音在他写遗书的时候一直没有停止，因为他描写得非常详细，似乎想从愤怒和轻蔑中寻求解脱，潦草的字迹显露出他激动烦躁的心情。应该说，对于一个英国青年来说，这封遗书写得颇为大胆，字里行间充满了愤激、绝望、揶揄的口气，而且没有略去任何细节。他在遗书中这样写：连续一小时，他确切地听到了一声声快乐嘶哑的喘息和床架震动的嘎吱嘎吱声，这我就不必描述了；当我们把耳朵贴着墙壁听的时候，都曾经听到过这种讨厌的嬉戏声。特别是他当时正深感孤独、沮丧和厌烦，因而他那个天使般的女邻居欢乐的呻吟声刺伤了他的心。小伙子还承认，他已暗中爱上那个陌生的姑娘了。

“‘她是那样的美丽，我甚至不敢同她说话。’他恶狠狠地咒骂这个他不愿再涉足其间的、使他反感的、丑恶的世界，这样的言辞是像他那样年龄的有教养的青年常常讲的。总之，这个年轻人当时的思想状况尽显于纸上：他心地十分纯洁，显然地过分敏感，非常强烈地感到孤独，由于渴望爱情而感到十分痛苦，而且毫无疑问，他倾心于那位神秘的‘天使’，可是，由于羞涩，又不敢和她说话。此刻，他隔着墙壁却听见‘天使’发出的声音，而且是你知道的那样一种声音。因此，他扯下窗帘上的绳索，做出了无法挽回的举动。

“读完遗书，我在验尸报告上署了名。临走前，我留心听了一阵，可是墙那边没有什么动静。大概隔壁的那个‘天使’和她的情人已经停止嬉闹，这会儿，兴许早已双双进入梦乡了。人的这种本性总是有一定限度的。我把钢笔放入口袋，提起那只医师用的小手提箱——我为它起个法语名称，叫做检验市内死亡者专用箱——正准备和警察以及那睡意尚未完全消失、老大不高兴的公寓女主人一道下楼，这时，我心里突然产生——怎么跟你说呢？——一种好奇心。自然，我不愁找不到正当的、合适的借口。刚才在隔壁房间里嬉闹过的那个姑娘和她的寻欢作乐的男友，同死者毕竟只隔了一道很薄的墙壁——这一点我们是很清楚的。或许，他们有什么话要和我们讲，补充些许新的情况。但是，无须隐讳，我这种行为的主要动机是某种好奇心——如果你要说这种好奇心是不正常的或是厚颜无耻的，那也行。

“我想看一下那个‘天使般的女人’，她的轻微的叫声和喘息声居然造成了如此凄惨的悲剧。总之我敲响了门，但没有人应声。我心中想，他们一定还搂在一起，一时间，我恍若看见这两个人在被子里惊慌失措的模样。我耸耸肩，正欲下楼，公寓女主人敲了两三次门，并且大声喊道：‘琼斯小姐！琼斯小姐！’接着，她掏出自己的那串钥匙，打开了门，我听到一声惊呼，那个女主人冲出房门，脸都吓得变了形。我走进去，拉开窗帘，朝床上扫了一眼，立刻明白事情的真相。那个悬梁自尽的大学生完全误解了隔壁传来的那些声响的性质。这个金发女郎的头部枕在长枕上，砒霜毒性发作时的痛苦没能抹去她的美貌。姑娘已死了几小时了，临终前，她一定挣扎了很久。桌上留有一份遗书，乍一看，姑娘的轻生也是因为忍受不了孤独……和对人生感到极度厌恶。”

雷大夫打住话头，友好地看着我。我愤然起身，呆了一阵，唇边凝聚着无声的抗议。

“是的，墙，”雷大夫意味深长地喃喃自语，“这是一个值得关注的问题，也可现成地做你圣诞故事的题目，人们心中的神秘的季节就要到了。”

顽童与绿头蝇

我当时20岁，上衣胸袋里塞着一封暂任教师的聘书，忐忑不安，去到学校，要谒见校长。

“你是谁？”秘书问道，“这个时候校长只接见教师。”

“我就是新来的教师。”我说着，并向她出示聘书。

秘书一边走一边抱怨，进了校长的办公室。校长走出来，看到我就蹙眉。

“教育部在搞什么鬼？”他大声说，“我要的是个硬汉，可以彻底制伏那40个小祸害。而他们却派个孩子来给我。他们会把你弄得粉身碎骨的！”

后来他觉得这样子说话可不是鼓励我的好办法，于是微笑一下，拍拍我的肩膀，用较温和的口气说：“你有20岁吗？你看来只有16岁。聘书上写的真是但丁·阿利基利学校吗？”

“上面写得清清楚楚。”我说，把聘书给他看。

“愿老天爷保佑你！”校长慨叹道，“从来没有人能驾驭得住那些男孩子。40个小魔头，在他们的领袖格勒斯基之下，武装起来，组织起来。他们最后的教师是一位严厉出名的老夫子。昨天他含泪走了，要求转调到别的地方。”

我们在长廊走着，两旁都是教室。

“就是这里。”校长说，在五年级丙班的门口停下来。教室里闹翻了天，尖叫声，铅弹掷向黑板的噼噼啪啪声，唱歌声，桌子拖前拉后声。

“我想他们正在建筑防栅。”校长说。

他捏了我的手臂一把，然后走开，这样他就什么都看不见，把我一个人留在五年级丙班教室的门口。

要不是我等待这份工作已经有一年之久，我大概会一走了之。我没有走掉，倒是开了门，走进教室。一切顿时静下来。

我充分利用这个机会关了门，走到教桌后面。40个男孩虎视眈眈望着我。

在外边，风吹动树枝，向窗子的玻璃拂扫过来。

我紧握拳头，尽量抑制自己不开头，深知一做声就威势全失。我必须等待，随机应变。

那些男孩目不转睛地望着我，我以驯兽师凝视猛虎般的目光还视他们。要认出他们的领袖格勒斯基并不难。他坐在第一排，个子很小，头发剪成平头，缺了两颗牙齿，眼睛虽小但目光凶猛。他两手把一只橘子抛来抛去，望着我的眉心。

是时候了。

他大叫一声，右手紧握橘子，臂膀向后一扬，把橘子掷过来。我把头微闪，橘子在我背后的墙上砸烂了。格勒斯基没有击中目标，这可能是他初次失手。我不过把头稍微歪了一下，不让他击中而已。

格勒斯基一怒而起，手执弹弓对着我。他那红色的橡皮弹弓，装上了一个沾了唾液的小纸球。几乎就在这一刹那，其余39个男孩也站起来，用他们自己的弹弓向我瞄准。这些弹弓是用普通的橡皮筋做的，只有他们的领袖才用红橡皮筋。

一片沉寂中，气氛越来越紧张。

树枝仍然轻拂着窗子。一阵嗡嗡声传来，在沉寂中，显得更响亮。一只大绿头蝇飞进了教室。

格勒斯基两眼仍瞪着我，但也对那绿头蝇迅速瞟几眼。其他男孩也和他一样。我知道他们内心开始有矛盾了：要对付的是这个老师呢？还是那只绿头蝇？

我很明白这只绿头蝇的吸引力多大。我刚刚离开学校，看到一只绿头蝇，也不会完全无动于衷。

突然我说："格勒斯基（那个孩子吓了一跳，因为我竟然知道他的名字），你认为你可以用弹弓打死那只绿头蝇吗？"

"这是我的任务。"格勒斯基答道。

一时班上呢喃起来。刚才那些弹弓都对准着我，现在纷纷放下来，大家都望着格勒斯基，而他也离开了书桌，向那绿头蝇瞄准。不过那纸球砰然一声，只打中了电灯泡。绿头蝇仍逍遥自在地嗡嗡作响，活像一架飞机。

"把弹弓给我！"我说。

我用嘴嚼了一块纸片，揉成球状，用格勒斯基的弹弓向那只绿头蝇瞄准。

我能否得救，我将来有没有尊严，一切就都靠这一次射击了。

我瞄准了很久。

我对自己说：记住，从前在学校里，杀绿头蝇的本领没有人及得上你。

然后我松了橡皮筋。嗡嗡的声音戛然而止，绿头蝇坠死在我脚下。

“格勒斯基的弹弓，”我说着，回到了自己的桌子，举起那红色的橡皮筋，“就在我的手里，现在我要其他的。”

我听到有人在耳语，不过这是羡慕而非敌对的声音。他们低了头，一个一个走到我的桌前来，不消一会儿，桌子上就高高堆满了40把弹弓。

我神态自如，若无其事地说：“让我们开始学动词吧！格勒斯基，到黑板前面来！”

我把粉笔抛给了他，叫他默写。

（意大利）乔凡尼·莫斯卡

要学会认真倾听

记得在《我是干什么的？》这个电视节目中，电视主持人向来宾提问，要来宾根据提问猜出他是干什么的。这个节目连续播出了二十五年。开始时，我很难掌握住我要回答问题的线索。后来，我丈夫马丁·加贝尔说：“我从这个节目里得到的结论是：你应该仔细听别人说什么，要学会认真倾听。”我采纳了他的忠告，结果非常有效。由于集中注意力听别人说话，我常常能很准确地回答问题。事实上，我的主要优势就在于我能注意倾听。

不过，倾听不仅仅是获取信息。一位七十多岁的陌生妇女向我表示，“注意倾听”也是爱你的邻居的一种方式。我常在杂货店碰到这位妇女，她有着一双机敏又锐利的黑眼睛。每当她看到我时，立即走过来跟我滔滔不绝地聊天。有时我忙得很，但也不得不耐着性子听下去。

“我不久要去阿堪萨斯一次，”有一天她对我说，“那里的春天很暖和，这对我的关节炎有好处。但是，不等你想念我，我就会回来的。”我这才第一次注意到她的手指既僵硬又弯曲。“你一个人去吗？”我问。“哦，是的，”她说，“我丈夫去世很久了。但是我通过与人们交谈，发现了许多像你这样的人。”

我立刻觉得非常惭愧。她是那么高兴，一点也不为自己感到伤心。通过与人交谈，她平静的生活变得有意义了。她所需要的，仅仅是能够倾听她讲话的人们的耳朵。从那以后，我的耳朵也变得有用了。对于妇女，尤其是像她这样的妇女，我都尽量倾听他们的谈话。

（美国）阿琳·弗朗西斯

多疑症

奥特·索里夫人，这位几乎生了一打孩子的妇人，似乎总不在晴朗的天气或者白天里分娩。现在，本森医生连夜开车又去出诊。

离索里农庄还有一段路。这时，小车前的灯光里出现了一个沿着公路行走的男性的身影，这使本森医生感到一阵宽慰，他降低车速，注视着这位吃力地顶风行走的人。

车子贴近夜行者的身边，本森刹住车请他上车。那人钻进了车。

“您还要走很远吗？”医生问。

“我得一直走到底特律。”那人答道。他非常瘦小，那双小黑眼被顶头风吹得充满泪：“能给我一支烟吗？”

本森大夫解开外衣扣子后记起自己的香烟是放在大衣的外口袋里，他把烟盒递给正在自己衣兜里摸火柴的生人。烟燃着了，那人拿住烟盒愣神片刻，然后向本森说：“也许您不会介意？先生，我想再拿一支呆会儿抽。”他晃晃烟盒又取出一支来，不等主人回话。本森大夫感觉到，有只手触到了他的口袋。

“我把它放回您的衣兜吧。”这个瘦小的家伙说。本森急忙伸手想接住烟盒，但他不无恼怒地发现，烟盒已经装在他的衣兜里了。

片刻之后，本森说：“到底特律去？”

“到一家汽车工厂去找份活干。”

“战时您在军队里干过吗？”

“在前线开了四年救护车。”

“是吗？我就是医生，我叫本森。”

“这车子里充满药味。”那人笑起来了，然后又郑重地加了一句，“我叫埃文斯。”

沉默。本森注意到生人猫一样的瘦脸颊上那道深长的疤痕，像是新近才有的。他想起索里夫人并伸手掏表，他的手指摸向衣兜的深处，这才发现他的手表不见了。

本森医生慢慢地移动着手，小心翼翼地伸向座位上，摸到了那支自动手枪的皮套子。

他缓慢地抽出手枪，借着黑暗把它贴在自己身体的一侧。然后疾速刹住车，把枪口冲着埃文斯："把那只表放进我的衣兜！"

乘客惊吓得跳起来并慌忙举起手。"上帝！先生……"他嗫嚅着。

本森先生的枪口冲着生人顶得更紧了："把那只表放进我的衣兜，否则我要开枪了。"

埃文斯把手伸进了自己的背心口袋，然后颤抖着把表放进医生的衣兜，本森医生用空着的那只手将表收好，然后逼迫对方滚下车。

"我今晚出门是为了救一个妇人的性命，然而我还花费时间去帮助你！"他怒气冲冲地对那人说。

本森迅速发动车子，奔向农庄。

索里夫人的关于把孩子带到这个世界来的许多经验，显然帮了她自己的忙。接生孩子没费多少事儿。

"今晚，路上搭我车的一个家伙想抢劫我。"他对奥特说，带着几分得意，"他拿了我的表，可我用手枪顶着他，他只好把表还给我。"

"我真高兴，他能把表还给你。不然，还真没法知道孩子的出生时间。"

"孩子是半小时以前生的。此时此刻是……"他凑近桌前的灯光。

他惊奇地盯住自己手中的表。表面玻璃是破裂的，柄把也断了。他把表翻过来，紧挨着灯。他读出那上面镌刻着的磨损了的字：

"赠给列兵T · 埃文斯，救护车队员，1943年11月3日晚，在靠近意大利的前线，他一个人勇敢地保护了我们全体的生命。护士内斯比特，琼斯，温哥特。"

（美国）埃德 · 华莱斯

"令你无忧"的破坏活动

"令你无忧"是一个专收老太婆的收容所。在这里生活的老太婆日子一直过得很好，她们在一起就像一个快乐的大家庭。

但是，不妙，有一次她们的生活中却遇到了一点小小的麻烦，那是在一个新来的管理员刚刚开始上班时发生的。那个管理员在工作了两三个星期后，向“令你无忧”的管理委员会呈上一份报告。

“这是一个可爱的地方。”她在报告中说，“但是它还需要某些设备。老太太们要做的事情太多了，而这些事情是可以用机器来做的。譬如说，剥马铃薯这种工作，只要一部马铃薯剥皮机就能做得又快又好。”

委员们很热心，他们开了一个专门会议，决定买进一部马铃薯剥皮机。希尔妲·史密斯是最先得知这一新闻的了。那天下午，老太太们聚在厨房里剥马铃薯时，希尔妲把这个消息告诉了大家。

“唉，”希尔妲说，“这可能是我们最后一次在一起剥马铃薯了。”

老太太们听她这么一说，立刻停下手中的活儿，互相询问起来：“这是什么意思？希尔妲又获取了什么新闻？快讲出来，讲呀！”

希尔妲颇有些自豪起来。“好吧。”她郑重其事地说，“我听到了……至于到底是怎么回事，我还说不清……”

“对，对，你就快说吧。”老太太们等不及了。

“好，它并没有正式决定，只是前几天我听见管理员在电话上说的。”

“对，对。”老太太们都很兴奋，又叫起来。

希尔妲接着说：“管理员说新的马铃薯剥皮机明天送来。”

“马铃薯剥皮机？”老太太们问。

玛莎·保英不相信，她说：“我从来也没听说过有这样的机器。”

希尔妲没有理她，继续说：“机器剥马铃薯的方法跟我们可不一样，那是一个大东西，一个……像洗衣机那样的东西。你把马铃薯丢进去，机器里的摩擦器就把它们的皮擦去。”希尔妲停了一下，“当然，一个人就能操作了。你把马铃薯放进去，在一边等着，几分钟后就能把剥好的拿出来。”

老太太们默默无声，她们都很奇怪，剥马铃薯的工作是她们在“令你无忧”最喜欢做的事情。或许只有这样一件事，才使她们觉得这个世界还有人需要自己。很久以前，在她们自己家里，当她们的孩子还小的时候，她们剥过马铃薯。也许剥马铃薯给她们带来对过去——她们年轻时代生活的回忆，那时她们拥有自己的厨房和家庭。现在，眼看着这仅有的一点回忆就要被剥夺了！

她们又开始做着活，但心里没有一点快意。最后希尔妲说：“当然，机器也许会坏掉。如果机器不断发生故障，也许他们会生气而退回去的。”

老太太们又高兴起来，她们开始大声说话，希尔妲阻止住她们，说：“当然，我们得通知所有的人，我们需要大家帮忙。”

第二天，机器真的送来了，放在厨房里。老太太们都不敢走近，送机器来的男人给他们做了示范操作。紧接着的两个晚上，就有一个老太太去厨房里。那架机器就在那里，像一个古老的神，等待夜间供奉来马铃薯。

但是，等到第三个晚上，希尔妲去厨房时，机器突然坏了。当机器沉默着停放在那里时，老太太们被编成一个紧急小组来剥马铃薯。第二天，那个男人来修理机器，他告诉管理员说有沙子跑进机器的引擎里去了。两个晚上后，机器又坏了。这次那位男人在引擎里找到一些头发。

管理员只好命令老太太们操作机器时戴上帽子。但是过了三个晚上机器又坏了。这一次那个男人在机器里找到了一顶帽子。

管理员这一下不由得生起气来，但她什么也没说。两个晚上后，从机器里又找到一顶帽子。这时，管理员知道是怎么回事了。但是这些妇女为什么要这样做呢？她决定必须阻止这种破坏活动。

那天晚上在联欢会上，管理员很委婉地警告了老太太们。“破坏行动”这样的词使得老太太们心里感到恐惧。她们体体面面地活了一大把年纪，做了错事的感觉使她们有些惭愧。“野蛮的破坏者”、“破坏公物者”这些字眼也把她们吓住了。于是，希尔妲反抗者集团的行动暂时停止了。两天来，希尔妲显得闷闷不乐。但突然又变得高兴起来。

当她得知轮到自己操作机器的命令时，她甚至笑了。那天晚上，希尔妲把马铃薯装进机器后，便坐下来做针线，一直到马铃薯剥好皮，又过了好久，她才关掉机器把马铃薯取出来。她对着看到的东西大叫起来，厨师凯瑟琳跑进厨房，看到希尔妲正从机器里拿出一些白色的小圆球。“老天！”希尔妲叫道，“我太用心于做针线活了，把马铃薯给忘了。哎呀，它们真是太小了，可不是？”

凯瑟琳是个个头高大的女人，她立刻生气了：“不错，今天晚上的饭只有推迟吃了。”

那天晚上很晚才吃晚饭，但是这并不使希尔妲难过。到底人是健忘的，而且这也和“破坏行动”没有关系。希尔妲甚至笑着说：“你们看到这些马铃薯了吧，被剥得只有一点点大了。人年纪一大就容易忘事，真怪。”她转身向玛莎·保英说，“我真希望你明晚在厨房时，不要忘掉机器里的马铃薯。”玛莎明白了希尔妲的意思。

第二天晚上，玛莎操作机器时，同样的事情发生了。“我一定是睡着了。”她很抱歉地说。这次厨师凯瑟琳连肺都快气炸了。

当着管理员的面，她大声说：“真的，我很遗憾，但是这些老太婆都在忘事，这些马铃薯削出来只有豌豆那么大，太小了，不够吃！我简直没法做饭了。”

管理员没有吭声。她对厨房里的事感到讨厌，讨厌马铃薯和机器。“不用担心，凯瑟琳，这种事不会再发生了。”她拿起电话。

马铃薯剥皮机公司还不错，让她们免费试用了30天机器。这些老太太又恢复到用手来剥马铃薯了。

当她们坐在那里高兴谈天时，管理员有时也站到一边，静静地研究她们。她无法完全了解，为什么她们要逼她把马铃薯剥皮机送走，事实上这些老妇人也决不能使她了解，她到底还很年轻，只有55岁，还要好几年才能够去理解这些。

（美国）格罗利娅·伊利克逊

洗耳恭听

我的儿子正滔滔不绝地给我讲他刚看过的一部电影，津津有味地描述着每一个细节。为了加强语气，他用了三千个“你知道吗”。我的牙齿都打瞌睡了。

从家里坐着计程车去机场，我的耳朵又遭了殃。那位司机嘀嘀咕咕讲着什么他用钱供儿子念大学啦，还差一年就毕业啦，儿子写信回来，却在附言上说：“我结婚了，她叫戴安娜。”他问我：“你对这怎么看？”才说完，又赶紧自问自答起来。

飞机起飞前有美妙的三十分钟——一段让我和我的思绪独处的时间，可以让我打开书，让我的思想漫游，邻座却传来一位老太太的声音：“我敢说芝加哥现在一定很冷。”

“大概是吧。”我轻声答道，面孔板得跟石头似的。

“我差不多三年没去过芝加哥了，”她勇往直前，“我儿子住在那儿。”

“很好。”我说着，目光仍黏在书的铅字上。

“我丈夫的遗体就在这飞机上。我们结婚都有五十三年了。你知道，我不开车。他去世时是一位修女开车把我从医院送出来的。我们甚至还不是教徒呢。葬礼的主持把我送到机场。”

我有生以来从未像此刻这么讨厌自己。另一个人正在渴求别人倾听她的诉说。她孤注一掷地求助于一个冷冰冰的陌生人，而这个人更感兴趣的是小说而不是她真实生活里的戏剧。

她所需要的只是一个听众……不要忠告、教诲、金钱、帮助、评价，甚至不需要同情……仅仅是乞求对方花上一两分钟来听她讲话。

这看起来是那么矛盾：在一个拥有发达的通信设备的社会里，人们却苦于无法交流，无法找到一个听众。

她木木地、缓缓地讲着，直到我们上了飞机。她在机舱另一边找到了她的座位。我把大衣挂起来的时候，又听见她哀哀的音调，对着她的邻座说：“我敢说芝加哥现在一定很冷。”

我祈祷：“上帝，但愿有人听她讲。”

（美国）爱玛·庞贝克

多余的最后一句话

我完成了一项新发现，这新发现的水平，达到了国家级奖的边缘。下面，我说说它的内容。有个贤明的民间谚语：“言语是白银，沉默是黄金。”我绝不否定这个谚语，但是我想对它进行下述修正。言语，也就是我们说出的话（这也是我的新发现的内容之一部分），也是黄金。不过，只当一个人不说那多余的最后一句话的时候，言语才是黄金。

我谈谈最近发生的一件事，作为例子。今天，我吃完早点后，对妻子说：“亲爱的，谢谢你。所有的东西都很好吃。”如果我的话说到这里便打住，就好了，可惜我又补充了一句，“不过，我觉得，燕麦粥有点煮煳了。”

您用肉眼即可看出，我的最后一句话，把事情完全搞糟了。我妻子立刻把话题一转，从煮煳的燕麦粥扯到了我的几位近亲身上，使我知道了许多有关他们的奇闻轶事……

这种例子，可以举出成千上万。但是，我想，您一定已经明白了：每个人都应该学会控制自己的发言的最后几句话，因为它们具有阴险的特性，能把我们的话从黄金变成白银，变成铜、水银、铅、尘埃、炉灰，甚至变成灰烬。

在我乘电车到大学去的途中，我一直琢磨这个问题，准备给自己的新发现作个结论，这时，忽然听见有个小伙子问道：“请问，这辆电车去火车站吗？”

“是的。”一位围狐狸皮围脖的太太回答。

“怎么会去火车站呢？”另一位穿人造皮大衣的太太反驳她说，“这辆电车回去的时候才经过火车站！现在它去肉食联合加工厂。世上竟有这种人——不知道，还乱说！”

好嘛！干吗非要说这多余的最后一句话！那位太太搞错了，记错了方向，其实这没什么大不了的，谁没有这种时候！——给她纠正过来，就得了，何必挖苦她？！

“是的，我搞错了方向。”围狐狸皮围脖的太太回答。如果她说到这儿就打住，也就平安无事了。但是她加了一句：“敢情您是个下贱货！”

穿人造皮大衣的太太紧跟着就回敬了一句：“跟我说话的人才是呢！”

围狐狸皮围脖的太太大嚷大叫起来：“你是个大笨蛋！”

总而言之，从她俩嘴里冒出来的，全是多余的最后一句话了……

车上有个知识分子模样儿的人——一位大学教师，想对乘客们起点教化作用。

“请你们别吵了。”他用几乎是温柔的声调说，“告诉了年轻人车往哪儿走，就该谢谢你们了。都别说了，两位太太看上去挺叫人产生好感的……”

唉！如果让人尊敬的大学教师只说这几句，就好了！唉！如果那样，就好了！如果那样的话，他的金子般的话就可能被大家正确地接受，电车上就可能恢复宜人的安静，可惜他认为有必要把话说完：“……看上去挺叫人产生好感的，想不到竟是如此令人发指的不文明！”

两位太太气得简直要从她们的冬装里跳出来了：“打哪儿蹦出来这么个文明人！”

“大知识分子，怎么不坐出租汽车！”

“您干吗说我是大知识分子？”大学教师决定显示一下自己说俏皮话的本领，“说不定我和你们一样下贱呢！”

好家伙！这最后一句话惹出了什么样的风波呀！

不由自主地引出这出闹剧的“罪魁祸首”——年轻人，试图恢复电车上的秩序。

“我很感激，你们向我说明了到火车站应该怎么走。”他说。本来说到这里完全可以打住，但是他接着说了下去：“要是我知道你们会大吵大闹，与其问你们，我还不如上吊呢！”

围狐狸皮围脖的太太一听，就气炸了，决定揍小伙子，连穿人造皮大衣的太太一块儿揍。

到这时，我不能不干预了。

“朋友们！”我叫道，“你们全是好人。你们说的话，全是好话。糟糕的是：你们不能及时把伤害别人的最后一句话咽回去。你们应该学会不说这种多余的最后一句话。那就万事大吉了。”

“怎么又蹦出一个人！”两位太太合唱般异口同声地说。

“最好别教训人！”大学教师补充了一句，他是知识分子呀！年轻人突然大发脾气。

“大叔，你还是住口吧！”他大声喊道，“多余的最后一句话！这辆电车上的乘客，除了你之外，全是傻瓜，是吧？眼镜蛇！”

假面具

我生来就有一张死板的脸。起初，我对此一点不在意，幼稚地认为，脸不起什么特殊的作用，其他方面的素质重要得多。但是，生活很快地消除了我的错误认识。

还在读书时，我就开始发现，不是极端需要，同班同学尽量不和我交往，好像在他们面前的不是一个活生生的同龄人，而是一片真空。课堂上，老师听完我的回答，漫不经心地点点头，从来不提另外的问题，似乎急于要极大限度地缩短同我的接触。

稍晚些时候，当我成为一名大学生，我爱上我们年级的一位姑娘，开始加紧向她献殷勤。我们的约会持续了近半年，但令人吃惊的是，她突然嫁给了另外一个小伙子，在我看来，这个小伙子同样没有什么独特之处。对于我的指责，姑娘诡辩地回答说，我和他两个惊人相似，她痛苦了很久，不知道该偏向谁，但后来看中了我的竞争对手不落俗套的耳朵，这就决定了她的选择。

大学毕业后，我分配了工作，工作虽不怎么的，但总算是在莫斯科。我竭尽全力要出人头地，按时完成各项任务，提出一些大胆方案，但纵然是这样，也不能引起领导对我的注意。领导常常忘记我的名字，把我和另外一个人混淆一起，看来，他们根本无视于我的存在。

一次，在一个春天的夜晚，我久久地研究自己的脸蛋，醒悟到抱怨任何人都是可笑的和不公平的。我的面貌全无特征可言。在任何一个办事处都可以见到这样的面孔。

我冷静地分析了自己的研究结果，下定决心永远放弃空幻的希望和远大的理想。

但，机遇特意安排我成另外一个样子。

一个周末文娱晚会上，我偷听到两个有点喝醉了的男人的谈话，此番谈话从根本上改变了我的命运。

“你得到了一副新面具！”一个黑发男人哈哈大笑，声音忽高忽低地说，从外表看，他是一个有知识的人，脸上显露出才气。“你还想高升吗？为什么？你刻意追求名誉地位会使你垮台的，你瞧着吧！”

“我不会完蛋，你别吓唬人！”另一个回答说。他傲慢，目光冷淡：“全都没错！”

我出于好奇而蠢蠢欲动了。我等到谴责个人名利主义的那个人离开后，坐到有知识的人的跟前，言过其实地赞扬起他的衣着、仪表、音容笑貌。他转眼间就上钩了，开始吹嘘自己在艺术世界所起的作用，有哪些熟人，有带壁炉的别墅和一辆汽车，并且如何受到妇女的垂青。我又给他升了升温，但结果适得其反。他突然号啕大哭，既而哽咽着，开始低声说，他讨厌面具，戴着面具早就失去了一切，也不可能有什么，似乎已无退路了。

我格外小心地从他那儿掏出尽量多的信息。他向我口授地址，原来，在离谢列兹涅夫斯基澡堂不远的一个胡同里，住着一位制作各种各样面具的手工业者。此人制作的面具如此精致和逼真，以致谁也不能够将他制作的面具与真人的面孔辨别开来。随时可以摘下面具，换用另一个面具，做这件事差不多只要一瞬间，但是，绝对不容忘戴面具的事发生，否则，会导致彻底的失败。所有面具不同于化装舞会或戏剧用的面具，不是刻板不变的，是些能适应环境变换表情，出色地模仿出过人的才智和非同一般的美德，只是让面具的主人取悦于人。对于自己的产品，师傅不收费，但是，人们只要一得到面具并戴上它，就会有种失落感，但是，这种感觉很快就会消失。

流着眼泪和我谈话的人坦率地说出这一切之后，突然用怀疑的眼光看了我一会，想必有点吃惊。与一位素不相识的人怎能这样坦率地谈话。我没等到他解释，就混入众多客人中去了。

第二天早晨，我去寻找那间不平常的作坊。这没费多大工夫：我轻而易举地找到了它，看见在地下室的门上贴着一张黑色廉价的半成品面具。

作坊主人是一位个头不高的大胖子，像儿童读物中常见的圆面包。他很有礼貌地接待了我。

“欢迎光临！”他尖声地说：“我很高兴为您效劳。你请坐！”

我在一张板凳上坐下，附近放着一大堆不知名的杂物，我不知从何说起。

“我了解您的困境，”师傅点点头：“我试试帮助您。我们就从就业指导开始，好吗？一生最重要的就是按意愿选择职业。从零开始永远不算晚。面具会使事情变得简单化。对现在的工作，您满意吗？”

“工作可没说的！”我耸耸肩，“我只是有个要求。物质上的……威望上的……高于一般水准。”

“您想成为心理学家吗？”他快言快语问道。

“嗯——不。”

“做投机商人？外交家？报幕员？收买赃物者？工会基层委员会脱产主席？律师？著名女电影明星的丈夫？请您回答！”

“这太奇特了！”我低声含糊地说，“我的要求比较简单。”

“比较简单！”胖子微笑了一下，“建筑工人或矿工不需要面具。电力机车驾驶员也不需要。顺便说一下，既然不需要，我也不必为他们做什么。如果具体职业使您害怕，我可以向您提供一副卓有成就的活动家的面具。这完全不必承担什么责任，可以做愿意做的一切。”

“同意。”我考虑了一下，回答说。

“说好啦！”他在一堆杂物中翻了一会儿，将一块软东西扔到我膝盖上：“请你抚平料子，放在脸上。”

我按他吩咐的去做了，感到皮肤有点轻微抽搐。

“好极了！”师傅笑笑，“请您拿着镜子！”我接过他递来的镜子，哎哟叫了一声。

镜子里映出一张刚毅的脸，高高的额头，一双过于自信和蛮横无理的眼睛，一张长着两片鲜红嘴唇而富有性感的嘴和一个总是不安分的大鼻子，似乎要从空气中吸取它需要的气味。

“这是什么？”我叫道，“我不喜欢！”

“极好的鼻子！”作坊主安慰说，“面具将会使它永远顺风。出色的事业型鼻子！有了这样的鼻子，谁也不会没有出路！”

他还给我试了几个面具。那些面具同第一个相似，但是，大概它们做得不够雅致，还是别的什么原因，戴上第一个面具，我的外表看起来过于忠诚和勤勉可靠，第二个面具掩饰不住狡猾，第三个面具让人感到精力过于充沛。

“不行！”作坊主坚决地挥了挥手，“对选定的角色来说，这些面具太直率。请您选用我开头建议的那一个面具，是错不了的。请您不要和鼻子争论什么，特别是在工作时。它会悄悄地提示说该说的话。只要面具上了您的脸，鼻子就会开始独立行动。当您要过家庭生活，参加文娱晚会，野餐和其他活动时，您得使用另外一套，您在家里试戴一下，您就会弄清什么时候该戴哪种面具。一言为定吧？”

“我该付您多少钱？”

“都是一些不值钱的东西。我将换得您的个性。”

“我没有个性。或者说差不多没有。”

“只要‘差不多’我就满意了。在任何人身上都会找到一点什么。祝您在新的生涯中取得成就！请原谅，有人要来找我。”

“您打算拿什么作交换呢？我不愿意白白得到它。”

“已经够了。再见！”

在回家路上，我脸上戴着面具，感到似乎失去了某些有价值的东西，但是很快就忘掉了这一点。

我的事业进行得很顺利。我几乎得到了以前只能幻想的一切。第一个面具的鼻子完全主宰了我，我也不和它争辩，将它与其他一些非工作场合不得不戴着的面具上的鼻子同样对待。开始，我觉得有点奇怪，我想的是一件事，说的是另一件事，而做的又是别的什么了，但是，随着时间的推移，我对此可以习以为常。

有时，当我开始考虑自己的生活，怀疑在我身上占了上风，这时，我面具上的鼻子气愤得连连喘息，要求我抛弃头脑中愚蠢的想法。

然而，有一次面具的鼻子说：“任何人为了个人利益而放弃了自己的原则，戴上面具，就得听从它指挥，明白吗？不可能有第三种情形！”

“这意味着什么？！”我吃惊地问道。

“这我就一点也不知道了！”鼻子抽搐道，“是主人这么说的。我只不过是一个面具。确切地说，只是面具的一小部分。”

（前苏联）列·纳乌莫夫

沉默是金

美国新泽西州一家印刷公司的老板知道另一家公司想买下他的一部旧印刷机，十分高兴。他仔细计算后，把卖价定为250万美元，还想好了怎样谈这笔生意。

他坐下来和对方洽谈时，心里有一个声音叫他："先等一等。"对方很快就打破缄默，滔滔不绝地指出那部机器的好坏。他则一句话都不说。然后对方说："我们给你350万美元，一分钱也不能再多。"不到一个小时，生意谈妥了。

日常与人往来时，"闭嘴"可以使你得到好处。有时候还可以免掉自讨苦吃之虞。比方我的朋友班，他和我们很多人一样，在不知如何是好或是要表示客气礼貌时，有时信口说出一些日后会后悔不已的话来，班的新嫂子第一次请他在家吃饭，做了个番茄肉冻。那是他讨厌吃的，但为了恭维嫂子，他大加赞赏说："真好吃！"嫂子听了好得意，记在心里。于是，以后15年班每次到她家去。她都不忘飨以番茄肉冻！

有时不假思索说出的话，无论怎样言之无意，都可能引起严重后果。一天深夜，赫罗德夫妇在他们住的公寓大厦里碰见邻居的一位太太。他虽然惊讶，但为了表示亲善便说道："听说你们有喜事！"跟着是一阵难堪的沉默。后来他的妻子提醒他，那位邻居不久前曾经小产。赫罗德说："现在我即使一时惊诧不知所措，也会先数十下才开口。"

懂得在什么时候不开口，不但明智，而且有实际好处。律师都讲过这样一个故事：有个人被控在打架中咬掉对方的耳朵，辩方律师花了整个早上盘问控方的主要证人后，以为自己已把证人的供词驳得体无完肤，忍不住再做最后一击。

"你已承认当时并不十分接近现场，也没有看到我的当事人咬掉对方的耳朵。你怎么能指证他？"辩方律师质问。

证人踌躇片刻，然后微笑道："我看到他吐出耳朵！"

诚如有人说过的"历来很少有人因为不开口而后悔"。

丈夫在我们的第一个孩子出世时，工作压力非常沉重，对我和宝宝都疏于照顾。两三个星期后，情况依然如此，我精疲力竭，恨不得立刻把闷气发出来。

一天，我写了封大动肝火的信给他，后来不知怎样把信搁在一旁。次日丈夫主动替宝宝换尿布，并说："我想这该是我学习做这些工作的时候了。"

我始终没发现是什么令他改变态度的，不过我很欣慰地把信撕掉。嗣后他对我好极了。

等待是人们在日常生活中往往忽略了的策略。有时，缄口沉默一会儿，会产生不可思议的神奇效果。

母亲回忆她在圣诞节后大减价时陪友人玛莉安到商店去退礼物的事。当时店内人头攒动，情况一片忙乱。玛莉安要求退钱，但忙得团团转的店员说衣服是不能退的，跟着转身招呼另一位顾客。玛莉安便把那件衣服丢在收银机旁，一声不响地等着。

10分钟后，店员回来。在收银机前忙碌工作。玛莉安只是微笑，继续等候。就这样又静静地过了数分钟。跟着店员一语不发地拿起那件衣服走开。大概3分钟后，她回来了，手上拿着钱！有礼貌地耐心等待使玛莉安如愿以偿。她要是大声唠叨不休，很可能不会达到目的。

当然有时候千万不要不开口，例如在主持正义、安慰朋友、解释误会的时候。在那些时刻，我们都必须开口，不过要措辞恰当。同样，思量一下也能使你的话更精确、更有力。

米雪是我的大学同学，从小就受教友会教徒式的养育，但她的祖父母却是犹太人，在大战时死于纳粹集中营内。去年，她的朋友不知道米雪的犹太背景，发牢骚说他们的儿子和犹太女子结了婚，他们拒绝跟新媳妇见面，令儿子日子不好过。米雪虽然很珍惜彼此的友谊，但很讨厌那种过分的偏见，权衡二者的轻重后，决定讲出她的心头话。"我对自己的家庭传统引以为傲。你们有那样的感受我很难过，"她对他们说，"你们的意见令我很不高兴。"

那对夫妇亦为之惊怔，立即向她道歉，并把她说的话记在心里。不久，他俩便与媳妇和好了。

米雪说这些话之前曾经仔细思量过话的效果，然后才把话率直坦白地说出来，结果是增进了彼此的了解。你决定是否开口以前，必须记住的一项最重要的原则是：先问问自己，你所说的话能不能改善情况或关系。

研究对话节奏的学者发觉在我们与人对话和交往时，轮流发言是非常重要的。"沉默可以控制聆听与说话的节奏，"洛杉矶加州大学心理学教授古德曼说，"与人交谈时沉默的作用如同数学里的零，虽无表面价值，但极其重要。没有沉默就沟通不成。"

你感到愤怒和焦虑，想插嘴的时候，不妨呷一口茶或特意叉起双手，然后微笑。你会发现这些简单动作能帮助你控制大局。

《要怎样说话孩子才会听，要怎样聆听孩子才会说话》的作者之一法布尔讲起一位母亲如何成功运用不开口的战术把8岁儿子乔纳森哄上床睡觉。

一天晚上，乔纳森一如往常地从床上走下来，对母亲说：“妈，我睡不着！”

“噢，你睡不着吗？唔……”他妈妈答道。她停下来，以同情的眼光看着他，并且等着。整整一分钟，彼此都不说话。

最后乔纳森说：“我想要是换上我喜爱的那套睡衣，我会比较容易入睡。”跟着他便回到床上去。

让你所爱的人感受痛苦、挫折或愤怒而袖手旁观不是一件容易的事。你想替他们解决问题，而不让他们自己找出解决的方法。

法布尔的十多岁女儿乔安娜有一天放学回家，神情烦恼。法布尔说：“乔安娜，发生什么事情了？”她女儿却哭起来。“我们坐在沙发上，她在我怀里不断啜泣，”法布尔回忆说，“10分钟之后，她深深吸了口气，看着我，叹一口气。‘谢谢你，妈。’她说，然后站起来走掉。”

法布尔始终不知道发生了什么事。乔安娜当时最想得到的是有人充满爱心地紧紧拥抱着她，然后她便会自行去解决问题。

“你沉默的支持可以助人找到解决方法，”法布尔说，“沉默并不意味退缩，而是表示尊重。那即是说：‘我在这里等着你，但不会碍你的事。’”

作曲家都明白音符之间的空白，其重要性绝不亚于个别音符。同样我们必须明白沉默跟我们所选用的字同具丰富表达力，令关系更和谐，更有力。

（美国）吉恩·帕温

受困的听众

我匆匆忙忙想离开市区，于是在自家公寓门前，也就是曼哈顿64街与第1街的交口，伸手拦下一辆计程车。

“肯尼迪机场。”我告诉司机。

我在后座刚坐定，前面那位纽约少见的友善司机就开始和我攀谈起来。

“你住的公寓不错嘛！”他说。

“是啊！”我心不在焉地回答。

“住很久了吗？”

“没有。”

“我敢说你屋里的壁橱一定很小。”他说。

这话可引出我的兴趣了。“是啊，”我说，“是很小。”

“你有没有听过壁橱隔间工程的事？”他问。

“有啊，我好像在报纸上看过广告之类的。”

“开计程车只是我的兼差，”他说，“我真正的工作就是替人做壁橱隔间，帮人家在壁橱里加上架子啦、抽屉之类的。”

接着他问我有没有想过为家里的壁橱做隔间。

“哦，我不知道，”我说，“不过我倒真是需要多一点的空间，不是有另外一家公司也是做这个的吗？叫什么加州之类的。”

“你是说加州壁橱公司，他们的确是干这行的大公司，不过他们能做的，我也能做，而且我的收费比较便宜。”

“哦？真的吗？”

“是啊，”这位司机接着详细地向我解释，所谓的专业壁橱隔间到底是怎么回事。他最后下结论说：“这样好了，你打电话给加州壁橱公司，请他们到你家来估价，等他们估好了，你就请他们留下一份设计图，他们当然不肯，不过你可以告诉他们，说你要给女朋友或是太太看，等你拿到你们的设计图，就打电话给我——我可以做出一模一样的东西——只要七折的价钱。”

“听起来很有趣。”我说，“这样吧！这是我的名片，如果你愿意打电话到我办公室，我们就可以约个时间谈一谈。”

“哦！天哪！”他大叫，“你是耐尔·贝尔特，是加州壁橱公司的创办人，我在电视上见过你，就因为觉得你的构想很不错，我才踏入这一行的。”

他透过后照镜仔细看我，“我刚才应该认出是你的。天哪！贝尔特先生，我很抱歉，我不是说你们公司比较贵，也不是说……”

“冷静点。”我说，“我很喜欢你做事的风格，你不但聪明，又有足够的进取心，这点我很欣赏。你的听众困在计程车后座，而你充分利用了自己的优势，这样做需要很大的勇气。这样吧！你找个时间打电话给我，我们谈一谈，让你到我公司来当业务员如何？”

不消说，他到我们公司来了，而且成为加州壁橱公司的顶尖业务员。

大声说出你的爱

有一次我受邀前往外地，发表有关高效率管理的演讲。抵达当晚，主办单位的几个人请我吃饭，顺便聊聊明天来听演讲的是些什么听众。

艾德显然是这几个人的龙头老大，块头很大，声音十分低沉。他告诉我，他是家大型国际企业的经理，主要职责是到一些分公司，去处理公司内部较为棘手的人事问题，终止一些高级主管的聘用。

“乔，”他说，“我十分期待明天的演讲，因为这些人在聆听过你的高见后，就会知道我的管理方式是正确的。”他得意地对我笑道。

我微笑不语，因为我知道明天的情况绝对与他想象的大不相同。

第二天，艾德表情木然地听完全场演讲，然后一言不发地离开会场。

三年后，我重返旧地，向相同的听众发表另一篇有关管理的演讲，我在听众群中又发现了艾德。就在演讲即将开始前，他突然站起来，扯着喉咙问我：“乔，我能先讲几句话吗？”

我打趣地说：“当然，你身材如此魁梧，你爱讲几句就讲几句，我不敢拦你。”

艾德于是开口：“在座的各位都认识我，其中有些人还知道我近来的改变，今天我想把亲身的体验与各位分享。乔，想必我这番话会让你感到欣慰。”

“三年前的一场演讲里，乔曾表示，若想培养坚韧的意志，首先就该学习向身旁最亲近的人说声我爱你。起初我对这点颇不以为然，心想这种肉麻兮兮的话和意志坚韧能扯上什么关系？乔说坚韧与坚硬不同，坚韧如同皮革，坚硬则像花岗岩，而一个意志坚韧的人应该是思想开通，不屈不挠，行为自律，做事灵活，这些话我赞同，但这与爱有什么关系呢？”

“那晚，我和太太两人坐在客厅的两端，脑中仍想着乔的话。霎时我发现自己竟鼓不起勇气向太太表示爱意，我好几次清了清喉咙，但话到了嘴边，只含糊地发了些声音，其余的又吞了回去。我太太抬起了头，问我刚才嘟囔了些什么，我若无其事地回答说没事。突然间，我起身走向她，紧张地将她手上的报纸拿开，然后说：‘艾丽斯，我爱你。’她好一阵子说不出话来，泪水涌上她的眼眶，这时她轻声地说：‘艾德，我也爱你，这是你25年来第一次开口说爱我。’”

“我们当时感触万千，深深体会到爱能化解一切纷争摩擦。突然间，我像是受到鼓舞般，立刻拨了电话给在纽约的大儿子，我们已经许久没有联络了。我一听到他的声音便脱口而出：‘儿子，也许你以为我喝醉了，但我现在很清醒。我打电话来只是想告诉你我爱你。’”

“他在话筒那端沉默了片刻，然后语气平静地说：‘爸，我知道你爱我，真高兴能听到你亲口告诉我，我也要对你说我爱你。’”

我们开始闲话家常，聊得十分愉快。接着我又打电话给在旧金山的小儿子，告诉他同样的事，结果我们父子畅谈许久，那种温馨的感觉我从未有过。

“那晚我躺在床上沉思，终于领悟了乔所说的那番话有更深一层的意义：如果我能真正地了解以爱待人的含义而且身体力行，定能对我的管理方式产生正面的影响。”

“我开始阅读相关题材的书籍，从中吸取到不少人的宝贵经验，使我更体会到这套哲学能运用到生活的各个层面，无论是家庭或是工作。”

“你们有些人知道，我彻底改变了与人共事的方式。我开始仔细倾听他人的想法；我学会多欣赏他人的长处，少计较他人的短处；我也体会到帮助别人建立信心的那种快乐。然而最重要的是，我现在了解，尊重他人的最佳方法，便是鼓励他们发挥自己的能力，来达到大家共同努力的目的。”

“乔，借着今天这个机会，我要说声谢谢你。顺便跟大家提一下，我现在是公司的副董事，领导能力颇受肯定。好了，各位，现在专心听他演讲吧！”

（美国）乔·贝顿

放风筝那一天

弟弟奔进厨房，大叫：“线！我们还要很多线！”

那天是星期六，照例很忙。爸和邻家的柏先生在外面忙，妈和柏太太在家里忙，两家都在忙着春季大扫除。这种刮风的天气，最宜于清理衣柜，大小毛衣已在后院晒衣服的绳子上飘扬。

可是，男孩子们却溜到后面空地上去放风筝了。现在，又派弟弟回来要线，不怕弟弟被扣下来打扫地毯。看来，今天的风筝要一飞冲天了。

妈看看窗外。晴空一碧，春风清峭，蔚蓝的天空白云舒卷。漫长的寒冬已经过去了，今日已见春光。妈望望客厅，家具零乱，准备清扫，又回头望望窗外：“走吧，丫头们，我们送线去，看他们放风筝。”

半路上遇见了柏太太，她赧然含笑，也带着几个女儿。

像这样的天气放风筝再好没有了！这种天气实在难得！我们带来的线都放完了，而风筝还在往上飞。只见天上几个橘红色的小点，若有若无。因为想看风筝扶摇直上，我们有时把一个风筝慢慢地收回来，然后又再放上去，心里有说不出的快乐。我们拉着风筝跑，看风筝婆娑生姿，心里有说不出的兴奋。连两家爸爸也放下锄头钉耙跑来了。两家妈妈也放了一下风筝，欢笑得像少女一样。她们发髻松散，披在两腮；花布围裙像旗帜似的飘扬。真想不到，大人竟和我们一起玩得这样开心！我偶然瞧了妈一眼，竟觉得她很漂亮，而她已年过40了！

那一天的时光，不知道是怎样过去的。只觉得时间停住了，风和日丽，一片灿烂。我想，每一个人都已浑然忘我。父母忘了家事和尊严，孩子忘了吵嘴和打架。“天堂也许就是这样。”我在瞎想。

天色渐黑，我们晒够了太阳，吸饱了新鲜空气，意兴阑珊，一步一拐地走回家。

说也奇怪，我们后来就再也没有提过那一天的事。我觉得有点惆怅。别人显然没像我那样惊喜欲狂，念念不忘。我只好把这个记忆锁在心底深处，专门存放“似假还真的事”的地方。

岁月消逝。有一天，我在厨房里忙得不可开交，赶着想把一些事做了。我的3岁的女儿却吵个不休，要“到公园去看鸭子”。

我说：“不行。我的事好多，这个要做，那个也要做，等做完了，我也累得走不动了。”

妈那时来到城里，在我的公寓小住，她把手中剥的豌豆放下，抬起头来说：“天气真好，真是风和日暖，叫我想起从前我们放风筝的那一天来了。”

我本来忙得团团转的，一会儿跑到炉子边，一会儿跑到水槽边。我忽然停了下来，心底深锁的门开了，记忆潮涌。我解下围裙，对小女儿说：“走，天气真好，应该出去玩玩。”

转眼又过了10年。大战刚刚结束，柏家的小儿子从前线回来，我们整晚都在问他做战俘的经历。他本来滔滔不绝地谈，但是忽然沉默下来，良久不发一言。他在想什么？惨痛的回忆？

“喂！”他莞尔一笑，“你还记得吗？你当然不记得了。你大概不会有我这样深刻的印象。”

“记得什么？”我屏住气，几乎不敢说。

“我在战俘营里，每逢情况不好的时候，就常想到那一天。你还记得我们放风筝的那一天吗？”

冬天来了，柏先生去世了，我非去看柏太太不可。但是我心里又有点怕。我真不敢想象柏太太以后的孤独日子怎么过。

我们谈着我家的人，她的孙子孙女，镇上的变化。然后，她沉默下来，低着头。我微咳一声。是的，我该谈到她不幸的境遇了。而她一定会失声大哭。

她抬起头来，面带微笑。“我刚才在想，”她说，“那一天，他真是兴高采烈。你还记得我们放风筝的那一天吗？”

（美国）F·富勒

等待生活

马丁内斯是一个没有耐心的人，他要求和他交往的人也必须雷厉风行，不然的话，他就不高兴。他从不错过时间，约会从不迟到，上帝帮助了每一个在超级市场排队算账时想要插到他前面的人。

他这样谈自己的不耐心，也许你可以想象，当他碰上了交通阻塞时是个什么样了。这事发生在佛罗里达州靠近他家乡的山路上，一位年轻人在防栅旁拦住了他，告诉他可能要耽搁半个小时。

“为什么要耽搁？”他问。

“因为路被挖开了，”他回答说，“我们在装水管。”

“见他的鬼吧，排水管。”他说，情绪马上低落了。

“那你就绕过去吧。”年轻人说。

他觉得年轻人的话也有些道理。他还不太清楚这个坑的情况，但是他相信他不会掉进坑里去的。

接下来的5分钟马丁内斯是在烦乱中度过的：文件在他的手提箱里，收音机和一些东西在工具袋里，他把所有的东西拿出来又放回去，然后长吁短叹地盯着窗外。

不一会儿，在他的车后停了一大串汽车，司机们纷纷下车。看来那小伙子的主意不是个坏主意，他该试试，总比坐着等强。

就在这时，一个年龄比较大的人走过来，说：“真是个阳光明媚的早晨。”他穿着工装裤，花格子衬衫，像是开出租车的。

马丁内斯看看四周，远处朦胧的溪流从圣·莫尼克大山上流下来，银灰色的水线接着蓝天，是个开阔清爽的秋天。

“不错。”他说。

“下大雨的时候，瀑布就从那边流下来。”他指着一块凹进去的断崖接着说。

马丁内斯想起他好像也见过洪水从那块断崖上倾泻下来，在山脚下激起很高的水花。他很可能只是急急忙忙地经过这里时匆匆地看了一眼。

一位年轻姑娘从车上走下来问道：“有上山的路吗？”

马丁内斯大笑着说：“有几百条，我在这里已经22年了，还没有走遍所有的路呢！”

他想起这附近有个公园，里面有一个很凉爽的地方。在一个炎热的夏日里，他曾经在里面散步。

“你看到那只山狗了吗？”一个穿着大衣打着领带的年轻人叫起来，吸引了那位女士的注意力，“在那里！”

“我看见了。”她突然大叫起来。

年轻人兴奋地说："冬天快来了，它们一定在贮存食物。"

司机们都跑了出来，站在路边看。有些人拿出照相机拍照。耽搁变成了愉快的事。马丁内斯记得上次洪水暴发的时候，道路被淹没，电灯线被破坏。他的邻居们，有的聚在一起议论纷纷，有的点上灯笼一起喝酒聊天，还有的就一起烤东西吃。

是什么把他们聚在一起了呢？要不是风在呼啸，洪水暴发，或交通阻塞，他们怎么会把时间分配在这里和人交谈呢？

这时，一个声音从防栅那边传过来："好了，道路畅通了！"

马丁内斯看了看表，55分钟过去了。他简直不敢相信，耽搁了55分钟，他竟然没有急得发疯。

汽车发动起来了。马丁内斯看见那位年轻姑娘，正把一张名片递给那位打领带的小伙子。也许他们将来还会在一起散步。

马丁内斯向出租车走去时，向司机挥了挥手。

"嘿！"他转过身叫道。"你说得对，你说是个阳光明媚的早晨。"

STORY

上帝派来的天使

上帝派来的天使

肯特·基恩是英国牛津大学的著名心理教授。他的学术成果曾多次获得过国际大奖。2001年9月，他应邀到我国一所少年管教所演讲，讲了下面一段话。

小时候，我是一个捣蛋、不爱学习又极爱报复的孩子。无论在家里还是在学校，父母和老师、兄弟和同学都极其厌恶我，然而，在心里我渴望着大家的关爱，就像人们渴望上帝的福泽一样。我一个人独处的时候常常默默祈祷：上帝啊！给我善良、给我宽厚、给我聪明吧，我也想如卡尔列一样成为同学们的榜样。可是，上帝正患耳疾，我的祈祷没有一句应验。我依然是个令人生厌的坏孩子，甚至因为我，没有老师愿意带我们这个班。

三年级的第一个学期，学校里来了一位新老师，她就是年轻的玛利亚小姐。玛利亚小姐刚一站到讲台上，整个班里都沸腾了，她太漂亮啦！我带头吹口哨、飞吻，往空中扔书本，好多男生跟我学，我们的吵闹声几乎要把房顶掀开。

玛利亚小姐没有像其他老师那样大声叫嚷："安静！安静！"她始终面带微笑地望着我们。奇怪，这样我反而感到很无聊，于是，我打了一个手势，大家立即停止了胡闹。玛利亚小姐开始自我介绍，当她转身想把自己的名字写到黑板上时，才发现讲桌上没有粉笔，我注意到她的眉头皱了一下，很快又舒展了。心想，糟了，她肯定识破了我们的把戏。但是，玛利亚小姐却转过身来问："谁愿意替老师去拿盒粉笔？"刚刚平静下来的沸腾又开始了，怪声怪气的笑声再次淹没了整个教室，好多男生争着去干这件事。

玛利亚小姐请大家不要争，她会挑个最合适的人选。玛利亚走下讲台，仔细查看了每一个人，最后她说："基恩，你去吧。"

我说："为什么是我？"

"因为我看得出你热情、灵活又具有号召力，我相信你会把这件事情做得很好。"

我热情？我灵活？我具有号召力？我竟然有这么多优点？玛利亚一眼就看出了我的优点！要知道，在此之前从未有人说过我哪怕一点点的好处，甚至我自己也认为我是个被上帝抛弃的孩子。

我很快取回一盒粉笔，因为它就藏在教室后面的草丛里。当我正要把粉笔递给玛利亚小姐时，我发现我的手指甲缝里存满了污垢，衬衣袖口开了线，裤腿上溅满了泥点，更糟糕的是我5个脚趾全从破了口的鞋子里露出了头。我很不好意思，可玛利亚小姐一点也不在意这些，她接粉笔的时候给了我一个天使般的微笑。玛利亚就是上帝派来的天使。

从此，我决定做一个上进、体面的人，因为我知道天使正在注视着我。

一个微笑，一份信任，一点宽容的力量比大声地叫嚷更强大，它们能让那些被放逐的心重新振奋，在人们的和蔼与善意中重新审视自己，审视人心，从自暴自弃的牢笼中挣脱出来，获得新生。

星期一的早晨

我登上南行的151号公共汽车时，阳光灿烂。不过，芝加哥的冬日景色实在一无是处——树木光秃，融雪摊摊，汽车溅泼着污水泥浆前进。

公共汽车在风景区林肯公园里行驶了几公里，可是谁都没有朝窗外看。我们这些乘客穿着厚墩墩的衣服在车上挤在一起，全都给单调的引擎声和车厢里闷热的空气弄得昏昏欲睡。谁都没做声。这是在芝加哥搭车上班的不成文规矩之一。虽然我们每天碰到的都是那一批人，但大家都宁愿躲在自己的报纸后面。此举所象征的意义非常明显：一班彼此紧贴着坐的人，在利用几页薄薄的报纸来保持距离。

公共汽车驶近密歇根大道一排闪闪发光的摩天大厦时，一个声音突然响起：“注意！注意！”

报纸嘎嘎作响，人人伸长了脖颈。

“我是你们的司机。”

车厢内鸦雀无声，人人都瞧着那司机的后脑勺。他的声音很有威严。

“你们全都把报纸放下。”

报纸慢慢地放了下来。司机在等着。我们把报纸折好，放在大腿上。

“现在，转过头去面对着坐在你旁边的那个人。转啊。”

使人惊奇的是，我们全都这样做了。但是，仍然没有一个人露出笑容。我们只是盲目地服从，这是群众本能。

我面对着一个年龄较大的妇人，她的头给红围巾包得紧紧的。我几乎每天都看见她。我们四目相投，目不转睛地等候司机的下一个命令。

“现在，跟着我说……”那是一道用军队教官的语气喊出的命令。“早安，朋友！”

我们的声音很轻，很不自然。对我们其中许多人来说，这是今天第一次开口说话。可是，我们像小学生那样，齐声对身旁的陌生人说了句话。

我们都情不自禁地微微一笑，完全不由自主。我们松了一口气，知道不是被绑架或抢劫。而且，我们还隐约地意识到，一向以来，我们怕难为情，连普通礼貌也不讲，现在这腼腆之情一扫而空。我们把要说的话说了，彼此间的界限消除了。“早安，朋友。”说起来一点也不困难。有些人随着又说了一遍，也有些人握手为礼。许多人都大笑起来。

司机没有再说什么。他已无须多说。没有一个人再拿起报纸。车厢里一片谈话声，你一言，我一语，热闹得很。大家开始时都对这位古怪司机摇摇头，话说开了，就互相讲述别的搭车上班趣事。我听到了欢笑声，一种以前我在151号公共汽车上从未听到过的温情洋溢的声音。

公共汽车到了我要下车的那一站，我跟同座的妇人说声再见，然后一跃下车，避过水坑。另外4辆公共汽车也驶进站来，卸下乘客。这些车上未下车的乘客全都像石头那样坐着——默不做声，一动不动，和我那辆汽车上的乘客完全两样。151号开车时，我微笑地看着乘客神采飞扬的面孔。我心情愉快地开始了这一天，比平时的日子有一个更好的开始。

我回过头来看那位司机。他正在看后视镜，准备趁空把车从车站开出。他似乎并不知道，他刚创造了一个星期一早晨的奇迹。

雨天的友谊

1997年春天，我离开了喧嚣的纽约，来到以色列北部的一个小村庄。小村子坐落于格利里山脉底部的一座小山顶上。我给自己放了3个月的假，就为了到这里来享受一下这里独特的简朴和宁静。当地有名的故事团“绿宝石指环”就是在这个村子里。我也是个讲故事的好手，于是我提出想加入这个团体，至少在旅游期间我可以和他们一起讲讲故事。他们对我表示欢迎，邀请我参加他们的聚会，和他们一起讨论工作。为了照顾我，他们特地改说英语，这让我觉得自己已然是他们当中的一员了。

团里的两个带头人是一对叫拉米和伊芙特的夫妇，他们对我特别热情、特别周到。拉米是个了不起的绅士，他的目光既有一种穿透力，又很温和。他的身高足有6英尺多，看上去像座铁塔，可一讲起故事他总能娓娓道来，让人听得如痴如醉，仿佛把人们带到了神秘的国度，带回了远古时代。他的最佳搭档——伊芙特，身高5英尺出头。她那团飞舞的浅棕色头发簇拥着一张轮廓分明的脸，下巴翘翘得很醒目，看得出在她孩童般天真的微笑后面，隐藏着一种坚忍不拔的气质。她步伐轻快，忽东忽西，来来去去，如同一缕清风。

伊芙特一直很关照我，很快我就成了他们家的常客。我们一起讲故事，还讨论一些与生命有关的严肃话题。有一次，我去拜访他们时得知，他们要去英格兰旅游，前后要离开12天。于是，他们邀请我在这些日子里住到他们家里去。我当时住在村里的政府招待所里，地方够不错的了，就是有点斯巴达式的风格：一个单间，里面只有一个简易电炉和一个茶壶。伊芙特和拉米的信任和友善让我感动得不知道说什么才好，于是，我虽然心里觉得受之有愧，但还是接受了他们的邀请，答应在他们舒适的家中住上两个星期左右。

几天过后，他们在一阵忙乱和几句叮嘱中出发了。我马上就兴致盎然地搬进了他们家，他们的厨房、有线电视、音响和其他好东西都让我给充分地利用起来了。这里简直像天堂一样，我则舒舒服服的，就像一个皇后住在自己金碧辉煌的新城堡里一样。

我的朋友再有几天就要回家了，于是我开始在屋子里进行疯狂的大扫除：站在厨房的灶台上去清扫橱柜顶上的灰尘，把犄角旮旯里平时看不见、够不着的脏东西都擦干净。我对自己说，这是向主人答谢的礼物，让他们回家一看窗明几净，比自己离开时还整洁。大干了一场后，我巡视了一下自己辉煌的战果，然后洗了个热水澡，就出去参加晚上的聚会了。

在这个地中海的初夏之夜，我尽情地狂欢、跳舞，玩了几个小时，回来时已经是凌晨两点了，非常开心但也挺累的了，只想赶快冲个澡。我正要准备沐浴，突然发现热水器开关上闪着刺眼的红灯——还开着呢。我这才想起主人离家时给我的唯一一句叮嘱：热水器用完后一定要在15分钟内关上，而现在已经过了6～8个小时了。我赶紧把它关上，心里不停地骂自己太粗心了，真是该打。我来到浴室，赶忙拧开淋浴器的热水龙头。

起初什么声音都没有，而接下来的那种声音，我这辈子恐怕连做梦都忘不了。“咯嘣咯嘣”，“呼噜呼噜”，滚烫的热水冲过水管，管子几乎承受不住这巨大的冲力了。紧接着，“咯嘣”声中突然发出了“嘶”的一声巨响，随后是“轰”的一声，仿佛立即传遍了整栋房子的各个角落，甚至包括我的头顶。接着，水来了——从屋顶和四周墙壁上往下滴个不停，原本是细纹的地方出现了裂缝，原本是光洁的地方出现了细纹。墙上挂着的油画很快就被浸湿了，干爽的墙面也已湿得一塌糊涂了。房子里就像下起了雨——起初还是“滴滴答答”，后来就“哗哗”地浇在了家具、电视和音响上，家具和地毯被泡透了，文件和书也都被泡得一卷一卷的。

我在房子里冲过来冲过去，简直要发疯了。我努力让自己别崩溃、别哭别叫，试着把家具和电器还有重要的文件搬到没有水的地方。可是不一会儿，这些地方也变成了热带雨林，我只好再把东西搬到另一处。就这样搬来搬去，接着……没电了，房子里一片漆黑，屋里雨仍然下个不停，还越下越大。接着……屋顶陷下来了。再接着……我喊来帮忙的那个女人跑到房子大门口的时候踩进水里滑倒了，摔断了胳膊。

第二天早上，我往英格兰打了个恐怖的电话——在我的房东正享受着美好的度假时光时——告诉他们，我把他们的房子彻底毁了。他们听到消息后很平静，没有大喊大叫，只是给了我维修人员的名字和联系方式，告诉我他们下周会按原计划返回。在他们回家前的几天里，我坚持待在这栋破裂的房子里，大概是想自我惩罚一下吧。

伊芙特和拉米一回到他们这个如今已是摇摇欲坠的“城堡”，就开始查看房子损坏的程度并开始着手维修。对我，他们没有奚落，没有责怪，也没有表示出愤怒，只说了一句话，话里有些后悔，但完全没有责备我的意思，“我们当初应该和你多强调一下，及时关掉热水器是非常重要的！”他们收下了我主动拿出的1800锡克尔，合450美元，我也只能掏出这么多的维修费了。两人一再表示这已经够多的了。他们的爽快和善良让我深感慰藉。虽然愧疚和懊悔在不停地抽打着我的内心，但从他们那里我得到的只有安慰，以及他们一贯表现出来的那种友好。

又过了一周，伊芙特邀请我陪她一起去当地的学校给孩子们上一周一次的自然讨论课。每次在课上她都要带上一种小动物介绍给孩子们认识。孩子们在观察、亲近、抚摸小动物的时候，伊芙特就会给他们讲故事，故事里面包含着很多关于动物的鼻子、胡须、声音或者栖息地等种种常识。那次他们要学习的是田鼠，伊芙特带了一只硕大的田鼠妈妈和两只田鼠宝宝。

孩子们特别喜爱它们听话的样子，还有那柔软的皮毛和它们暖乎乎、圆滚滚的小身子。在回家的路上，我们停车来到附近一个镇里，在市场上逛了一圈，还美美地吃了顿沙窝玛。这是当地的一种美味佳肴，把撕碎的羊肉放在一个热气腾腾的皮塔饼里，上面浇着各种沙拉和调味酱。前一周发大水的事一直让我心有余悸，而且心里还总是悔恨交加。所以这一整天的外出对我来说是很好的放松，帮我消除了这几天的心病。当我们离开小镇朝车子走过去的时候，我开始觉得一切都会好起来的，可好心情又转瞬即逝。

我们一上车就发现那只田鼠妈妈已经死了，后座上的幼鼠也奄奄一息。中东正午时分的太阳炙热难耐，而这些可怜的小家伙在敞篷车里烤了一个半小时，都中暑了。我们往小田鼠身上洒了点水，让它们苏醒过来，然后立即跳上车向家里飞奔。半路上，车撞到了一个尖尖的东西，轮胎爆了，车差点冲出了马路。一个骑着摩托车的路人停了下来，帮我们换上了轮胎，于是我们又上路了……可是还不到3分钟时间，我们又撞上了尖东西，结果刚换上的备用轮胎遭遇了和前一个轮胎同样的命运。

就这样，我们两个女士、两只垂死的小田鼠，还有一只已经死了的大田鼠只好站在尘土飞扬的路边等着搭乘过路车。我站在那里，努力让自己保持镇定，满脑子“嗡嗡”直叫，硬挺着不让自己叫出声来。我对自己说：“你真是晦气，敢走近你的任何人、任何东西都要遭殃，是你给他们带来了死亡、厄运和毁灭。”若非以色列的阳光晒黑了我的皮肤，我一定面色苍白。虽然当时酷暑难耐，我却全身发抖。我不知站在身边的伊芙特会怎么想我。我不敢看她的脸，她一定冲着我面带怒色，我不想看到她后悔遇到我这个人，后悔当初不该对我这么好，结果只换来了一件接一件的倒霉事。

最后我终于抬起头，转过脸朝她看去。她注视着我，满脸都洋溢着温情，目光中充满了真诚。她把脸凑到我面前，唇间浮出了一丝微笑，轻声地说：“命中注定了的，我们肯定会成为好朋友。”听了这番话，我的内心得到了极大的安慰。

很长一段时间过去了，拉米和伊芙特的房顶早已修好，上面还另盖了一层楼，同样，我们的友谊也没有被那场“大雨”摧毁，这些年来感情还越来越好。果然，我们成了非常要好的朋友，而且一直亲密无间。

我的栀子花天使

布朗小姐总是把她那头棕发在后脖颈处挽成一个平淡无奇的发髻，而且她从来都不化妆，因此她看上去简直就是学校里典型的女学究。她常常穿着一件细线的羊毛开衫，下身套一条肥大的裙子，要么就穿着松松垮垮的套装，不是蓝色就是棕色。她是我八年级时的老师，当时她的年纪大概是在35到40岁之间吧，可是在13岁的我看来，她挺老的。布朗小姐当时还没结婚，和她年事已高的父母住在城区的另一端。她开着一辆老式的蓝色福特，声音沙哑，说起话来书生气十足，有点呆板。她是我的班主任和拉丁文老师，我非常崇拜她。

她特别关注我，可能因为，我是她班里仅有的几个纯粹出于喜爱才选修拉丁文的学生之一，也可能是唯一的一个。当然了，我能在这么多小学生中脱颖而出也是因为我又积极又听话，而且总是精神抖擞，足以引起老师的注意，而且我还是每个老师理想中的那种学习特别主动的学生。

在我八年级临毕业前的一天，布朗小姐下课后把我叫到一边，问我那个暑假有什么安排。

“我要去纽约做一个眼科手术，”我告诉她，“他们要给我矫正视力。”

当时我笑得一定很勉强，尽管装出一副热切期盼的样子，但还是无法掩饰内心隐藏的那种冷冰冰的恐惧。她问我准备去哪家医院，说到时候要给我寄张卡片。我受宠若惊，哆哆嗦嗦地对她说，我的眼睛很可能一周以内都得缠着绷带，不过我想肯定会有人给我读信的。接着她又问了我一个问题。

“不，”我回答道，“我妈妈不能陪我。手术一完她就必须回家上班。”

我妈妈在我们居住的宾夕法尼亚城的一家诊所工作，那里的主管医生安排我到著名的曼哈顿眼耳喉医院就诊，由那里有名的眼科主任为我做手术。那是我第一次自己出远门。我从没参加过夏令营（我的一个家里很有钱的朋友去过，还和我讲了夏令营的全部过程）。而那一年，位于医院大楼十二层的病房将成为我的夏令营区——只是在这里等待我的不是远足、游泳或骑在马背上飞奔，而是一个外科技术。

在七月一个炎热无风的夜晚，我和妈妈乘火车来到了纽约市，住在医院附近的基督教女青年会那里。第二天一早我们就乘地铁来到诊所，坐在硬硬的长凳上排队等着，直到一个工作人员喊了我的名字。

手术过后，我从麻醉中醒来时，感到妈妈正轻轻地用手把挡在眼罩前面的头发拂开。当我彻底清醒过来后，妈妈握着我的手告诉我手术很成功，而她马上就要去赶乘回家的火车了。不一会儿，一个护士拉着我的手带我去盥洗室，这个护士做事快手快脚、一丝不苟。我什么都看不见，她的声音听上去挺不错的，而且挺年轻。一路上，她不停地给我描述两边的情况，让我用手触摸墙壁，记住我走过的步数，还让我想尽一切办法在脑子里勾画出整个路线。我在行动上好像完全进入了盲人的世界。

几天过后，我已经可以十分自如地下床四处走动了，比如到前庭，我们同屋12个病友都在那里就餐，就像一个大家庭一样；还有那个小阳台，每当太阳移到马路另一边的时候，我们就在那里坐坐；还有病房外的洗手间；去浴室也不成问题了，我已经学会了完全摸索着洗澡。

在术后第三天，我吃过午饭躺在床上休息，用手拨弄着那个黑色的眼罩，心想这可没有一点万圣节的味道。正在这时，我听到身边有一声响动。一只手轻柔地搭在了我的手上。

“嘿，怎么样？”我听到了一个沙哑的声音。虽然换了个新地方，但我对这个声音还是那么熟悉。

布朗小姐说她是来纽约参加世博会的。“不过，我主要，”她接着说道，“还是来看你的。”

说完，她把我的双手放在一个圆形的赛璐珞盒子的两边。“来，”她边说边把我的手移到盒盖上，“把它打开。”

我掀开了盒盖，顿时，一种清香扑鼻而来。

“是朵栀子花，”她对我说，“乳白色的，花瓣又大又圆，很有质感。整个花店里就数它最香了。我希望这香气能一直陪你到摘除纱布的那一天。”

她还给我带了另一样礼物，是从世博会荷兰展馆买来的一件饰品。那是一双极小的淡蓝色手套，镶着黄色的边饰——黄色是我们学校的标志性颜色——中间还连着一条漂亮的黄丝线。

“你可以把它别在衬衫或者运动衫上。”她一边说一边拉着我的手，抚摸着那个质地柔软的小饰品。

九年级还属于初中部，所以秋天开学后，我常常在放学后顺路到布朗小姐的教室里去看望她一下。

就这样，我渐渐从老师的宠儿变成了老师的朋友。而我们最终成为朋友还是在那个圣诞节前。我发现她喜欢收集天使娃娃，并在为装扮自己的圣诞树四处搜集独具特色的天使娃娃。我急忙走遍了当地所有的商店，终于找到了一个很特别的天使娃娃。它是法国制造的，看上去非常可爱，有一张美丽的脸和一双丝绸做的翅膀。我用给人家看小孩挣来的钱买下了这个小天使。看着女店员一点点把它包好，我激动极了，就像是给自己买下了一件很特别的收藏品一样。

后来，布朗小姐请我到她家，她指给我看挂在圣诞树上的这个天使娃娃，脸上流露出深深的喜爱之情。我觉得在她所收集的这些飞舞着双翅的宝贝当中，这个天使在树上最为光彩夺目。她住的这所小房子虽然简陋，但起居室被装扮得古香古色，而这些天使娃娃更使房间增色不少。她的母亲还有她那曾任军队中校的父亲为我准备了茶和圣诞点心，还很友好地和我一起聊了会儿天。

她开车送我回家时，给了我一个包装精美的黑色盒子，里面装着一个小巧的、可以使用五年的蓝色日记本，封面上还印着金色的图案，而且还配有一把小小的金锁和金钥匙。我一直坚持着在这本日记里如实地记下我的生活，有一年用的还是我自己发明的象形密码呢。至今，这本日记仍然被我完好无损地保存在那个四边已有点破旧的盒子里。

直到我开始写这个故事，也就是说直到过了50多年以后，我才想，不知道在我们从师生变为朋友时，她在心理上是否也和我一样觉得很难适应。我们两人在心底都被同样的问题所困扰，但最终还是摆脱了师生关系的束缚，走到了一起。

我一进入高中，我们的友谊便进入了一个全新的阶段，在时间和空间上再也不受师生地位的束缚了。对我来说，最大的障碍莫过于对她直呼其名。只有在三四十年代或在那以前长大的人才会理解，当初这对我而言是一个多么巨大的挑战！在我上高中以后的那些年里，我们主要是通过电话联系，而且通常要在电话里聊很长时间，而我总是尽力绕过这个问题，不直接称呼她的名字。

在我十几岁的时候，她一直是我可以信赖的导师兼朋友——看着我进步，为我加油，在我告别青少年时代步入成人生活时，她更是喜形于色。终于，我在叫她雷切尔的时候觉得比往常自然多了。但在我心里，她常常还是那个布朗小姐，尽管她已经结婚了。

她的丈夫岁数很大，丧偶，子女也都长大成人了。她婚后搬到南方，住在他的家里，那时候我已经在纽约市定居了。我从没见过那个人，但在她信中的字里行间，我能够看出他们十分相爱，彼此对这段感情都很投入。我也总是在信中告诉她发生在我生活中的每一件大事：就业、订婚、结婚，还有孩子的出生。我的第一个孩子出生时，她一接到消息就送来了一双自己织的小手套，雪白的，中间是一趟麻花垄，里面还装着香料包，是放在抽屉或衣橱里熏香用的。

后来我们的联系渐渐少了，最后仅限于在每年圣诞节互寄一张卡片。她的卡片总是夹带着一个可爱的天使，就像她可爱的签名一样。而我的卡片里总是写满了自己在这一年里的主要经历。

我曾经写了两本书，在下一个孩子出生之前，我的第三本书又出版了。这是一本针对青年人的小说，这对我来说是一件特别重大的事情。虽然我们都过于繁忙，常常疏于联络，但是每次生活中有了重大的消息，我都没有忘记告诉她一声。所以在前两本小说出版后，我给布朗小姐寄去了两本有我亲笔签名的书，还附上了一张请柬，邀请她参加附近一家书店以我的名义举办的一次地方作者庆祝会。

我正准备出门去参加这个聚会的时候，门铃响了，我打开门，邮递员递给我一个小小的贴花盒子。里面装的是一束用来装饰礼服的小花，颜色雪白，香气袭人。另外还有一张卡片，上面写道：

知道你最爱栀子花。恭喜你——爱你的雷切尔。

垃圾箱里的玫瑰

这张请柬用的是贵重的羊皮纸，上面印有烫金字：“为最好的朋友举行最好的聚会。”一想到要参加在我童年时代的老朋友家里举行的聚会，我就满怀期待，激动得发抖。

星期六那天是聚会的日子，我早早就起了床。一路上，我边开车边回想着过去20年里我们的生活历程，五个小时就这样飞速而过。凯茜正在东岸为竞选国会议员而四处奔忙；吉姆成了大学教授和知名的作家；吉娜是我们表演小组中唯一还在演戏的人；麦克——我小时候的亲密伙伴，现在是一家大公司的副总裁。我在一所高中当教师，从事特殊教育，是小组里第一个结婚的，也是唯一一个儿女成群的人。

沿着林荫小路一直往前就到了位于湖畔的麦克家。他的家大得像一个度假村，漂亮的花园给美丽的房子平添了一份风采。麦克曾提起过，他为这个花园雇了一个全职园丁。

那天的下午和晚上正如我期待的一样美好。我们在湖上滑水，在湖里游泳，十个人聊着、笑着，一直闹到深夜。第二天早上，我和麦克端着咖啡散步到他的花房，他想让我看看园丁正在培育的长茎玫瑰。隔着绸缎般的紫红色花朵，麦克很随意地看着我。

“你知道吗，罗尔，在大学里你比我们任何一个人都有能力。我们都认为你不应该只是一位母亲和教师。”

他的话犹如一声惊雷在我耳边炸响，我内心那种重逢的喜悦顷刻间烟消云散。这就是老朋友们对我的看法吗？我现在真的比不上他们？我努力使自己平静下来，但因为过于不安，我没有作答。当我觉得我可以礼貌地离开时，我决定马上回家。他们逐个拥抱了我，说今后会多联系。我很快上路了。然而麦克的话却让我怀疑他们的真诚。

我从来没花太多时间反省自己的生活，我一直太忙了。现在，我一路祷告着，“上帝，我是否正确地运用了我的天赋？你也对我失望吗？请告诉我，我是否在按你希望的方式生活？”

当我回到家里，四个孩子上前拥抱了我，还对我们周末聚会的细节问这问那。这倒给了我很大安慰。第二天我不必上课，因为我要参加一个会议，一位代课老师将代我管理班级。我盼望着趁这个机会能安静地反省一下。

我曾向学生们保证过，要在星期一去开会之前向他们介绍一下代课老师。尽管我叮嘱过那位代课教师史密斯女士要早些来，这样我可以为她作些准备，但她还是来晚了。她从走廊里喘着粗气冲向教室。看来我不得不抓紧时间向她介绍一下每个学生。我和她一走进那间没有窗户的狭小教室里，14个学生便立即向我们致意。他们已经等得不耐烦了，都争先恐后地和我说话。

“泽威克夫人，他们希望你来上课。”一个名叫坎迪的学生说，在其他学生七嘴八舌的发问中又加上几句，“桑德拉在她的小组里有麻烦了，她正用头往墙上撞呢。”

提娜抱着一个半开着的提包，里面传来婴儿的哭泣声。这位15岁的母亲小心翼翼地捧出两个月大的女儿，用请求的眼神看着我，“对不起，泽威克夫人，保姆今天早晨来的时候喝醉了。我爸爸九点钟下班后就来接安琪儿。”

我点点头，转向一个头发染成蓝色、烫成自由女神样的男孩，“皮特，今天你来负责给史密斯女士介绍一下情况，告诉她通常我们都怎么做。”

我轻拍了一下史密斯女士的手，表示我知道她能行，就转身离开了。

“泽威克夫人，等一下，你去办公室之前我必须跟你谈谈。”红头发、粉白小脸的坎迪请求道，“我今天早上从戒毒病房逃出来了，你算我缺席，好吗？”

“这事我们明天再说。”我叹口气，赶紧往办公室跑，高跟鞋踢打着地面发出的一连串的当当声在走廊里回响着。

十分钟后我又回来了——我实在放心不下孩子们。我想，反正少了我一个人会议也会照常进行。

“史密斯女士呢？”

“不知道。”皮特说。14个人都一脸无辜地附和着。“我全是按你的吩咐做的。

我向她介绍了每个人，就像平常每个星期一一样。我们交流了周末发生在我们身上最好的事，然后我们按你说的，开始读上周写的小故事。史密斯女士看起来像要吐的样子，然后就离开了。”坎迪说，“我们也不知道怎么回事儿。”

我打电话通知会议取消我的座位，然后通知办公室史密斯女士不见了。在这混乱的一天即将结束时，副校长走进教室，停留了一会儿。

“罗尔，谢谢你今天留在这儿。”她微笑着说，“孩子们离不开你。感觉怎么样？”

我给了她一个开心的眼神。

“说真的，那些孩子需要你。我真高兴你在这里做老师。”

然后她像来时一样悄然无声地离开了。我在心里默默地感谢她——我太需要鼓励了。我筋疲力尽地坐在桌旁，陷入了沉思。

两张熟悉的脸出现在门口，轻声问我是否可以进来。我还没来得及回答，坎迪和皮特就跑进来了，手里捧着一束精致的长茎红玫瑰。“我们觉得很抱歉，泽威克夫人，因为我们，你没能去开会。这是我们在里克的垃圾箱里发现的，我们想你会喜欢。”

这两个十几岁的孩子默不做声地站在那里，满怀期盼地盯着我的脸。我可以感觉到有某种紧张的气氛弥漫在我们之间，但我不知道是怎么回事，只是等待着。

最后，还是坎迪打破了沉默。“泽威克夫人，大多数人都害怕像我们这样的问题少年。他们不愿意跟我们在一起或是教我们。只有你愿意做我们的老师，更重要的是——你是我们真正的朋友。”当她努力挤出最后几个字“我们爱你”时，她的眼神与我的眼光碰在一起。他们两个分别拥抱了我一下，然后就飞也似的逃开了，留下了他们对我的深厚感情。

我抚摸着玫瑰丝绒般的红色花瓣。“麦克，这些玫瑰比你花园里的那些美得多。”我喃喃自语道。但同时，一颗大大的泪珠滴在了手背上。我的心由于感恩和苦涩而隐隐作痛。我多么希望老朋友们能够认识到：我的工作和他们的同样重要。或许有一天他们会明白的。而我此时也意识到了一件更重要的事：我的工作是重要的，有意义的，我的生活充满了真正的友情。我就在上帝希望我留下的地方，他送给我一束从垃圾箱里捡回来的长茎玫瑰。

慷慨之道

冬日的黄昏，我和朋友坐在熊熊的炉火旁，气氛恬适，最宜促膝谈心。这位朋友平素沉默寡言，现在却娓娓细述自己的心事。

“我常常感到痛苦。”她说，

“我没有力量对别人慷慨一点。要想送人一点东西也办不到。”

我知道她的情形。她丈夫接连生了几场病，家里债台高筑，还有三个孩子在读书，所以她的手头非常拮据，一分钱也不能乱花。

可是她似乎并不知道，她自己实在是小镇上最肯帮助别人的人。

“我觉得，你是最慷慨的人了，”我说，“让我把其中的道理说给你听。”

我们首先谈到钱，因为钱所代表的慷慨，是大家所最为熟悉的。可是我认为，真正的慷慨，是另外一种表现。某年，纽约闹流行性感冒，非常严重，医生和护士应接不暇。

纽约市某俱乐部的若干会员决定助一臂之力。他们都是上了年纪的富人，如果捐出一大笔钱来，实在是易如反掌。但是他们没有那样做，却穿上白制服，为医院洗地，替人洗澡，侍候病人，安慰垂死的病人和死者的遗属。疲劳和传染都不能挫折他们的热心。这才称得上真正的慷慨，因为他们不是出钱，而是献出自己。

一位朋友告诉我，他的太太送他一株木兰作为生日礼物的故事。那一天，他回家比较早，看见邻家的孩子在他的前院挖坑，他觉得很奇怪。

“那孩子告诉我，他知道我的太太要送我一株木兰。他接着说：‘我很穷，但我也想送你一件礼物。就是这个坑。’我心里感动极了！”

一方慷慨地给，另一方应该欣然接受。受礼而不领情，反而伤感情。有一次，我在路上遇见一位朋友的丈夫，他提着一个漂亮盒子，满面春风地告诉我：“我的太太一直想有一件皮大衣。这两年我省吃俭用，现在终于买来了——我要送给她，庆祝我们结婚十周年的纪念。来，你到我家来，看看她高兴的样子。”到了他家之后，他的太太打开盒子一看，却说：“哎，你怎么搞的？你晓得，我们现在多需要一块新地毯……”然后才很勉强地补了一句：“当然，我很感谢你，你待我太好了……”但是已经太迟了。送礼的快乐遇到了寒流，两年来的一腔热情完全付诸东流。

我记得另外一种受礼的态度。一位有钱的太太。她想要的东西都有了。有一天，她无意中谈到了需要一样小东西，可是没有空上街。我觉得可以替她效劳。想不到她竟眼泪汪汪地说：“你真好，肯为我跑那么远的路！”我不过花点时间，她那样感激涕零，使我觉得反而倒欠了她的情似的。我发现，最好的礼物莫过于自己的时间。礼物没有送礼者自己的成分，便没有意义。任何礼物都不如时间所包含的自我成分多。可是许多人宁愿花钱，而吝啬时间。

有一天，我的一位朋友正忙着，他的小儿子进来了，他想出种种方法来打发他的儿子——小刀、铅笔、银币，他的儿子都不喜欢。他问：“孩子，你到底想要什么？”他的儿子回答：“爸爸，我要你。”

许多做父母的，表面看起来非常慷慨，为孩子花许多钱，买这买那。有时自己省吃俭用，却往往宠坏了子女。明智的父母就知道，在子女身上花钱，不如花时间。

一位企业家问他的邻居：“你想不想知道，我送给儿子的圣诞礼物是什么？”

他的邻居以为一定是什么值钱的东西，事实大出他的意料，原来是一张纸，上面写道：“儿子：我每天空一个小时给你，星期天两个小时，你高兴怎样我们就怎样。爸爸。”

送礼物不必花太多的钱，送时间也不必太多。如果匀不出一个下午去探望朋友，可以打电话向他致意；如果写信太费事，可以寄一张明信片。

多数人都有慷慨之心，所幸表达慷慨的方式也很多。为别人的幸运和成功而庆幸，是一种慷慨；能从别人的观点看事物，容许别人有自己的意见和特色，也是一种慷慨。此外，圆通，避免鲁莽的言行；耐心，倾听别人的诉苦；同情，分担别人的悲痛，都是慷慨。

在一切慷慨行为中，最难能可贵的也许是以君子之心度人——不传播恶意的谣言；凡事往好处想，不往坏处想。

不久前，这位和我围炉倾谈的好友发现某人被造谣中伤，地方上的人都看不起他。她不辞辛劳，追究出谣言的来源，使造谣者不得不公开道歉。

“刚才我们所谈的这些慷慨，你都可以媲美，”我告诉她，“你为尽了别人，再不能更慷慨了。”

炉火映照下，我看见她面露笑容，虽然不能完全相信我的话，却也抑制不住喜悦，好像是得了出乎意料的安慰。

暴风圈中的温情

1999年的佛洛伊德龙卷风大撤退是我最恐怖的经历。因为它所造成的损失，创下美国历史纪录，政府当局因此颁布命令，要求所有住在暴风范围内的居民必须全数撤离。

大约有75万部的小车、卡车、船、旅行车和无数露营的人把每条灾区以外的大街小巷、高速公路都塞得满满的，而“佛洛伊德”正以每小时178英里的速度紧追在后，并将把我们努力一生辛苦建造的家园摧毁殆尽。

我和妻子、儿子、儿媳妇、一位朋友并带着六只狗、三只猫以及一些生活必需品分乘三部车打算沿着82号高速公路离开我们在布鲁斯克的家，行经佐治亚州、威斯康星州到25英里外的地方去避难，没有人知道我们能否幸运地躲过这场浩劫。

可是，逃难的人真的太多了，我们在高速公路上的行车时速一直没有超过六英里，一路走走停停，我打开收音机想听听前面是否有意外发生。这时候，我看到一位女士和她的朋友将车盖打开，一副束手无策的样子站在路边，她的车因为过热停了下来，每一位行经的乘客都好心地跳下车把饮用水送给她，当我们经过时也捐出了几加仑的水。那位女士将水倒在过热的引擎上，忽然间，沸腾的水喷到她的脸上，烫伤了她的头部。大约三四位陌生人马上从他们的车上飞奔而下来帮助她，拿出毛巾急救并帮助她降低车温。

接下来的路程还是一样缓慢，一位卡车司机通过广播询问哪里可以停下来休息一下，并喝杯汽水，因为他实在是渴坏了。有好心人听到后问他的方位，卡车司机回答说他刚通过19英里处，好心人告诉他开到21英里处就会找到他想要的东西。听到这段广播，当时碰巧行经该路段的司机，都不约而同地按喇叭提示那位卡车司机，声音传到好几英里外。而当我们开到21公里处时，果然看到一位二十几岁，看起来很酷的年轻人正坐在超市的前面喝饮料。

九个小时后（正常的时候只要35分钟车程），我们终于抵达威斯康星州，但是那里已经没有地方可住，附近三个州所有的汽车旅馆都已客满，我们只好和我们的动物一起睡在车里，那是我所度过的最难以成眠的夜，但是我们已经尽力了。

隔天一早六点钟左右，我们走到车外并和成千上万与我们一样无助的人站在路边，外面天气相当阴冷，当地的风速大约每小时45英里。地方电力公司的人过来，问我们需不需要找一个避难所。可是避难所不准动物进入，我们不忍抛下我们的宠物，只好作罢。50英里内的餐厅都关门了，而附近所有商店的生活必需品也都销售一空，更别说是面包了。

我们就这样在强风中站了好几个小时，一位非裔美国女人走了过来，她说："我知道你们不认识我，但是假如你们愿意的话，我想邀请你们到我家去洗个热水澡清理一下。"

我听到后几乎不敢相信，因为在混乱的情况下，那位好心女人——菲妮竟开着车请所有的陌生人到她家去避难。为何其他的非裔美国人还在流离失所，这位非裔美国人竟愿意敞开大门帮助一大群穿得破破烂烂，看起来疲倦不堪的逃难白人？我曾待在仍有种族歧视的地区很长一段时间，她的举动令我十分感动。

在我们去菲妮家的途中，她谈起她的新网络电视以及她能拥有它的荣耀，那天在我们离开她家之前，我和同样是网络迷的儿子一同借用她的电脑尽情搜索它的功能，而菲妮也毫不吝啬让我们玩个够。

当政府完成所有的清除工作后，我们开始掉头开回家，我永远都不会忘记驶下高速公路看到我的家乡时的情景，我仿佛是进到了一座鬼城——在我的视线内，看不到半部车、半个人，甚至连只动物也没有。那个恐怖的经历希望永远不会再发生。

然而，这个飓风不仅不能削弱所有好人建造伟大世界的决心、野心及热情。而且当我们经历过"佛洛伊德"的狂暴摧残后，又发现一股更强劲的力量——那就是甜美、和善、友情、殷勤与人类的真爱。

一点儿人情味

“我从未遇见过一个我不喜欢的人”。威尔·罗吉士说。这位幽默大师能说出这么一句话，大概是因为不喜欢他的人绝无仅有。罗吉士年轻时有过这样一件事，可为佐证。

1898年冬天，罗吉士继承了整个牧场。有一天，他养的一头牛因冲破附近农家的篱笆去吃嫩玉米，被农夫杀死了。按照牧场规矩，农夫应该通知罗吉士，说明原因。农夫没这样做。罗吉士知道了这件事非常生气，便叫一名佣工陪他骑马去和农夫论理。

他们半路上遇到寒流，人身马身都挂满了冰霜，两人差点冻僵了。抵达木屋的时候，农夫不在家。农夫的妻子热情地邀请两位客人进去烤火，等待她丈夫回来。

罗吉士烤火时，看见那女人消瘦憔悴，也发觉5个躲在桌椅后面对他窥视的孩子瘦得像猴儿。

农夫回来了，妻子告诉他罗吉士和佣工是冒着狂风严寒来的。罗吉士刚要开口说明来意，农夫却和他们握手，留他们吃晚饭。

“两位只好吃些豆子，”他抱歉地说，“因为刚刚在宰牛，忽然起了风，没能宰好。”

盛情难却，两人便留下了。

在吃饭的时候，佣工一直等待罗吉士开口讲起杀牛的事，但是罗吉士只跟这家人说说笑笑，孩子们一听说从明天起几个星期都有牛肉吃，便高兴得眼睛发亮。

饭后，寒风仍在怒号，主人夫妇一定要两人住下。两人于是又在那里过夜。

第二天早上，两人喝了黑咖啡，吃了热豆子和面包，肚子饱饱地上路了。罗吉士对此行来意依旧闭口不提。佣工就责备他：“我还以为你为了那头牛要来惩罚他呢。”

罗吉士半晌不做声，最后回答：“我本来有这个念头，但是我后来又盘算了一下，你知道吗？我实际上并未白白失掉一头牛。我换到了点儿人情味。世界上的牛何止千万，人情味却稀罕。”

人生的第一瓶酒

当斯蒂芬爱上16岁的英格时，正好17岁，他们是在游泳池里认识的。然而，他们的友谊却只限制在冷饮店里的约会。

每次见面，斯蒂芬总是胆怯、拘谨地坐在她身边，不知所措。英格肯定也察觉到这些，因为她在不断地设法让斯蒂芬活泼起来，或者让斯蒂芬感到他是她的保护神。斯蒂芬的自信心也由此坚定起来了。

一切都很顺利。直到有一天英格告诉斯蒂芬，她对去冷饮店感到厌倦了，那是小孩子去的地方。她要正正经经地出去一趟，像她姐姐那样去喝一杯香槟酒。

起初斯蒂芬装着什么也没听见，但斯蒂芬的耳朵里却不停地重复着“香槟酒”这几个字。斯蒂芬仅有的零钱几乎都花完了。尽管如此，斯蒂芬仍不露声色，还用漫不经心的口气说：“香槟酒！好呀，为什么不去喝一杯呢？”

斯蒂芬的话似乎在表明，喝这种饮料对他来讲就像做任何一件理所当然的事一样。

钱终于攒够了。斯蒂芬带着英格来到城里最好的一家酒吧。这里富丽堂皇，婉转动人的音乐感染着他们，侍者悄无声息地来回走动。

当他们在一张小桌旁边就座后，斯蒂芬不得不集中精力，以免他和英格在大庭广众之下出丑。斯蒂芬把侍者叫来，激动之余尽可能用无所谓的口气要了一瓶香槟酒。

侍者上了年纪，两边鬓角已经灰白，还有一双亲切的眼睛。他默默地弯下腰，认真而严肃地重复道：“一瓶香槟酒，马上。”

他是尊重他们的。看来斯蒂芬穿上姨妈送给他的西服，系上新的红领带是对的，周围的客人也都把他们看做是成年人。不管怎样，斯蒂芬已经17岁了。英格穿的是她姐姐的漂亮的黑色连衣裙。

侍者回来了，他用熟练的动作打开了用一块雪白餐巾包裹着的酒瓶，然后把冒着珍珠般泡沫的酒倒进杯子里。太壮观了！他们仿佛置身在另一个世界里。

“为了我们的爱情，干杯！”斯蒂芬说道，并举起杯子和英格碰杯。

喝第二杯时，斯蒂芬抚摸着英格的手，她不再抽回去了。

喝第三杯时，她甚至允许斯蒂芬偷偷地吻她一下。香槟酒太棒了。英格说她已微醉了，斯蒂芬也同样浑身发热。可惜，酒已喝完了。他们还能再要一瓶吗？斯蒂芬偷偷望一眼酒的价格表。哦，不行了。

“马上算账，经理先生。”斯蒂芬大声地喊道。真糟糕，斯蒂芬对自己的粗鲁很吃惊。侍者来了，他把账单放在一个银盘子里，默默地将账单挪到桌上。当他转身走后，斯蒂芬拿过账单，见上面写着：一瓶矿泉水加服务费共1.1马克。下面又写道：“原谅我，孩子。你们尚未成年，不能喝酒，但我确实不想扫你们的兴，所以擅自给你们换了矿泉水。你们的侍者”

而斯蒂芬身边的英格一辈子也不知道她喝的第一瓶香槟酒竟是矿泉水。

创造神奇的时刻

维特是一个职业魔术师，他受聘于洛杉矶一家宾馆。每天晚上他都要给来这里吃晚餐的顾客们表演。

一天晚上，他走到一家人围坐的桌旁，自我介绍后，他拿出一副纸牌开始表演。他转向坐在桌子边的一个小姑娘，让她选择一张牌。女孩的父亲告诉他，温迪是他的女儿，她是个盲人。

维特回答：“那好，这对她最好不过了，我喜欢在任何情况下变戏法。”说着他转身面对姑娘，说：“温迪，你想帮我来玩一个戏法吗？”

她微微有些害羞，耸了耸肩说：“可以。”

维特在女孩坐的桌子对面坐下来说：“我将出示一张扑克牌，温迪，它将是两色牌中的一张，不是红色的就是黑色的，我想让你做的是运用你的灵感告诉我这张牌是什么颜色的，红色的或黑色的，你明白吗？”温迪点点头。

维特出示了一张梅花K说：“温迪，这张牌是红色牌还是黑色牌？”

停顿片刻，盲女孩说：“黑色的。”她的家人全笑了。维特又出示了一张红桃7说，“这张是红色的还是黑色的？”

温迪说：“红色的。”

维特又出示了第三张牌，一张方块3，问道："红色的还是黑色的？"

没有一丝犹豫，温迪说，"红色的。"她的全部家庭成员都激动地咯咯笑起来。

他又出示了三张牌，她全部说对了。令人难以置信，她猜了6次，6次都对了！她的家人不敢相信她怎么会如此幸运。

到了第7张牌，维特出示了一张红桃5问："温迪，我想让你告诉我这张牌的数码和花色……是红桃、方块、梅花还是黑桃？"

等了一会儿，温迪自信地说："它是红桃5。"她的家人发出惊叹声，他们全都惊呆了。她爸爸问维特所做的这些是戏法还是真正的魔法。维特回答："你应该问问温迪。"

父亲问："温迪，你是怎么做的？"

温迪笑着说："那是魔术。"

维特和全家人握手告别，他紧紧地抱住温迪，留下了扑克牌，告辞了。显然，由他所创造的这个神奇的时刻是这个家庭永远难忘的。

当然，问题是温迪怎样知道扑克牌的颜色呢？因为维特到宾馆之前从不认识她，所以他不可能提前说出哪张是红色牌，哪张是黑色牌。而且由于温迪是盲人，当他出示牌时她是不可能看到牌的颜色和牌上的数码，那是怎么回事呢？

维特能够创造出人间奇迹，依赖于一个秘密的规则和一些机智的思考。在从业早期，维特已经研究出一只脚规则，它不用字就能在人与人之间传递信息。在这次受雇于宾馆之前，他从来没有机会去使用一下这一规则。当维特坐在温迪的对面时悄声说："我将出示一张扑克牌，温迪，它将是两种颜色中的一张，不是红色的就是黑色的。"他轻拍她的脚（在桌子下面），拍一下是红色，拍两下是黑色。

为了使她确切地理解他，他又重复说出了秘密信号："我想让你做的是运用你的灵感告诉我一张牌是什么颜色的，红色的（拍一下）或者黑色的（拍两下），你说怎么样？"当她点头同意时，他知道她明白了他的意思并开始玩牌。当他问她是否可以试试时，她的家人都蒙在鼓里。他又是怎样把红桃5传达给她的呢？很简单，他拍她脚5下，让她知道那是一个5。当他问她牌是红桃、黑桃、梅花或方块时，他通过敲她的脚的方式让她知道那张牌是"红桃"。

这个故事中的真的魔术意义在于它在温迪身上起了效用。它不仅给了她几次瞬间重见光明的机会，并在家人面前被视为是特别的人物，而且这也使她成为家族中的明星。她的家人几乎告诉了所有的朋友她具有这种惊人的了不起的"特异功能"的经历。

这件事情发生后几个月，维特收到了温迪的一个包裹，包裹中有一副布莱叶盲字扑克牌，还附带一封信。在信中，她对他使她变得如此特别并帮助她“看见”几次表示感谢，她说她仍然没有告诉家人这套戏法的窍门，尽管他们多次追问她。在信的末尾她写道：“我希望你拥有这副布莱叶盲文牌，通过它为更多的盲人创造出更多的戏法。”

乔诺理发师

最近，我到为我剪了20年头发的理发师乔诺那里去，请他帮我剪短头发。记得上次我剪短发，已经是30年前的事了。

当大约四英寸的头发掉落到地上时，我静默了一下，很后悔做了剪短发的决定。但是当我的头发渐渐打薄，我感到头越来越轻且肩头越来越轻松，我决定不管我看起来是不是像以色列小仙女，剪掉一头烦恼就是解放，我爱我的新发型。

剪完头发后，我首先去拜访我的朋友邦妮，她一直都在和癌症奋战，但是最近她刚刚放弃积极的治疗，并登记住进安宁病房。

那天，我们促膝长谈，谈论着有关死亡的问题——她的、我的和世界的。她说她并不害怕死，而且相信死是一件好事，她的理由是我们人类不知道这层意义，否则的话大家都会抢着自杀。我仍然不确定她是在开玩笑或揭示一件生命的大秘密。

邦妮很喜欢我的新发型，她也是留着短发，她需要稍微修剪一下，但是她没有勇气下床走出门，更别提到理发院去了。我不假思索，马上就自告奋勇说要帮她找来理发师。

老实说，虽然乔诺为我剪了20年的头发，但我无法肯定他是否会愿意到医院为我的朋友剪发。然而，既然我已经答应邦妮，我只能祈祷乔诺会答应了。

我在乔诺的留言机里留话，解释有关邦妮的病及她渴望剪头发一事，我尽可能用我以色列人说服、乞求人的语调试图打动乔诺。过了3天，我还是没有接到任何回应，我已经承诺我的好朋友了，但是现在却没有办法实现诺言，我心中一直在想该怎么跟邦妮解释呢？

然而，那天晚上我终于接到了拯救的讯息，乔诺打电话给我并告诉我说他很乐意到医院为邦妮剪头发。我的心中充满了感激和信任之情，顿时松了一口气，而我的心里也有预感，这次剪头发可能是邦妮的最后一次了。

隔天，乔诺一如承诺我的，到医院去为邦妮剪头发。邦妮打电话谢我，并说她爱死了她的新发型。而在她打电话来之前，乔诺也才挂掉电话，他谢谢我介绍邦妮给他，他认为能让她拥有全新的发型是他的荣幸。在这个人挤人却疏离的社会中，这真是人们心灵交流最珍贵的一刻。

4天后，邦妮走了，她在所有爱她的人的陪伴下，走得很安详。

每每回想起，我因一件剪头发的小事所产生的邦妮、乔诺及我之间的感动，真是人间珍宝。想要改变整个社会也许不容易，但是这件事启发我们，个人的小举动可以影响到旁人，而且在面对人生问题的时候，其实我们并不孤单。

我的敌人，我的朋友

我第一次见到他的时候，他正用一挺机关枪指着我们。那是1945年初春的一天，我的爷爷奶奶带着我刚从一个防空洞里钻出来，我们刚刚在那里度过了一个恐怖之夜。

那一年我九岁，和抚养我长大的爷爷奶奶一起住在匈牙利。自从第二次世界大战打响以来，我们的生活便陷入了一场浩劫之中。在很长的一段时间里，我们总是坐着马车一路颠簸，四处寻找一个安身之地。我家祖祖辈辈都居住在巴科斯卡地区的一个小村子里，战争开始逼近这一地区时我们被迫逃离了家园。白天我们加紧赶路，时刻准备着在战机逼近时跳出马车，躲到沟里隐蔽起来。夜间我们就和其他的难民在道边露宿。我通常都躺在马车后座上，紧紧地裹在被子里，搂着我那只黄色的斑纹猫帕帕莉卡。在我的整个童年里，耳闻目睹的几乎除了战争还是战争，我们似乎总也找不到一个安全的地方。

1944年的圣诞，我们一家人在一个城市里落了脚，结果差一点被炸死。后来爷爷决定搬到乡下去，那里应该比较安全。于是我们来到了匈牙利北部的一个村庄，住在一个小房子里，房子旁边有一片古老的墓地。我们的邻居住得都比较远，所以爷爷找他们帮忙，在房子不远处挖了一个地下防空洞，以备不时之需。

1945年初春那一天破晓之前，我们在那个防空洞里躲了整整一夜。只听到外面四处是战机的呼啸声，坦克的轰鸣声和炸弹的爆炸声，大家一夜都没敢合眼。天亮的时候，四周终于变得死一样寂静。爷爷觉得外面安全了，于是决定带一家人回到房子里。我们在晨光中蹑手蹑脚地爬了出来，朝房子的方向走去。穿过那片墓地时，我听到大家脚下的灌木丛在沙沙作响，四周高大干枯的草丛中散立着一个个孤零零的墓碑。我浑身发抖，双臂紧紧地搂着爷爷。

突然，我们面前的灌木丛“哗”的一响，两个男人跳了出来，把他们手里的机关枪正对着我们。

“Stoi！”其中一人大吼了一声。在我们家乡，人们除了讲匈牙利语也讲塞尔维亚语，所以我们知道他要我们“站住”。

“是俄国人！”爷爷小声说道，“站好，千万别动，别出声。”

但是我已经跑了出去。在那个士兵大叫一声时，我的猫从我怀里跳了出去，我想把它追回来。我冲到那两个士兵的中间，把它拎了起来。那个高个子、长着褐色头发的年轻士兵向我走了过来。我缩着身子，把帕帕莉卡紧紧搂在胸前。他伸出手拍了拍我怀里的猫咪。

“我在俄罗斯有个小女儿和你差不多大，她也有一只猫，和这只一模一样。”他说道。然后他又轻轻地拉了一下我金黄的发辫，“她也扎着长辫子，和你一样。”我抬头看着他的眼睛，他的眼睛是棕色的，目光很和善。我的恐惧感消失了，爷爷和奶奶也松了一口气。

后来，这两个士兵和我们一块儿回到屋里，还和我们一起吃了简单的早餐。从他们口中我们得知俄国人正在进驻匈牙利。

在后来的几个月里，我们所在的地区乃至全国各地都饱受着战争的蹂躏，但因为那个年轻的俄罗斯士兵很喜欢我，所以我们逃过了一劫。他经常来看望我们，给我和帕帕莉卡带一些吃的来。他总是满怀思念地说起他的小女儿。我虽然有点害怕俄罗斯人，但却很喜欢见到他。就这样转眼过去了一年的时间。有一天他又来了，不过这次给我们带来了一个坏消息。

“我被调到另一个地区了，Malka（小家伙），以后我不能再来看你们了。不过我有个礼物送给你。”他一边说着一边从口袋里掏出了一样东西。那是一条项链，上面有一个漂亮的绿宝石色的俄罗斯东正教十字坠。他把项链戴在我的脖子上，“你要时刻戴着它，Malka。上帝会保佑你不受伤害的。”我紧紧地拥抱他，然后看着他开车走远，眼中浸满了泪水。

第二次世界大战结束了，但对匈牙利人来说，苦难还在后面。许多卷入政治问题的人，还有许多当局看不顺眼的人接连遭到秘密警察的围捕，从此他们便销声匿迹了。不久以后，我们家门口也响起了那让人心惊胆战的敲门声，他们要来带走我的爷爷。万幸的是，爷爷从一扇窗户溜走了。自从爷爷躲起来后，家里就只有我和奶奶勉强度日。又过了不长时间，我的猫死了。生活真是让人无法忍受了。有时候我会拨弄着那个士兵送给我的十字架，心想他此时也不知身在何方。他回家了吗？和女儿在一起了吗？他还记得我吗？

日子在焦虑和沮丧的阴霾中一天天过去了。1947年秋天的一个午夜，一个男人来接我们走。他要把我们带到奥地利边境，在那里我们会和爷爷重聚。爷爷已经拿到了伪造的证件，到时候我们就可以穿过边境，奔向自由了。那晚我们连夜赶到一个地方，在那里有许多居住在匈牙利的日耳曼人被装进流放卡车里，驱逐出境。我们一行三人刚到站，就有一个人冲我们走了过来。他神色疲惫，留着乱糟糟的大胡子，头上戴着一顶毛线帽子，帽檐拉得很低。

“爷爷！”我叫了起来，扑到他怀里。再见到他真是太高兴了。我和爷爷奶奶三个人一起朝流放卡车走去。车上已经有几十个人了，我们拿着伪造的证件上了车。我知道，一旦我们被发现手持假证件，爷爷就会被拉去坐牢，更可怕的是，他有可能会被处死。看着俄罗斯士兵一步步走近，我祈求上帝保佑我们平安无事。

一个士兵上了卡车，我惊讶得喘不过气来。“爷爷，”我悄声说道，“看，是我的那个大兵，伊万！是他检查这辆车。”我恨不得跳起来跑到他面前，可爷爷“嘘”的一声让我别做声。“也许他不会认出我们来。”他悄悄地说，边说边把毛线帽子又往下拉了拉。

几分钟的工夫，伊万就站到了我们面前。爷爷低着头把我们的证件递了过去。我又往爷爷身边靠了靠，把手搭在他肩上，生怕他发生意外。我很小心地瞟了伊万一眼，希望在他眼中再次看到当年那种和善的目光，但是他正专注地看着那些证件，表情严肃。我简直大气都不敢出。最后他把证件还到了爷爷手中。

“这辆车没什么问题。”说完这句话，他偷偷地冲我眨了眨眼，然后走过去，下了车。几秒钟后，卡车开动了。我转身望过去，正好和他的目光不期而遇。“谢谢你！”我张开嘴，默默地对他说着，摇了摇挂在脖子上的十字架。他小心地冲我点了点头，然后很快就转身离去了。在穿过边境进入安全地带的那一刻，我们一家默默祷告，感谢上帝的保佑。

虽然我们在战争期间饱受磨难，但是我永远都不会忘记那个善良的士兵，是他向我伸出了援助之手，让信任驱散了我心中的恐惧。他让我看到友谊和爱心无处不在，甚至在敌人的内心深处也埋藏着一份真情。

我的守护天使——金

1987年的时候，我带着我4岁的女儿离开我先生，并从原来居住的贝顿坊搬到密西西比河对面的小城镇去，我的一位朋友要我到那里去找一位为城镇警察发送公文的女孩，因为她和我有很多相同处。

我真的去找了那位女孩，果然一见如故，两个人很快便成为彼此生命中知心好友。当金告诉我说她正怀着一个小孩时，我便决定带着女儿搬去和她住在一起，就近照顾。8个月过后，她顺利产下了一个美丽的婴儿，我们的友谊也更加紧密，金和我形影不离。我们的穿着和外表相似，我们甚至连讲话的语气都一模一样。有时候想想，还真是件恐怖的事。

我患有严重的哮喘，金因此常催我去看医生并常常坐在一旁陪伴我度过很多的夜晚。当她家隔壁的公寓空出来时，我和女儿便搬过去，好让我们有一个独立的房间。但我们都一直很想把两家中间的墙打通，好让我们能更方便来往。

有一天，金突然感到浑身无力，之后不久，医生诊断她的臀部患有关节炎。

隔年，金的臀部更加恶化，我察觉有些不对，所以建议她再找别的医生检查一下。医生很快就把金送到佛罗里达州的山达医院，并为她动手术割除臀部里一个肿瘤。几周后，医生们诊断，必须进一步切除她的脚。

接下来的几个月，金不断地抱怨背痛，我们也很快就发现癌细胞已经扩散到她的心脏。她的健康状况逐渐恶化，我每天下班后都一定会过去探望她。有一个星期二，金看起来情况不甚好，所以我向她保证星期三一大早，我一定再过来陪她。

隔天一早，我的哮喘复发，导致呼吸困难，我被送到医院，经过一周的调养后，我已好转并希望能即刻去探望金，猜想她一定好奇我到底怎么了。但是，当时金已经病危，她和我家人怕我知道消息后，会让我的病情再度复发，所以决定先隐瞒不告诉我。因此，每一次我去探望她时，她的家人都会假借“她睡着了”或“你必须休息”等理由来劝阻我。直到我出院的第四天，也就是1989年3月4日，那是一个星期天，我的好朋友金，在没有机会和我道别的情况下走了，享年31岁。

就在金死后的第三天，我又再度被送进医院，带着氧气罩急救。每一次我做手势要求我妈妈给我一张纸写字时，我所写的唯一的字都是“金”。妈妈每一次都向我表示抱歉，并说金正在工作或是没空来探望我。妈妈不想告诉我金已经走了，怕导致我的病情恶化。

几天后，当我可以拿掉氧气罩自己呼吸时，妈妈才告诉我说：“我不知道该怎么告诉你金的情况。”

那时我告诉她：“也许你不了解，但是我并不是要问你金的事，我只是要告诉你，她正在这个房间里陪着我。她和我有‘心灵感应’，并且告诉我说：‘毕竟，我们之间必须有人留下来照顾我们的女儿们。’”

我有一位很特别的守护天使，她的名字就叫做金。

心中的歌

每天当我从学校往家走的时候，都会看见他坐在自家车库门前的背阴处看报纸。尽管我们从未说过话或是相互挥手打招呼，我却开始把这个老人当成了朋友。

由于成长于20世纪70年代，我估计自己不像现在的孩子那样对人心存戒心。这个老人就住在我们社区里一所造型优雅且整洁舒适的房子里。他秃顶，有着一张和善的脸，天凉的时候穿羊毛衫，还戴着老花镜。对于我来说，他看上去就是一个完美的祖父。我发现每天晚饭时分他都出门，而星期天的一整天也都不在家。我猜想他在这些时候一定是去看他的孙子和孙女去了，他会给他们讲笑话，也许还会抱起一个小不点儿放在自己的膝盖上，然后在每次分别的时候与他们逐个拥抱。每当想到这些，我都会禁不住微笑。

有一天在回家的路上，那个老人并没有像平常一样坐在车库门前的背阴处看报纸。于是从那时起我一直觉得有些不对劲儿，但不能确定是为了什么。是否看得见一个老人看报纸和我又有什么关系呢？但是，好像就是有点儿关系。

第二天，我又失望地发现我的朋友并没有像我期待的那样在外边读报。于是，外向且倔强的我大步朝他的房子走去——我下定决心要去看个明白。

我在前门敲了一下，两下，随即就听到有人朝门口走来。那时候，我并没有意识到这样去拜访一个我不认识的人是不礼貌的行为。在我的想法中，我百分之百地有权利去问他为什么没有像往常一样坐在外面看报。

老人穿着红色方格绒布披风和条纹睡衣打开了门。很显然我把他从睡梦中叫醒了，但同时我也难过地发现，他没有出来是由于生病而卧床不起。我脸上发烧，连忙作自我介绍，并解释说自己之所以冒昧上门，是因为没有看见他像平常一样在外边看报而觉得不太放心。我看到笑意爬上了他的眼角和眉梢，困惑的表情也被温暖的笑容所取代。他告诉我他叫卡尔·弗雷姆，还说他希望自己明天就能好，这样就可以像往常一样坐到外面去，以免让我失望了。我有点尴尬地红了脸。就在他哈哈大笑的时候，漂亮的皱纹堆满了他的眼角。

他说："知道吗，能够认识你，生一次病也是值得的，温蒂小姐。你真是个好孩子。欢迎你随时过来，让我这么开心。"

于是我就去了——大概一个小时之后。

我首先跑回了家，冲进了厨房，向妈妈宣布我最好的一个朋友病得很厉害。我妈妈一边干着家务，一边表示了她的同情。当我告诉她我想拿点鸡汤和橙汁给我的朋友，以便帮助他尽快康复时，妈妈问道："温蒂，为什么你朋友的父母不能照顾他呢？"我难过地告诉她我猜想他们都已经去世了。由于还惦记着手里的活儿，妈妈同意让我把东西带给我的朋友，只要我别待得太久或是被传染就好。

我一路小跑回到了弗雷姆先生的家，再次敲开门，把我带去的汤、果汁和我匆忙做好的一些小松糕交给了他。他对我谢了又谢，我也为自己能够帮助我的新朋友而感到万分高兴。

第二天，弗雷姆先生又像往常一样坐在了门外。我走过去问他感觉怎么样，他说感觉好多了，并感谢我的关心。他问我读几年级，还问起我的家人。他告诉我他是一个退休的药剂师，而且他就是在这所房子里把孩子们养大成人的。我冒失地问他，每天晚上和每个星期天他是否都是看孩子和孙子孙女们去了。

他笑着说："不，我没有孙子孙女，我的孩子们也住得很远。我不愿意做饭，所以每天晚上都出去吃晚饭，然后再顺便去看望我妻子珍妮，她住在一所疗养院里。而且每个星期天和每天你在学校里上课的时候我都会去看她。

就在我准备开口问他为什么他妻子不住在家里之前，他难过地告诉我，她身体一直不好，后来她的骨骼变得非常脆弱，任何磕碰和伤害都会造成骨折。他悲伤地低下头，告诉我他曾经努力想靠自己来照顾她，但是几年前，在他修剪草坪的时候，她不小心摔了一跤并折断了好几根骨头。他给我看了他妻子的照片，那是一个很漂亮的女人，让我想起了奥黛丽·赫本。他说他的儿子和女儿都住在东部，还给我讲述了他是如何同时做两份工作来挣钱供他们上常青藤联校的。他为他们感到无比骄傲。

第二天我去他家时带了一幅我自己画的花草，是送给他妻子的。他非常高兴，并在当天晚上给她送换洗衣服的时候带给了她。这个好男人竟然亲自为他的妻子洗衣服并晾干，因为她不想让陌生人摆弄她的衣物，而且很可能会把它们弄坏了。我不禁感叹，能嫁给一个会亲自为你洗衣服并且这样做只是为了让你高兴的好男人该是多么幸福的事情啊！就连像我爸爸那么好的人，我也从来没有见过他做这样的事情。事实上，爸爸给妈妈选购东西的时候，总是给她买那种长长的绒布睡袍。我的朋友弗雷姆先生非常清楚该如何对待女人。

在我拜访了弗雷姆先生一段时间以后，妈妈问我为什么放学回家这么晚。我告诉她说："哦，我在和朋友聊天。"妈妈做梦也不会猜到我的朋友是谁。所以你可以想像，当弗雷姆在圣诞节的时候抱着一个巨大的礼物来到我家的时候，我妈妈是多么惊讶。她最终还是结结巴巴地问道："你是温蒂的朋友？"他咯咯地笑了起来，回答说："没错。你有一个非常不错的女儿！"

后来，妈妈告诫我不要总去打扰那个善良的老人。于是，我就走过去问他："我打扰了你吗，弗雷姆先生？"他笑着说："天哪，没有！我不知道如果没有了你我的生活会怎么样。继续来看我吧，给我唱歌，给我讲你的生活，让我的生活也变得如此快乐。"我严肃地看着他。然后露齿一笑，向他伸出手，就好像我们刚刚签署了一个重要的商务合同一样。我说："好吧，成交了。"

一切就这样持续着，一晃就是几年。我总是在放学后以及假期里去看他。我们一起在他的后门廊下喝可口可乐，他向我解释阴性病菌和阳性病菌的区别以及各种抗菌素的作用。我像海绵吸水一样汲取着他的知识，并且坚定地得出结论：从没有哪个朋友像弗雷姆先生这么棒。

我喜欢唱歌。一天晚上，当我在合唱队指挥的家中排练圣诞节目的时候，电话铃响了，是我大哥保罗找我。保罗告诉我说，他在一家牛排店打工的时候，卡尔·弗雷姆到店里去吃晚餐了。怎么回事？我心里一阵纳闷。弗雷姆先生经常在外面吃饭，为什么我哥哥把电话打到别人家里来告诉我这些呢？保罗清了清嗓子，接着轻轻地说："小妹，他吃饭的时候，他们觉得他好像中风了，然后送他进了医院。医生不敢肯定他是不是能挺得过来。"

我突然间听到一个愤怒的、野兽负痛般的号叫声，然后我扔下电话把自己锁在洗手间里，大哭不止。过了好一会儿，我才意识到刚才正是我自己发出了那可怕的叫喊声。

当弗雷姆先生可以被探视的时候，我父母把我带到医院里去看望他。他消瘦而苍白，他的左半边身体已经完全瘫痪了。我尽量不去注意他在试图和我讲话时那种不自然的表情。他生命垂危，已经几乎不能说话了。在反反复复地试图告诉我一些什么的时候，他流泪了，但我却不能够完全理解他的意思。最后，我终于明白他一直努力想说出的那些含混不清的字句是：

"我爱你。"

我哭着拉起他的手告诉他："我也爱你。你是我最好的朋友。"

我不知道还应该说些什么。于是，我决定为他唱歌。握着那个亲爱的老人的手，我唱起了自己所学过的所有的圣诞颂歌。

当我开始唱"寂静的夜晚"时，他微笑着闭上了眼睛；而当我唱到"在天堂般的平静中睡去"时，他安详地睡去了。

不用当值

渡船颠簸着，雨点砸在车窗上。为了可以见到她，我们已经奔波了几个小时。透过模糊的车窗和黑暗的夜幕，我们又一次向外张望，但是那个手举火炬的高大女人已经躲藏在夜幕中了。自由女神像在浓雾中隐藏了起来，她背后的灯光只剩下一线潮湿的冷光。

我们为此已经等待了许多年：享受一起旅行一整天的快乐——沿第七大街到头，乘渡船到达斯塔腾岛，再乘渡船返回大陆，乘公共汽车沿第六大街到达公园，然后再向回走。我们两个人，一个数度穿越了大陆和海洋，另一个从马里兰州穿过了高速公路和乡村公路，为了再次相见而长途跋涉。持续不断的暴雨冲刷掉了我们之间的距离和周围其他的事物，使我又回想起了我们当年的情景。

许多年以前，我们俩在一起工作，两个人都是非常严肃又有学问的老师。我们的高跟鞋和穿着使我们显得严肃；我们有学问是因为我们比学生更早学会了一两种外语，并且教给他们。这已经是至少10年前的事了。

在那些日子里，我们必须每隔50分钟才可以重新见面，必须每天听到5次下课铃才可以放学，让学生们从动词变化和语法练习中解脱出来，释放青春期的苦恼。学生们冲出教室的门，寻找着一天的美好和乐趣，只剩下我们两个人在教室里当值。

当时我们很年轻，也非常幸运：我们在同一所学校中相识，所在的两个班只相隔一条走廊。幸运的是，我们每天都要在走廊和班车上当值。我们一起站在走廊上，监视着这些单调的盖着绿瓦的教室、不停开开关关的更衣室和如同滑冰场一样光滑的地板。一天结束时，我们还要注意检查长龙般的黄色班车，直到最后一辆车开走。很幸运我们可以在一起干这些老师必须干的苦差。校领导们在走廊中徘徊，监控着我们所监视的一切，检查所有可疑的事情，对着对讲机窃窃私语。但是我们对这些并不在意。

我们真正在意的是能一起面对面地交谈和欢笑，不需要对讲机。我们每小时5分钟准时在教室一起当值。我们就像被允许短期探视的罪犯一样，在一起欢笑、哭泣，还共同分享生活；同时我们在教室、厕所、班车等处所尽的职责还得到了别人的称赞。我们承担着以下责任：禁止学生乱跑、嚼口香糖、推搡、接吻、搞破坏、拥抱和打架。我们通过看似严肃的表情和不停交谈来履行我们的职责。

这就是我们刚成年时的生活：为支付账单，做着我们不得不做的事情。在教室当值的日子中，我们也各自生养了孩子，巩固了各自的婚姻，作出了重要的决定，分享了幻想和梦想。宝贵的5分钟课间休息的前后，我们在正方形的灰砖教室里度过了无数个小时：法语，第102教室；西班牙语，第103教室——一天5节课，一个晚上150份考卷。这是一项艰苦的工作，但是我们可以在教室、厕所和班车当值，彼此在一起，可以一起欢笑。

我们这两个女人站在走廊里，擦去我们手上的粉笔灰，试图从裙子上抹去紫色的油印。我们上课，我们交谈，但是，我们主要是在5分钟的课间休息时间里创造了自己。黄昏时，我们在停车场里还会继续整理出一天的主题。然后，我们会把自己和孩子塞进一辆汽车去度春假。夏天，我们会出去野餐。我们努力成长，我们的孩子也随之长大了。

现在只能听到雨声、颠簸声和渡船马达的轰鸣声。更衣室里的关门声和走廊里拥抱的学生已经消失了，我们的孩子也已经长大成人了。我们也不再生活在课间休息和广播声中了，现在可以一整天穿着拖鞋，奢侈地度过24个小时。

我现在要告诉你的是：要尽早为自己找一位可以和你一起品尝生活滋味的朋友。要找一个可以和你一起承担教室的责任、班车的责任、孩子的责任、婚姻的责任、父母的责任和工作的责任的朋友。你们可以一起擦去手上的灰尘，可以期待在另一块大陆上生活，可以在记忆和欢笑周围建立一圈围栏，然后等待。不论是在公共汽车上、火车上或是在雨中的渡船甲板上，这一时刻终会来临：跋涉一整天后，两个沉浸在永不停息的交谈和欢笑中的女人，经过笼罩在雾中、默默守护着的自由女神身旁。

肩并肩

1965年的一天，我第一次上幼儿园。去之前我曾忧虑了好久。因为我不仅要离开熟悉的环境，而且还要成为卢特恩学校——一个白人学校的第一名黑人学生。虽然我的父母是浸礼会教徒，虽然我的家乡威斯康星州瑞新镇有几所相当不错的公立学校，他们还是决定送我上这所学校。他们与校长面谈过几次后，非常喜欢这所学校严格的纪律和宗教气氛。我们家的朋友都来自各个种族。我们住的那条街上，周围住着西班牙裔人、亚美尼亚裔人及其他文化背景的人。但在学校里，我将是320名学生中唯一的非洲裔黑人，他们中三分之二都是欧裔白人。我们到学校的那天没有碰到示威游行，但在前往教室的路上，父母一直紧握着我的手，我可以从中感觉到他们的不安。我的老师卢克菲尔德夫人热情地欢迎我们，并安慰我说，一切都会很好的。我的父母其实已提前向我详细解释了第一天上学的种种情形，但看到满教室都是陌生的白人的脸时，我还是很不情愿地放开了父母的手。他们吻了吻我的脸颊，再次保证会很快来看我。妈妈犹豫了一会儿才笑着向我眨眨眼，放开我的手走了。爸爸又吻了我一下，许诺带我到麦当劳吃午餐，然后也跟妈妈一起走了。我无奈地看着他们消失在走廊尽头，只是傻傻地站着。卢克菲尔德夫人招呼我进教室找一个座位坐下。

我们的教室四周装饰着图画和植物。阳光透过大窗户照进来，整个房间显得生机盎然。我可以看到窗外有一个小操场和几个单杠。那天，所有的孩子——包括上午班和下午班的，大约24人都来齐了。我在三排摆放整齐的桌椅间徘徊着，不知道该坐哪儿好。他们都在大声地谈笑，不时有几个人停下来注视着我。我想说话，但恐惧把我的话卡在喉咙里。我眼里充满了泪水，心怦怦地跳个不停。我想要爸爸，我想回家——立刻回家！

就在我想转身逃离教室的时候，一个温柔的声音在我的耳边响起，“你愿意坐在这儿吗？”说话的是一个棕色头发的女孩，她看起来似乎和我一样害羞。我擦掉眼泪看着她，问她是否在跟我说话。她又重复了一遍，我赶紧坐在她旁边的椅子上。我们彼此冲对方笑了笑，又互相做了自我介绍。我们聊天的声音很快就融入到整个教室喧闹的氛围中，直到卢克菲尔德夫人让大家安静下来。去教堂的时间到了，我和黛安娜肩并肩地走向教堂，坐在一起。晚上回家后，当我告诉父母上学第一天的快乐经历以及我的新朋友时，他们笑得和我一样开心。第二天也是一样的美好。当我走进下午班的教室时，黛安娜激动地招手示意我坐在她身旁，我高兴地坐下了。课间休息时我们一起玩，一起分享我们许多小秘密中的第一个——我们最喜欢的颜色。她最喜欢紫色，我最喜欢粉红色。一天的学习结束时，我们还一起坐校车回家。我和黛安娜很快变成了下午班的11个学生里形影不离的好朋友。黛安娜的友谊是那一年的亮点之一。其他孩子都嘲笑我的肤色，有几个人害怕碰我，说我会把他们的皮肤染黑。还有人说我脏，不像他们一样经常洗澡。也有人叫我“黑鬼”，甚至打我。基本上每天都会有人对我恶语相向，拳脚相加，或连打带骂来伤害我。校长依可兹先生和卢克菲尔德夫人总是尽他们所能制止这些问题，但这种伤害却没能停止。黛安娜一直站在我身边保护我，支持我。即使有时我把所受的伤害和不公发泄在她身上，她也会很快主动与我和好。她对我的友谊从来都没动摇过。

转眼到了六月，学校要放假了，我们都很伤感。我们俩住在不同的街区，去的是不同的教堂，要到秋季学校开学我们才能见面。那个夏天我们只见过一次面。我怎么也没想到黛安娜和她的奶奶会顺路来访。当她奶奶的蓝车转到我住的街上，黛安娜大声喊出我的名字时，我兴奋地跳起来，扔下我的朋友就冲到车边和她说话。我和黛安娜约好一起倒计时，直到学校开学为止。可在我们看来，假期仿佛永远也不会结束般漫长。

终于盼到开学的那一天，我们像多年的老朋友一样互相问候，沉浸在浓浓的友情当中，好像永远不愿分开。当然，我们各自都有其他朋友，而我们共同的朋友只有几个。整个童年时代我们都亲密无间——尽管不同的朋友、生活环境和文化给我们的友情设置了重重障碍。

黛安娜经常被邀请参加派对和其他社交活动，我却很少得到邀请。因为我们街上的孩子不是太小，就是妒忌我的父母送我上私立学校，他们不管组织什么娱乐活动都把我排斥在外。虽然我的父母尽量向我解释，并举行各种家庭活动来试图弥补这一缺憾，但被同龄人排斥的滋味还是很痛苦的，确实很痛苦。于是，我只能从读书和黛安娜的友谊里找到安慰。

十几岁时，我和黛安娜每天晚上通电话，聊男孩，聊作业，聊我们的梦想和恐惧，聊我们喜欢和不喜欢的种种事情。每当黛安娜用深沉的声音唱起“她的名字叫米奇”时，我都会捧腹大笑。虽然大家都知道我和黛安娜是最好的朋友，但我仍然被看做是异类，只因为我是学校里唯一的黑人学生。我们单独待在一起的日子是最美好的时光，没有来自社会和父母的压力。

高中毕业后不久，我们都离开了家乡。我考上了密尔沃奇的马科特大学，黛安娜则去了田纳西州的孟菲斯。一年之后，她又回到瑞新。虽然密尔沃奇离瑞新只有不到一个小时的车程，我们的生活却朝着各自的方向发展，也没有定期见面。那时我在大学里读书，黛安娜在当地一家商场做图书管理员。每次放假回家，我总是第一时间去见黛安娜。我们在一起聊天，一起笑闹，亲热得好像昨天才刚刚见过面。

是音乐和欢笑建立并加深了我们的友谊，但这并非唯一的因素。重要的是，我们携手共度艰难困苦，分享美好时光，这成就了我们之间姐妹般的深情。23岁时，我在去密歇根当地一家报纸做记者后不久遇上了车祸，差点儿丧命。出院后我搬回父母在瑞新的家。黛安娜是第一个来看我的人，那时的她已经怀孕好几个月了。数月后她生下一个健康的男婴，起名瑞恩。我那时一直陪伴在她身边。在接下来的三年内我的父母相继去世，只留下我和哥哥艾里克照顾智障的弟弟。每当我们需要黛安娜时，她总会及时出现，想方设法地安慰我。而当她的婚姻触礁时，我也主动帮她照顾瑞恩，视瑞恩如己出，无条件地支持她。

我们的友情在这纷繁多变的世界中始终坚不可摧。1994年我搬到洛杉矶，重新开始我的写作生涯。黛安娜全力支持我，为我的每一次成功而欣喜，鼓励我勇敢追寻自己的梦想。三年前，黛安娜终于梦想成真，与她所爱的多格结婚了，我真高兴。婚礼上我是她的伴娘。我打心底里感激多格，因为他给了黛安娜和瑞恩安全感和幸福。当我和一个愿意与之相伴终生的人结婚时，黛安娜也会在我身边给予我支持，这种支持只有姐妹般的朋友才能给予。

有时连我和黛安娜都惊讶于我们对彼此的生活有着多么深刻的影响。我们的友谊像暴风雨中的灯塔，在彼此的生活充满危机时指引我们前行。我们对彼此的关爱与日俱增。我们的友情超越了时空，以一种年轻时从未想象过的方式成熟起来。每当黛安娜来加利福尼亚或我回威斯康星时，我们又会像上学时一样，为相聚在一起而欢喜。今天，在我们40岁生日的前夕，我们的心中充了感恩，为能拥有这姐妹般的友情而感到幸运。这段友谊始于35年前我们上学的第一天，一个害羞的白人小女孩问一个害羞的黑人小女孩是否愿意坐在她旁边时。从那时起，在我的内心和灵魂深处，黛安娜和我永远肩并肩地坐在了一起。

（美国）玛茜·埃亚内斯

君子心度小人腹

雷是一个钟表修理师，自幼双耳失聪。一天傍晚，他干完了活，正准备关门，店里忽然进来两个面目不善的男人。直觉告诉他来者不是顾客。这两个人身着派克上装和牛仔裤，一个30多岁，另一个近50岁。年轻人留在店门旁，警惕地向外张望；年长的一只手插在衣袋里，两眼露着凶光朝柜台走来。雷看出了他的不良企图，尽量压抑着心中的不安情绪，慢腾腾地把记事本和铅笔推到柜台的中端。

雷朝那张紧绷着的脸微笑了一下，用手指指自己的耳朵，摇摇头。那个人露出一丝惊讶的神色，转身对他的同伙咕哝了几句。

雷在记事本上写道："我能帮助你吗？"那人看着雷，也微笑起来，然而这微笑充满着冷嘲热讽。

雷不慌不忙地又写了一句："你是来当钟表的吗？"雷不是典当商，但是，每当他看到一些人要求典当时的那种可怜模样时，就于心不忍地收下了。当货主来赎取时，他从不收分文利息。

那人神情稍许放松了些，把手从口袋里抽出来，指指手腕上的表，写道："这块表你将给我多少钱？”

雷写道：“四十元。”事实上这块表只值五元或二元钱。

那人吃惊地盯着雷看了片刻，将表交给雷，并从雷手中接过钱。他沉默了一会儿，然后握住雷的手，露出感激的神色，喃喃自语道：“我一定要来赎回这块表！”

爱的象征

我的长女弗朗西斯卡和她那容光焕发的情郎特雷弗决定在七月份举行婚礼。我不慌不忙地做着我的计划。安排一次婚礼，你能从中学到不少东西，因为有许许多多事情要组织：教堂、管风琴师、礼堂、司仪和乐队。我们找到了一家礼堂和一支由三件乐器组成的轻音乐乐队。

钢琴手花了一个晚上的时间帮助我们确定我们喜爱的乐曲。

租一架钢琴要花很多钱，于是我们决定用自己的钢琴。婚礼前两天的下午，我在礼堂等着人们将钢琴搬来，这时，我看到有一个上了年纪的人从门口往里探头。

“喂！”我招呼一声，他便走了进来。从交谈中我知道了他只是个想跟人说说话的孤独的老人——他还有点不太正常。他告诉我，小时候他的头部曾遭受严重的摔伤，以致他的大半生是在亚历山德拉福利院度过的。现在他到他兄弟这儿来住几天，正趁晚饭前愉快地散散步。他问我为什么到礼堂来，我把关于婚礼的事讲给他听。他带着孩子般的天真，问我是否允许他在婚礼那天来看一眼。我能感觉出他想要得到应允的心情，于是我说欢迎他来。

在我们的乡村里，七月是个寒冷、多风的月份，但是，那个星期六太阳却穿出云端，照射得暖洋洋的。每次参加婚礼，我往往禁不住要哭，但当我那容光焕发的女儿走下侧廊时，我知道自己的心脏跳得加倍地快。但她脸上的表情告诉了我，不该有眼泪。

接着，结婚仪式结束了。礼堂里，整个下午充满乐曲声、讲话、切结婚蛋糕、跳舞和欢笑。

在这期间，一个服务员走过来说，在旁门有位先生坚持要见我。原来是那天相识的人，他衣着整洁，但有些腼腆。我邀请他进来，他不肯。于是我回去取了一块上边带一朵玫瑰花的蛋糕给他。他很感动，犹犹豫豫地拿出他的礼物。

“送给新娘的。”他骄傲地说。这是个包裹得很糟的小包，一张粗糙的棕色包装纸，用绳子系着，很不起眼。我把它放在桌上成堆的礼品旁边。他挥挥手说声再见，就离去了。

婚礼完了以后，我们的几位亲戚和最要好的朋友和我们一起回家去。我的小女儿米歇尔负责清点在礼堂收的礼品。她细心地记下每位客人送的礼物。当清点到那个棕色小包时，她感到很惊讶。我从她手里拿过小包，把它打开。原来是个罐子，一个普普通通的小牛奶罐，那种人们在医院、在火车以及在像亚历山德拉那样的福利院里用的水罐。

当时我不由得流下了眼泪。我为女儿幸福而流泪；我为这个由于患有精神病而在福利院度过了大半生的人孤独而流泪，也为他的经历触动了我，并且通过我，同样触动了我女儿的这种爱的表示而流泪。于是，我们在礼品单上填写了以下字样：“一件小水罐——亚历山德拉福利院的一位公民赠。”

弗朗西斯卡继承了一个漂亮的玻璃柜，陈列我母亲多年来收藏的各种银器。我们一致同意把这个小水罐高高地摆在美丽的银器当中，

这是从一个绝望的世界送给一个充满希望的世界的一件特殊的礼物，是一个从生命到生命的爱的象征。

在学校的最后一天

好啦，孩子们，咱们在一起已经两年了，待一会儿下课铃一响，咱们就该说“再见”啦。我已经把成绩报告单发下去。马蒂尼里及格了。当他看见自己的分数时，还真以为看错了呢。今天早晨，妈妈仔细地给他梳了头，还非让他系个新领结不可，看上去像只巨大的白蝴蝶。克利帕也及格了——那个13岁的高个子，两条腿上汗毛浓浓的，上课时老打瞌睡。到明年进了中学，他照样会在课堂上睡着的。

唯一没有及格的是安东尼里。这孩子花了整整一年工夫用玳瑁铅笔刀在课桌上刻自己的姓。不过，他的速度实在太慢，到现在只刻了“安东”两个字。明年，到了新

老师的班上，他大概能刻上“尼里”了。

马尼利从前是个小不点儿，罩衫直拖到脚尖上，如今连膝盖也快盖不住了。斯巴多尼两年前来到我这个班时，经常搬弄是非。现在要是再这样，他自己都会害臊的。

孩子们，铃声一响，你们就要走了。我呢，不再教书，要搬到另一个城市去，所以咱们再也不能见面了。我拉开抽屉，把今年没收来的东西发还给他们。其中有奇奥蒂尼的水枪，斯巴多尼的几个笔帽，马尼利的陀螺，还有达尼埃里的五枚极普通的瑞士邮票，而他还认为挺值钱的呢。街上肯定会挤满学生们的亲友，到处是嗡嗡的说话声。斯巴多尼的奶奶一定会来。这位老太太一见我，总要说：“谢谢你，谢谢你，先生。”而且每次看见我总要吻我的手。

奇奥蒂尼的父亲也准会来的。他是个壮实的小个子，老远就跟我打招呼。这学年开始时，只要我说他的儿子不用功，他就一把揪住孩子的耳朵往家里拖。但今天早上奇奥蒂尼很快活，因为他及格了。9个月来第一次，他爸爸不会揪他的耳朵了。

“中学的老师要严格得多，你们要继续努力学习，做个好学生，我一定不会忘记你们的！我对你们说的都是心里话，记住我的话吧！”马蒂尼里噙着泪水朝我走来，其他的孩子跟在后面，把我团团围住。

“马尼利，这是我没收的你的陀螺，你的瑞士邮票，达尼埃里，奇奥蒂尼，你爸爸每天揪你耳朵，这都是因为我，我很抱歉。”奇奥蒂尼也是热泪盈眶。“没什么，老师，现在我这儿都长了个吁子了。”他挨近我，让我摸他的吁子。

“我也有。”斯巴多尼说着，也挤过来。当然，并没有什么吁子，只不过是为了在走之前也想让我拍拍他。

他们都挤在我的教课桌周围，每个人为了挤到我身边来，都有点什么东西要给我看；弄破皮的手指、一点烧伤、头发下的一块疤。

“老师，”马蒂尼里抽噎着说，“那条蜥蜴是我放在你抽屉里的。”

斯巴多尼说：“老在教室后面发出喇叭声的是我。”

“再吹一次吧，斯巴多尼。”我要求他。

于是，斯巴多尼鼓起挂着泪珠的腮帮子，发出那种古怪的声音。一年来，我一直没能找到发出这个声音的人。

“吹得不错呀，斯巴多尼！”说着，我揉了揉他的头发。

“我也会，我也知道怎样吹。”

“我也会，老师。”

“那就吹吧，我们一起吹。”

于是，他们像我的小弟弟似的，紧紧地挨着我，一本正经地鼓起腮帮子，发出一阵喇叭声，像是在向我告别。正在这时，铃声响了。铃声从院子里传来，穿过走廊，闯进每个教室。

马蒂尼里跳起来，拥抱我，吻我的脸颊，在我脸上留下了唾沫印儿，他们抓住我的手，拉着我的上衣。达尼埃里把那几张瑞士邮票塞在我衣袋里，斯巴多尼把他的笔帽也塞给了我。铃声还是不停地响着，别的班级都已经离开教室了。

“到时候啦，孩子们，咱们得走了。”

我本应该让他们排好队，但现在是不可能的了。全体学生簇拥着我，实际上是跑着出去的。但是一到街上，孩子们像是烟消云散，转眼就不见了，他们的爸爸、妈妈、爷爷、奶奶早把他们带走了。只剩下我一个，孤零零地站在门口，一副衣冠不整的样子，上衣还掉了一颗纽扣。谁会拿走我的纽扣呢？我脸上还有黏糊糊的唾沫印哩。

再见吧，学校。很久以后我再回来时，会遇到陌生的老师。那时候，我能找个什么借口才能回到那间老教室，才能拉开那个马蒂尼里放过蜥蜴的抽屉呢？不管怎么样，我还有聊以自慰的东西：达尼埃里的瑞士邮票和斯巴多尼的笔帽，还有马蒂尼里也可以保存一点东西，因为只有他，才会把我的上衣纽扣扯去。等我回到家里，如果我做了什么后悔的事，那就是不得不洗去脸上的唾沫印儿。

优点单

那时候我在缅因州莫里斯的圣玛丽学校，他在我教的三年级一班。34个学生都喜欢我，而马克·埃克隆尤其突出。他外表整洁，生性快乐，偶尔淘气也显得逗人。

但马克爱讲小话。我一次又一次提醒他，上课不经允许而讲话是不能容忍的。给我深刻印象的是，每当我批评他不良举止时他所作出的反应——“谢谢您纠正我，姐！”尽管他说得诚恳，但第一次听见时我还真不知怎么好。但不久也习惯了，一天听他这么说好多回。

一天上午，马克讲得太多了，我克制不住，犯了一个见习教师式的错误。我正视马克："如果你再讲一句话，我就把你的嘴封起来！"

刚过了不到10秒钟，查克脱口告发："马克又讲话了。"我并没有要学生帮我监督马克，可因为我当着全班陈述过我的惩罚，我不得不付诸行动。

当时的情景我没忘，如同发生在今天早上。我走到我的桌旁，从容拉开抽屉，拿出一卷胶纸带。没说一句话，走到马克课桌旁，撕下两条胶纸带，在他嘴巴上贴出一个老大的×。然后返回教室前面。

我瞥一眼马克，看他怎样反应，他朝我直眨巴眼睛，就这样！我笑开了。全班喝彩。我又走到马克身边，揭掉胶纸，并耸耸双肩。他说的第一句话就是："谢谢您制止我，姐。"

这年年底，学校要我改教初中数学。日月如梭，马克不知不觉又坐进我的教室了。他比以前更标致，也更礼貌了。由于他得认真听我讲解"新的数学"，九年级时讲小话没有三年级时多了。

一天星期五，课堂感觉不轻松，整个星期都在为一个新概念而吃紧，学生们有些灰心——每一步都进展缓慢。我得赶快设法消除这种急躁情绪。于是我要他们用两张纸，写下其他同学的名字，每个名字后面留出空白，空白里列出这个同学的全部优点。

这堂课的剩余时间就完成这一任务，每个同学离开教室时，都交给我各自对全班同学的最好评语。查克笑了。马克说："谢谢您讲课，姐。周末愉快。"

那个星期六，我用34份纸，分别写下每个学生的名字，然后在每个名字后面抄下其他人写的这个学生的优点。星期一再把这些优点单发给他或她自己，有些评语多达两张纸。不一会儿，整个教室都笑了。

"真的？"我听到窃窃私语："我可没料到这会对谁有什么意义！""没想到有人会这么喜欢我！"

此后，没人再在课堂里提及这事，我也不知道他们下课后互相之间或在跟父母在一起时讨论过没有，不过这也没什么大不了的。演习达到了它的目的，学生们对人对己都恢复了信心。

那一批学生继续深造。若干年后，我一次度假回来，父母到机场接我，驱车回家，母亲照例问我一些旅行经历——关于气候，关于我的见闻感受。谈话短暂停顿。母亲斜眼扫一眼父亲，提醒什么似的说："老头子？"父亲清清嗓子，每当讲出什么重要事情前他总是这样。"昨晚埃克隆家打来电话了。"他开口说。

"是吗？"我说，"好些年没听到他们的消息了。不知马克如今怎样。"

父亲平静地回答："马克在越南死了，明天举行葬礼，他的父母希望你能出席。"直到今天，我仍能指出父亲在1-494公路上宣布马克噩耗时的确切地方。

我还从未看见军人躺在军用棺材里。马克看上去很帅很成熟。当时我一门心思地想："马克，只要你开口对我说话，我可以销毁全世界的胶纸带。"

教堂里挤满了马克的朋友。查克的妹妹唱《共和国之战圣歌》。葬礼的日子里怎么下雨啦？坟场边泥泞难行。牧师念了祷文，号手放了录音。爱戴马克的人们一个一个地绕灵柩走一圈，洒圣水。

我最后一个在墓前画十字，肃立致哀。战士们中抬棺的一位走到我跟前。"您是马克的数学老师吧？"他问。我点头，眼睛没有离开灵柩。"马克讲过您的许多事情。"他说。

葬礼之后，马克过去的大部分同学都去了查克的农场住家用中餐。马克的父亲母亲也在那里，显然都在等候我。

"我们要让您看一样东西，"马克父亲说，从口袋里掏出皮夹，"这是马克死时他们在他身上找到的，我们想，您认得它。"

打开皮夹，他小心地抽出显然是马克随身携带的，曾经打开折合过许多次的两张笔记本纸。我一眼就认出是全班同学列出的马克的优点单。

"非常感谢您费过的这番苦心，"马克母亲说，"正如您看见的，马克视若珍宝。"

马克的同学们开始围上来。查克显得忸怩不安，笑着说："我一直保存着我那一份，放在家里桌子最上层的抽屉里。"查克的妻子说："查克要我把这个夹在结婚纪念册里。""我的也还留着。"玛里琳说。接着，另一位同学维基把手伸进提包，从皮夹里取出全班同学赠言她的优点单，已经磨薄缺损了。"我随时随地带着它，"维基眼睛一眨也不眨，"我想我们都保留着我们的优点单。"

我一下子跌坐下来，哭了，我哭马克，哭所有的朋友们再也看不到马克了。

（美国）海伦·P·摩尔斯拉

凯西蒂

我的成人生活中，大部分的时间都和小孩在一起工作，我自己没有小孩，但是我的工作让我能够有机会可以指导和教育小孩，我最近参与在奥克拉荷马州东南部，一个为美国印第安残障的小孩设计的课程计划。

在1995年的11月，我们发现一位有特别需求的小孩想来注册，在小孩的妈妈来为她办注册前，我们已经先看过她的申请表，她的名字叫凯西蒂，3岁，双脚因为小儿麻痹而截肢，而且她有好几个手指也都断掉。

当她的妈妈来填写注册单时，我们问她凯西蒂在哪里，她告诉我们她把凯西蒂放在车上和一位朋友在一起，因为她们忘了把她的“脚”带出来。

凯西蒂的妈妈是一位单亲妈妈，很明显背负很大的重担。她解释说，凯西蒂很兴奋要来上学，但是她内心有一些忧虑。她把凯西蒂以前在托儿所和一群小朋友相处的经历，以及因为没有小朋友要跟她玩，她如何被孤立和遗弃的故事说给我们听，我们鼓励她把凯西蒂带进来，而且让她看看学校环境。

当我看到这位美丽的、带着微笑的小女孩爬向她妈妈时，我心中燃起了一股莫名的感动，她小小的膝盖紧紧地贴着她妈妈的腰部，她妈妈把她放到地上，她迫不及待地开始用她的膝盖跑着，好奇地探索。那个礼拜的课程刚好是谈恐龙，她的脸闪闪发光，兴奋地进进出出教室，告诉她妈妈她在课堂上所学的一切。

当她们离开时，我打电话给负责这个计划的教授，告诉她：“我一定要这个学生。”并解释给她听，即使我的班上已经额满，但是我还是坚持。

隔天上课的时候，我很兴奋地告诉班上的男孩和女孩有关凯西蒂的事。凯西蒂在隔天就来上学了，而且他们因为我爱她，所以也都接受她、爱她。

几个星期后，在上一堂艺术课时，我们脱下每一位小孩的鞋子，并且在纸上描出脚的尺寸，凯西蒂在一旁看着。当笔沿着他们的脚画线时，小孩子们兴奋地动来动去。

凯西蒂转身过来时，她坚持要我们也脱下她的鞋子。要把她的鞋子脱掉是一件困难的事，但是我照做了。我让她站在纸上并且开始沿着她小小的塑胶脚的四周画线，而当我画到她的脚趾头附近时，她也开始笑。我从来没有听过任何比那更动听的笑声，而在那同时，我更感心痛。

在我教凯西蒂的那两年，凯西蒂教给我们的，比我这个老师教她的还要更多，凯西蒂拥有知道如何度过逆境及用微笑面对任何困难处境的智慧。

培育友情

我喜欢去安娜家。她家里充满了宁静、祥和以及积极的力量。有的人懂得怎样创造良好的氛围，他们的诀窍就是让双手和大脑都忙碌起来，就是集中注意力，就是即使在做面包时也能够成为好朋友并且一起分享智慧。安娜就掌握了这种诀窍。

一天早上，安娜给我打电话说："我打算做一些桂皮面包。我知道你喜欢吃这种面包，我也知道你想看看我们的面包机。你来吧，我会等你来了以后再开始做。"

上一次我去她家的时候——大约是一个月以前——安娜用她的新面包机做了一些热气腾腾的黑麦面包给我吃。这个面包机是她女儿送给她的圣诞礼物。当时我就问她，什么时候可以让我看看她是怎样做面包的。

我到安娜家的时候，发现做面包的材料已经准备好了，锅里还煮着准备中午吃的辣椒饭。安娜端上来了新煮好的热咖啡。我喜欢看别人烹饪。对我来说，把一大堆东西放进锅里或罐子里，然后在适当的时候把想要的东西拿出来，这简直就是一种魔术。也许这种魔术就是了解和施展我们每个人都有的能力。也许我看得时间长了，也能学会一点儿烹饪的技巧。

安娜开始做面包了。她把所有的东西都倒进一个桶里。这可不像是烤面包盘。"这样出来的可不是面包。"我说。

安娜笑了，她说："等着瞧。"

她把桶放进机器里，按下了一个按钮。很快，机器里就发出了可怕的搅拌声和揉捏声。

"你要不要看看里面是怎么回事？"

"别担心。我们先吃午饭，然后把热面包当甜点吃。"

辣椒饭非常辣，里面放的青椒是从安娜哥哥的花园里摘来的。面包机不时发出闷响和叮当声，然后就一点儿声音也没有了，似乎在想什么事情。我们又吃了一碗辣椒饭。我总是担心面包机的盖子或其他什么东西会飞出去，发出可怕的声响。

安娜给她哥哥留了一碗辣椒饭，然后把碗洗了。面包机现在是一片死寂。

“你肯定不用去看看它吗？”

“面团至少得发两次，然后就会开始烤了。我们现在去客厅坐坐吧。”

安娜拿起了她正在编织的阿富汗毛毯。最近，她用的是一些浅色的线，因为她的视力比以前好了。

“我不能开车后失去了很多东西，”她说，“但我还是在找事情做。”

我们谈到了她的朋友和邻居，她和许多朋友、邻居已经保持了50年的联系。她还说起这个星期给她女儿打的电话。她说，她的外孙女很喜欢她上个月送的双人阿富汗毛毯。她女儿一家会像往常一样回来过感恩节。

她说，今年割草的季节总算过去了，不知道明年夏天还能不能割得动。她还打算把楼下的几个房间粉刷一遍。她问我新买的电脑怎么样，还问了问我那身体不太好的哥哥的近况。我跟她谈了谈我最近的情况，同时一直都在留心厨房里的面包机。我什么声音也没有听到，但也闻不到任何烤面包的香味。

安娜对此毫不在意，继续织她的毯子。我不知道在她手中要流过多少纱线和时间，才能及时送给别人一件礼物。这条毯子是准备送给她的一个侄子的。“他喜欢坐在地板上看电视，而且天马上就要凉了。织完这条毯子后，我打算再给教会的义卖市场织一条。”

我也有一条安娜织的毯子。那条毯子是她刚被诊断出患有影响视力的黄斑变性症后织的。那是她学做新事情时的许多“试验品”之一。放大镜、录音机和立体标签纸（用于贴在电器和调温器刻度盘上）成了她生活的一部分。在冬季的夜晚，我经常裹着她以顽强的毅力织出的毯子入睡。

我们站起来，沿着有点儿陡的楼梯到了她家唯一的浴室。这些楼梯能够帮助她锻炼双腿和肺部。我用力吸了吸气。总算感觉有点热气了。安娜笑了。

“你好像还不太相信。”

“从我们到厨房开始已经过去半个多小时了。”

我们回到楼下。她感叹着说，虽然只要天气还可以她就会出去走走，但长时间走路对她来说已经越来越困难了。她走进厨房去拿水和降血压的药。我跟在她后面，以防万一。

突然，我闻到了烤面包的香味。“终于开始了。”

安娜走到机器旁，看了看定时器，说：“一会儿就好了。”

不久，面包机发出了鸣叫声。面包烤好了。这些面包实在是太香了，整个楼下的房间里都飘荡着一股香气。面包的味道好极了，再多等一会儿也值。

在我开口要第二片面包之前，安娜已经又为我切好了一片。

“我多放了点桂皮。我知道你爱吃桂皮。”

患难之交

乘救护飞机从菲律宾起飞的航程真是累得人筋疲力尽。我们先是在日本，然后在阿拉斯加，再在伊利诺伊等各空军基地停留，直至最后降落在首都华盛顿。

我从华盛顿给住在纽约白原的亲属打了个电话。我知道，明天我就要被送往新泽西州的迪克斯堡，然后，在1967年那个7月4日的周末后再被送到费城郊外的溪谷福治总医院。

就在我挂断电话之前，我对母亲说：“妈妈，你最好给迪克打个电话。”他会给我的朋友传话，告诉他们我已经从越南回国，丢了一只胳膊和一条腿。他会负起责任的。

我俩是在幼年童子军相识的，也许是小学四年级吧。从那以后我们就总是顶牛。他至今还说，那是六年级的事。

第二天，我母亲和两个姐妹到迪克斯堡医院来探望我，这是我们6个月以来第一次见面。我没什么可看的：体重只剩下102磅，在幸存下来的那条腿上有许多大伤口，双眼深陷进眼窝里，全身到处都插满了管子。总之，我再也不是他们在我第二次去越南前所见到的那个身高6.2英尺，体重180磅，头戴绿色贝雷帽的我了。

在我的家人离开之后，我的房间里挤满了迪克·埃利希以及由他集拢来的几位朋友。即使我当时的外貌使他感到震惊，他也没有流露出来。一年后他告诉我：“你当时看上去就像是被单上的一条卷纹，真是显得太瘦小了。”我所能记住的，只是当他腋下夹着装有6个瓶装食品的纸匣大步流星跨过门口时，我的泪水禁不住直往下淌。

当他们要离去时，我的一位朋友牛蒂说：“你得准备好过劳动节，我们要把你带到长岛的家里。”对于我来说那是很遥远的事，当时我只希望能把我的疼痛止住。

在以后的两个月里，只要有可能，迪克就从老远到医院来看望我，在路上要花掉他三个半小时。其他朋友也常来。他每个星期都给我打电话。他想象不到，在我的家人和熟人面前装作若无其事之后，伏在他的肩膀上哭泣对我来说意味着什么。只要他在那里，那就意味着比什么都重要。

劳动节到来时，我的朋友们按原定计划要我和他们一起去度周末。我吓坏了，我还是得离开医院这个安全地带了。于是我开始编造各种借口，但是他们来了，好歹要把我带走。

周末过得很愉快，看来生活还不是完全那么糟糕。我甚至鼓起勇气叫迪克替我把腿部残肢上的敷料换掉。他并没有畏缩。我怀疑，如果换了我，我是否也能为他这样做。

迪克开车把我送回医院。劳动节那天在路上颠簸了4个小时之后，他把车停在医院附近的一家饭店前面。我态度强硬起来。迪克假装没有注意到我的偏执，只是说：“想吃点什么吗？我饿坏了，开车回家还有好长一段路呢。”

“我不饿，”我答道，“我在车里等你好了。”

他把手放在我的肩膀上，双眼直视着我的眼睛。“瞧，尽管我痛恨那场战争，但你还是我的朋友，我为你感到骄傲。好了，让我们试试吧。你单脚跳着坐到轮椅里，我把你推到餐厅的座位前，你再从轮椅里跳出来，坐下，然后我们就吃东西，好吗？如果这令你太难受，我们离开就是了。我答应你，我向你保证，事情不会弄到你想象中那样槽的，不会完全是那样的。”

事实的确像他所说的那样，情况根本就不是那么糟糕。这对我来说无疑是又一次炮火的洗礼，是第一次跳伞，第一次交火，我没有被生活淘汰。

第二年夏天，我还继续在医院留医，但我却在海滩度过了另一个周末。那时我已经新装上了一只假臂和一条木腿。我费力地通过了到达沙滩的路。

迪克还记得，在我们还是十多岁的孩子时。我是多么喜爱做冲浪运动，所以他问我：“要冲浪吗？”

“不，我想，看看书就行了。”

“冲浪会令你心烦吗？”他问道。

“那么，看来我们最好还是干吧。”

我把假臂和假腿拿掉，扶着他的肩膀，然后单脚跳进浪涛中。我一往无前。

就在那一年我迁到加利福尼亚读大学，然后又进了法学院。在后来的几年中，每当有什么事令我“心烦”时，我都像那次冲浪一样，决不退缩。我学会了滑雪，又可以跳降落伞了，并用了三个夏季环游世界。

从1979至1981年，我经管加州自然资源保护队，那是为18到23岁的年轻人作出的工作安排。在“基础训练”结束时，我总是问那些队员，他们是否看过《猎鹿人》，那些知道这部电影的人全都认为，那是一部与越南有关的电影。而我则总是耐心地向他们解释：“不对，那是一部关于友谊的电影，是一部描述那些毫不犹疑地为你做一切事情的人的电影。”

37年前我遇上了我的猎鹿人。

谢谢了，迪克。

（美国）B·T·柯林斯

第一次和最后一次飞行

当我还只是个五岁的小男孩时，发生了一件令我终身难忘的事，正是这件事改变了我的一生。

那是1939年的一个下午，在依阿华州东南部的马丁斯堡，我在祖父家农场的房子附近玩耍。忽然我听到远处传来微弱的轰鸣声，渐渐地那声音越来越大，我抬头往天空一望，一架闪闪发光的黄色“帕佩”飞机自空中滑过。

飞机飞得又低又平，就在我头上，我清楚地看到连接机身和机翼的撑杆以及那带着微型黑色装饰的轮子，机翼下面还印有亮黑色的机号。飞机的每一部分看上去都是那样地和谐完美，简直像只充满生命力的无与伦比的雄鹰。

就在飞机飞过我头顶时，飞行员往下瞧了瞧。当他发现我正惊奇地盯着他时，他竟向我挥挥手，给了我一个快乐幸福的问候。这是天地间最直接的交流，我被深深地陶醉了。我暗暗起誓，我会驾驶自己的飞机飞上天的！

两年以后，附近的奥托瓦机场做广告欢迎大家去乘坐三个发动机的福特牌飞机。当时坐飞机还被认为是很冒险的事，但我想方设法说服父母带我去做一次空中旅行，当我们在家乡农场和房舍上空隆隆飞过时，我感觉就像在梦中神游一般。

那次飞行让我母亲心绪不宁，但我却是带着十分的满足和一腔沉醉于飞行的热血返回家中。

随着时光流逝，我上了大学，参加了工作，组织了家庭，可我童年时梦想的热情从未消退。终于当我30岁时，有能力购买了一架1946年产的“空中斗士”飞机，这使我完成了既定的目标，我拥有了私人飞行执照。

我对飞行着了迷。我们当时住在伊利诺伊州的皮奥利亚，乡间小机场、农场的简易机场星罗棋布，我满怀喜悦到处飞行。尽管“空中斗士”是架好飞机，可我忘不了孩提时的回忆——那迷人的黄色帕佩。

我决定卖掉“空中斗士”并开始寻找那曾给我带来无限欢乐的“帕佩”，这种飞机已经很罕见了，六个月中，我的足迹遍布依阿华、密苏里和伊利诺伊州。

结果，在我老家附近的一个后园，我果真找到了一架1946年产的J3型帕佩，机翼下还有机号，恰似我记忆中的那架飞机。

这架飞机已有好多年没上蓝天了，它被系在地上，孤独地祈盼着能在天空中再次找回自己。我立即买下了它，经过几个月的使劲擦洗，我终于又驾着它在蓝天里自由飞翔，越过农场，飞过草地，它温驯得像只可爱的猫咪。我仿佛听到它说：“谢谢您的精心照料。”

现在我可以满足自己一生的雄心了，我要驾着“帕佩”飞越40年前我玩过的地方，当年我站在农场的房子附近向珍爱的“帕佩”挥过手。

天气晴好，我从依阿华的伯莱克斯堡起飞了，穿过奥托瓦向马丁斯堡飞去了。我要沿着那不相识的朋友在40年前飞行过的线路飞向祖父的农场。往远处望，我已看到了牛栏和风车，房子早已倒掉了，牛栏也已破烂，当我飞越此地时，脑海中闪现出当年与那飞行员挥手的美好景象：有个小孩在地下发誓，有朝一日将在空中翱翔。

后来，我把这个经历写成了一篇文章，表明我那颗热爱飞行之心，也热切地盼望见到那位当年曾向我挥过手的飞行员，想向他亲自道谢。

我和妻子现在住到了加州的艾尔凯雄，心爱的帕佩也有个舒适的飞机库。多年以后，我的故事刊了出来，就在故事刊出后两个多星期，有位名叫约翰·特克尔的人路过飞机库，并留了条给我。条上说：他是加利福尼亚空军的退役飞行员，1939年至1942年间曾在依阿华的奥托瓦草地简易机场服役过，他的飞行生活中曾许多次驾着帕佩J3型“幼狮”飞机飞越过那地区，因而他想自己可能就是那个向男孩挥过手的飞行员。

我感到非常激动，立即打了电话给约翰。几分钟后我们已在兴奋地交谈往事了。

约翰的一生都奉献给了航空事业。在17岁时，约翰便驾着J3型“帕佩”开始了飞行生涯，二次大战时，他教过许多飞行员，战后则成了一名商业航空公司的飞行员，也曾在许多次飞行表演中显过身手。

我们立即定了计划，几天后在飞机库见面，那将是我永难忘怀的一天。

1991年7月23日，在南加州那是个美丽的夏日。69岁的约翰尽管年近古稀，却非常硬朗，一下就跳进了“帕佩”的前座舱。

气流十分平稳，我们起飞后便开始缓缓上升，我坐在后座舱中驾着飞机，能清楚地看出前面的特殊乘客正沉醉于这次美好的飞行。

“你是否想飞一会儿？”

“当然，”他的声音从耳机传来，“我已有25年没飞J3型了。”

于是我在座位上舒展了身体，约翰则得心应手地驾着飞机。

当我们接近海列克斯山时，约翰说：“你来飞一会儿，我想看看是否能看到家乡的房子。”

当我们越过8号高速公路飞向弗莱雪山时，约翰向下指着对我说：“看！我的家就在那儿！”我一下子惊呆了，这不可能！我想，这个50年前向我挥手的飞行员他家与我家相距竟然不到2英里，这种传奇似乎太伟大了。

不久我们又返回了地面，约翰兴奋地从前座舱里跳出来，“这是我一生中最难忘的一天，”他咧开嘴笑着，“你有一架非常好的飞机，感谢你让我驾它飞行。”

他走向卡车解下了给我带来的书，约翰·特克尔的整个飞行生活都详细记录在书中。

我们便从第一本看起，那是1939年及1940年的一段。事实上，他在我祖父的农场上空飞过许多次，并且常常是驾着帕佩J3型“幼狮”机，机翼下有机号，就像我回忆中的。书中所记录的经历是如此的详尽和精确，我相信那肯定是他了。

可那还不是我们所发现的唯一收获，千载难逢的是：在奥托瓦草地简易机场，带我第一次飞上蓝天的正是约翰·特克尔。

约翰当时只有19岁，他还没有领到商业飞行执照，我告诉他，幸运的是我母亲不知道他的年龄和身份，否则我永远不会有那次难忘的飞行。

我们欢笑着握手道别，决定下次带着妻儿们共进晚餐。

万没想到的是，约翰在回家的途中由于心脏病突发而告别人世。

我的第一感觉是无限悲痛，可他的亲人告诉我，他们感到很欣慰，因为在生命的最后时刻，约翰能与我在一起做他一生钟爱的事，实现了再上蓝天的心愿。

约翰给了我人生的第一次飞行，而我给他的是生命里最后一次飞行。感谢上帝，在约翰·特克尔生命的终点，让我们再次重逢，共圆了最美好的人生之梦。

圣人布兰奇

在我还是个穷实习教师的时候，我晚上在当地的一家小餐馆当引座员以贴补己用。那是一个家庭作坊式的夫妻店，专门卖套餐，比如火腿牛排和土豆泥，真正的稻米布丁，以及甜甜的冰红茶。就是在那里，我遇见了生平第一个真正的圣人。

布兰奇是一个满头黑发、身材修长、目光炯炯的意大利女人，总开着一辆跑起来直喘的、锈迹斑斑的旧旅行车。我从不知道她姓什么，但就像伊维塔、黛安娜娜和奥普拉一样，她似乎就是那种只凭一个名字便会被人们所记住的人。布兰奇从来没请过病假。她的忠实顾客比麦当劳的还多。尽管已经58岁了，可是她的精力比我当时甚至更年轻的时候还要旺盛。那年我23岁，在经过了一天的教学实习后还得强打精神干活，只剩勉强可以给自己倒一杯免费咖啡的力气。而她则在不停地清洗装蛋黄酱的容器，归置番茄酱瓶子，把每个人桌上的盐瓶和胡椒瓶装满。她不但每周有六个晚上在餐馆工作，还有五个白天在附近的一所小学里做助教。

布兰奇也不是那种传统的助教。她在为一个特殊的教育项目工作，项目的主要内容是教那些身体有残疾和健康每况愈下的孩子们读书、写字、计算，以及其他诸如走路、利用电脑键盘与人交谈和吃东西等等的事情。她热爱在那里工作的每一分钟，也热爱她的每一个学生。她给他们每个人都取了个昵称而且经常会和我谈起他们，她爱这些孩子就仿佛他们是自己的亲生子女：

“PJ今天终于可以喂自己吃几口豆子了。”她会这样夸奖那个五岁起就坐轮椅，现在差不多应该上六年级的孩子。

“小兔子对她的新假肢已经开始找到点感觉了。”她带着自豪的微笑向我们报告。

每次当她兴奋地历数这些孩子的点滴进行时，我都会立刻制止自己不去发牢骚诉说自己的在一所“正常的”中学里实习的烦恼。我只是目瞪口呆地盯着她，在心里默默地琢磨。

我从未听到她抱怨过什么。实际上，她几乎从没有用过贬义词来形容过任何事物。她从不会因为我从厨房里偷了她订单上的土豆泥或是黄油泡胡萝卜而冲我大发雷霆。而当我们中的某个人出去抽烟或是需要一点帮助时，她总是毫不犹豫地去招呼新来的一桌客人。

在我实习结束并且毕业之后，我找到了一份正式的教书工作，不用再去餐馆干活了。我经常抽空去餐馆看看布兰奇。但是教学计划、各种评分和辅导让我忙碌不堪。就在不知不觉之间，我薪水单上“教学时间”那一栏里已变成了“五年”。

就在那一年，我开始非常认真地考虑是否还要继续教下去。刚开始的时候我满腔热情，新主意不断—自己出小测验的题目；掏自己的腰包买奖品、教学参考书和假日礼物，目的只是为了告诉孩子们我爱他们；用睡醒后的每一个小时考虑新的、有创意的教学计划。为了避开教工休息室里的牢骚和抱怨，我甚至一个人躲在自己的教室里吃午饭。

我在一个比较乱的社区中一所比较乱的学校教书，想改造那些学生并非易事。尽管如此，我仍然认为自己可以很专业地处理好一切，而且我一直在用一个开放的头脑、开放的心灵和开放的怀抱来欢迎每一个来我班里的孩子。不幸的是，我所在年级的那些更加疲惫不堪的教师们很快就注意到了这一点，并开始利用我的“培养”方法——把他们最捣蛋的学生转进我的班里。

与此同时，校方每转一个捣蛋的学生进来，就会把我班里一个名列前茅的学生调出去。不久，我那间朝气蓬勃的教室就从电视剧《电子公司》里的场景变成电影《危险想法》中的混乱局面了。学生们偷铅笔、乱涂板报，还在桌子上刻字，我花在填写课后留堂表和训导捣乱分子身上的时间，甚至比用在备课和批改作业上的时间还多。很快我就成了教工休息室里抱怨声音最大的那一个，而这却正是我从前所不齿的。

随着时间的推移，我变得越来越疲惫、泄气、愤怒和失望。我害怕工作日，因为那意味着除了八小时的持久战还要外加几个小时的家长会、开除会和课后留堂。我也害怕周末，因为那段时间总是飞逝而过，同时也意味着另外一周马上就要开始了。尽管很痛苦，但我不得不承认自己已经筋疲力尽了。我受够了。我甚至已经开始在星期天的时候翻阅招聘广告，向大学同学询问：在他们明亮高耸的办公楼里，是否有适合我的工作。

有一天晚上在下班回家的路上，我走进一家新开的意大利餐馆买了些外卖。往外走的时候，在店门即将在我身后关上的一刹那，我听到有人从收款台的后面喊我的名字——没错，那肯定是布兰奇的声音。我们惊喜地拥抱在了一起。在叙旧的过程中，我注意到尽管她的黑发已失去了往日的光泽，但她对学生们的爱却没有丝毫褪色。

我问起这一年她班里的情况，她一点不漏地讲述了她那新一班的“了不起的孩子”——“小不点儿最后终于习惯了用食物引流管”，还有“R正在用一种试验性的药物”等等。我于是决定留在餐馆里吃饭，并且就坐在她所负责的一张桌子那儿，这样说话会方便许多。

虽然那一天显得很长，可我知道对于布兰奇来说这一天更长。尽管如此，她却依然兴高采烈地讲着她的那些孩子们。就在那一刻，我突然间明白了，无论她曾遇到怎样的挑战和困难，她都会无怨无悔地坚持下去，倾注她的全部心血，日复一日，年复一年。那些孩子没有谁会忘记布兰奇，就像我永远也不会忘记她一样。

坐在那儿听着她用坚定的声音谈及献身与责任、忠诚与爱的话题，我感到心头的大石块已经卸落，眼前也已不再迷茫。如果布兰奇可以几十年如一日地集中所有的精力给那些急需帮助的人以力量，那么我也应该能够扎扎实实地做事，找到解决学生问题的更好方法。毕竟，我还没有深入地从事教育工作，因为这是一个有意义、充满魅力然而并不轻松的职业。我已经成为一名教师了，我突然间意识到，我可以成为一个像布兰奇这样的人——她是年轻人心中的希望之光，是可以让年轻人信赖的人，是能帮助并引导年轻人走向更美好前程的人。等到结账的时候——其实我很早就已经吃完了，但这短短的时间对于要交流五年的生活与教育工作的我和布兰奇来说却还是远远不够的——我拿出钱包里所有的现金给了她。这是我可以给出的最多的小费了。我知道钱是永远也无法回报她的。我也知道我在离开的时候已经作出了一个无悔的决定：继续当一名教师。

好　友

我第一次看见他的时候，他随便斜倚着一株大白杨树，穿的是泥迹斑斑的汗衫和褪了色的破烂牛仔裤，后裤袋只剩了一个，袋口吊着一把弹弓，从刻工看来，显然出自高明的少年勇士之手。他赤着脚，用脚趾从地上夹起石子，一颗一颗地甩出去。这种本事，要不是赤脚练习多月，是学不会的。他既不高，也不矮，但肩膀很宽，腿和臂晒得黑黑的，就一个8岁的孩子来说，肌肉似乎过于发达。

我是刚到这得克萨斯州中部市镇的孩子，不免用自卫的眼光打量他，想探个明白，这里的孩子要用什么方式来管教我——摔跤、斗拳、赛跑还是斗嘴。我心里害怕，不知如何是好。他只管静静地望着一只鸟鼓翼钻入白杨树丛。他聚精会神地望了一会儿，然后转头向我咧嘴一笑，笑得脸儿好像上下分了家。“这只鸟蛮好看的，”他说，“不过等到养小鸟的时候，你再看这个老聒聒，可凶得要命。”

说着，他懒洋洋地向我走来，在我前面几码的地方蹲下。“我就住在那边，”他说，“我叫葛罗狄斯。葛——罗——狄——斯。先告诉你，我妈妈最喜欢读书，这个名字就是她从书上看到的。你别问我是哪一本书，因为我不知道。”

又是几分钟，他动都不动，两眼盯住一只蚂蚁扛着重东西在没修剪的草里爬。然后他站了起来，动作之灵巧犹如夏天随风飘扬的风筝。他一手遮着额头，对着太阳一望。

“看太阳，两点钟了，早该吃饭了。”他说。我望了望手表说：“跟我来吧，我家冰箱里还有些冷鹌鹑肉。”

在他看来事情就这么简单。我们是朋友了。

此后6年，葛罗狄斯满足了我童心最大的需求，我可以指着他告诉别人说：“这是我最好的朋友。”在他看来，友谊是忠实无私的誓约，友情既无条件，亦无动机。他把知道的都非常爽快地讲给我听，绝没有一般儿童的那种自夸自大和盛气凌人。他告诉我山坡上各种野花的名字；教我吊在藤枝上荡到小河上空，在恰好的地方跳下，让水流把我们冲到下游400公尺外的滑溜溜的河边泥地上。

我第一次学荡的那天，心里怕得呆住了。有些同伴嘲笑我道：“看，他怕得连试都不敢试了。”“你不是胆怯吧？”

葛罗狄斯从泥泞的河边走过来，站在我身边，低声说：“准备干的时候才会怕，干的时候就不会怕了。”他又对着河里那些嘲笑我的孩子高声道：“你们在下面留神！我们就要做一件没做过的事了。我们要一起抓着这条细藤荡出去，再一起坠下来。我敢说你们谁都没有这个胆子。”

我们提气凹肚荡到水上，藤蔓吊着两人的重量，几乎扯得快要断了。一松手，像是在噩梦中往下直坠，一直沉到水里，又浮了上来，随着激流冲向下游的岸边停住。第二天，我们惊险的表演已经传遍了。

一天下午，我们几个同学在一起懒散无事闲聊天，谈到小学同学打架的本领而争辩不休。我虽然并不特别壮，但很能持久。这是练出来的，因为我父亲在橄榄球风气极盛的市镇里做中学的橄榄球教练。这就使我常需保卫自己和父亲的面子，输球的季节尤其有此需要。我们胜过很多次，颇有名气，完全是因为我有一股傻劲，下巴和鼻子上的疤痕都是我有本领的明证。葛罗狄斯有一次被迫和班上个子最大的孩子打架，把那个欺侮人的家伙打得躺在操场上，可是自那次以后，他就再没有被人逼着显露本领了。

大家越闹越凶，一定要我和葛罗狄斯比试高下，逼得我没有办法，只好说，就比赛摔跤吧，因为好朋友是不应该拳头相向的。大家争辩时，葛罗狄斯一声不响，然后才慢吞吞地站起来，脱去衬衫说："来吧，不过我真不懂这是何苦。"

3个小时后，大家说我们和了。我们身上都抓破了，血汗交流，周身是草。葛罗狄斯转身回家，我却还留着听那些凑热闹的叫好。葛罗狄斯只望了我一下，露出失望的眼光轻声说："好朋友不必较量给别人看，更不必跟好朋友称好汉。"

年岁渐长，我渐渐懂事，才知道那次摔跤如果他真正使出全身气力，3个小时的比赛恐怕15分钟就结束了。

我家迁居，葛罗狄斯和我分手，那时我们都只有十几岁。我们为了保持友谊，每年夏天都见面，圣诞节则互寄礼物——我给他的多半是买的，他给我的总是亲手做的好东西——偶尔我也寄封信给他。他从不写信。他解释说他不写信是因为"朋友之间，把想说的话写在纸上，又不知道对方会不会明白。"

有一天，中学举行橄榄球锦标赛，我坐在热气腾腾的更衣室里等候第一场开赛，心里好不紧张，葛罗狄斯忽然来了。原来他特地从125里外搭便车来看这场比赛。他长高了，就一个17岁的青年来说，他的腿和臀实在是异常健壮。

教练作了最后指示，我们都忐忑不安地等着出场，葛罗狄斯弯着身子，脸上堆着笑容，又笑得好像把脸儿分成上下两截，对我说："你等着瞧那些傻瓜抢到了球的样子吧，可凶得要命。"

这句话使我的忧虑尽消，观众的叫喊，乐队的大吹大擂，我全不在乎了。

比赛结束，我跪在球场中心，又累又麻，动都不想动。我的一只眼睛眼圈发红、泪水盈盈，另一只眼睛已经青紫，肿得睁不开。我们输了，19：18。

我迷迷糊糊，直到葛罗狄斯轻轻拍我的头盔，才猛然觉醒。他说："谁赢谁输，大家不久就忘得干干净净了。不过自己的成绩怎样，自己有数。你今天打得再好也没有了。这才是你要记住的。在我看来，你赢了。”

我们一起步出球场，一个是周身汗臭的球场败将，另一个则昂首阔步，好像是跟冠军球手在一起走。

对葛罗狄斯和得克萨斯的那株老白杨树，我已经20多年没看见了。从我留心听模仿鸟的啁啾和铁罐子被光脚踢起的声音那时算来，也有20多年了。

不过，就是昨天，我还对一个青年提出劝告：“好朋友不必较量给别人看，更不必跟好朋友称好汉。”也就在今天，我还在再度提醒自己：“准备干的时候才会怕，干的时候就不会怕了。”

还有，我自己的成绩怎样，我自己有数，因此有许多次觉得自己是胜利者。

贝多芬的吻

1985年9月，我在西德萨尔布吕肯市给一批年轻的钢琴家上主课时发现，如果我在某个学生的背上轻轻拍一下，他就会表现得更为出色。我便在全班学生面前对他杰出的演奏予以赞扬，使他自己以及全班学生大为惊奇的是，他马上超越了自己的原有水平。

我记得的第一次表扬使我感到如何的幸福和骄傲！我当时7岁，我的父亲要我帮忙在花园里干些活。我竭尽全力卖劲地干活，得到了最丰厚的报酬。当时他亲了我一下说：“谢谢你，儿子。你干得很好。”60多年后，他的话仍然在我耳边回响。

16岁时，由于与我的音乐教师发生分歧，我处于某种危机之中。后来一个著名的钢琴家艾米尔·冯·萨尔，李斯特的最后一个活着的弟子，来到布达佩斯，要求我为他演奏。他专心地听我弹了巴赫的C大调“Toccata”，并要求听了更多的曲子。

我把自己的全副身心都投入弹奏贝多芬的“Pathetique”奏鸣曲以及其后舒曼的“Papillons”之中。最后，冯·萨尔起身，在我的前额上吻了一下。“我的孩子，”他说，“在你这么大时，我成了李斯特的学生。在我的第一堂课后他在我前额上亲了一下，说：‘好好照料这一吻——它来自贝多芬。他在听了我演奏后给我的。’我已经等了多年准备传下这一神圣的遗产，而现在我感到你应当受得起。”

在我的一生中没有别的什么可以比得上冯·萨尔的赞扬。贝多芬的吻神奇地把我从危机中解脱出来，帮助我成为今天这样的钢琴家。不久将轮到我把它传给最值得受这份遗产的人。

赞扬是一股强劲的力量，是黑暗屋子里的蜡烛。它是一种魔术，我对它的神奇作用总是感到诧异不已。

（德国）安多尔·福尔德斯

STORY

仁爱之心

仁爱之心

群山之间人迹罕至的一片荒野地带，陡然间繁华起来。各国的游客蜂拥而至，使得山下的旅馆和山间的酒巴生意极其兴隆。

是什么吸引住了这么一大批如醉如狂的游客？请看吧。在一道几乎垂直的峭壁上，只有那么一小块稍微突出的岩石，一个人绝望地站在那里。人们既无从知道他究竟是怎么上去的，无法将他从上面解救下来，更难以预料他将在什么时候跌落到地上。他像一柄达摩克里斯的利剑，惊心动魄地悬在引颈张望的游客的心上！

警察在地上圈起一块空地，以免那人跌落下来时，砸伤围观的人群。一位女士好不容易找到一个观看的位置，忙叫孩子去找正在酒巴里下棋的丈夫。两个英国佬一面用望远镜向悬崖眺望，一面就那个不幸者的年龄和摔下来的准确时间进行着打赌。

一位又高又瘦而气势威武的女士，为了自己看得更清楚，蛮横地把另一位游客赶开。这位女士有看人摔死的癖好，她平生已经见过六个人摔死。

另外几个带着柯达相机的人，在为了选择一个最佳拍摄位置而进行着激烈争吵。一个气喘吁吁的胖子，为了观看这场不幸的悲剧，不住地招呼和安顿着自己的一群不听话的孩子，叫他们别错过了这一千载难逢的好机会。

就在这时，那个人不知在岩上喊了一声什么，下面的游客顿时骚动起来。警察在用力驱赶着拥挤的人群，有的人举起了望远镜，有的端起了照相机……

一个胡髭向上卷曲的高个子游客，在一群人的簇拥下走来，他激昂地挥动手臂慷慨陈词："诸位先生，他高喊'救命啊！'你们听见了吗？为什么不去救他？这是你们博爱的职责，我们是基督教徒，对我们的兄弟应该以仁爱之心相待，应该竭尽政府之所能，采取一切措施。"

突然，人们在窃窃私语，大家把敬佩的目光投向一个衣冠楚楚的人。这个人高声地对岩上人说："敝人是欧洲报界的首席记者，我想向您提几个问题。你的尊姓大名？社会地位？年龄多大？"他听不清对方的话，信口开河地说："好，我记下了，已婚。您有几个孩子？什么，我听不见。……他好像说三个。为了以防万一就记上五个吧。”

至于他怎么会陷入这种境地，游客们在七嘴八舌地进行猜测，有的说是迷了路，有的说他去打猎想翻过这道峭壁，有的说他是梦游……

记者信笔写道：“不幸的年轻人，自幼就受尽了梦游症的折磨。一轮圆月的明亮光辉照着荒野的峭壁，睡眼惺松的看门人没有注意到他……”他像在编造着一个神话。然后又用小说的笔调刻画出这位不幸者在悬崖上对自己温暖家庭的思念。最后他高声问道：“当你即将离开我们，走向另一个更加美好的世界的时候，你还有没有话希望我向你的同胞们传达？”

岩上人用微弱的声音回答道：“叫他们全都见鬼去吧！”

记者说：“什么？哦，嗯！他坚决反对那条给黑人以平等权利的法律。他最后的遗言是：决不让这些黑鬼……”

一个牧师急匆匆地推开人群，打断了他的话，对着峭崖用虔诚的声调高声地说：“我的孩子，你希望和上帝和解吗？对我忏悔你的罪恶吧，我立刻就宽恕你。”

记者在他的笔记本上继续写着：“……哭声在空中荡漾，牧师用动人心弦的话语来规劝这个罪人。这个不幸的人含着泪水，以微弱的声音感谢……”

果然，那人用微弱的声音说：“要是你再不走开，我就跳到你的头上，我可有二百斤呢！”

下面的围观者拼命躲开，一个摄影记者的胶卷用完了，哀求他稍为等一等，不然他就拍不下这一精彩的场面了。

牧师继续用庄严而又神圣的语调高声问道：

“第一，你杀过人没有？第二，你偷窃过没有？第三，你奸淫过没有？第四，你亵渎过神灵没有？第五，你有没有妄想占有兄弟的驴子？他的牛，他的女奴，他的妻子？……”

记者可没有耐心听这些废话，继续在他的采访笔记本上编造着耸人听闻的谎言：“这个罪人，也就是这个不幸的人，在当众忏悔。可怕的秘密揭开了，这个恶徒炸死了银行家……”

这时几个酒气熏天的男女救世军军人，敲着铜鼓，吹着喇叭，拉着小提琴，扰乱了牧师给这位不幸者进行的神圣的临终忏悔仪式。等骚乱平静之后，人们又开始耐心地等待他摔下来。

一个英国人等得不耐烦了，公然劝他拿出绅士风度来，早点掉下来以满足人们的强烈愿望。

另一个英国人干脆对他说："如果你勇气不足，我可以用准确的枪法帮助你一下。"

岩上人突然大声喊叫起来："这头驴子要开枪打死我。你们快把他拉走，叫他见鬼去吧！快去告诉老板，说我再也受不了啦，我的腰都快折了！"

一阵吵闹之声由远而近，一群怒不可遏的游客把一个身穿白背心的人揪了上来。他吓得脸色苍白，浑身打战，强作笑颜地向周围的人无可奈何地频频鞠躬。他就是这儿的老板。

岩上那家伙一看见他，就向他声嘶力竭地喊道："老板，我们说好是到12点钟，可现在几点啦？为了25个卢布，我就要给你摔断脖子啦！

老板，我再也受不了啦，刚才这儿有头驴子想要开枪打死我，牧师又唠叨了两个钟头——这可不在我们的合同之内呀！"

游客们终于明白了，原来这是一场骗局，那个人是拴在上面的，根本就摔不下来。那一位蛮横的女人大声问道："他为什么不摔下来？"

老板对愤怒的游客们赔笑说："大家都很寂寞。我，对不起，女士们，我不过希望讨好各位，使各位愉快地激动几个小时，以提提精神，使各位的利他主义的感情迸发出来……"

高个子游客因他的仁爱之心受到了亵渎，在那里愤慨地斥责老板。记者仍在继续完成他的神话式的报道，为有一个出人意料的结局而大为高兴。摄影者惋惜他损失了三卷胶卷。而那位看摔死人成癖的威武女士逼近老板，唾沫飞溅地喊道："告诉你，我看见过乘气球的人从云彩里飞出来，咚的一声摔在房顶上。我看见过老虎把一个女人撕成碎块！我决不允许别人欺骗我，他应该掉下来！"

一个难忘的夜晚

亲爱的琼斯先生、太太：

你们不知道我是谁，我也从来没有见过你们的女儿，然而，我想要告诉你们一件有关最近发生的事，且表达我对你们及你们女儿的感谢。

你们的女儿布列坦妮表现的友善让我的儿子琼纳森留下了关于一个美好下午的永恒回忆，我也随信附上与这整件事相关的照片。

几个月前，琼纳森一直很期盼去参加一个为低年级举办的海滨晚会并且常常提起它。由于他并没有被邀请，但他很殷切想要去参加，所以便安排和一位高年级的学生一起去，之前他们计划一起合照，并在晚会后一同到餐厅吃晚餐，然后她再送琼纳森回家。

没想到，到了那里之后，她的计划改变了，可是她没有告知琼纳森。那位“朋友”没有告诉琼纳森就悄悄地离开晚会——害他没有交通工具回家，没有人和他一起吃晚餐，而且最重要的，是没有人和他一起合照。

就在那时候，琼纳森问布列坦妮是否可以和他一起合照，多谢上帝保佑，布列坦妮答应了！从照片上的表情看来，没有人会想到他刚刚发生了什么不愉快的事。当我10点钟到达晚会地点时，琼纳森已经是最后一位学生了，当时我强忍着心疼他的眼泪，没想到他看到我所说的第一句话竟是：“妈妈，我玩得好开心，而且你猜发生了什么事？布列坦妮·琼斯和我一起拍合照呢！”

琼斯先生和太太你们一定不解，为什么这件事这么特别？那是因为琼纳森早产的缘故，导致他有轻微的小儿麻痹症。

专家怀疑他可能一辈子都无法开车，他从来没有经历过首次约会的喜悦，虽然他在地方教会表现很活跃，但是他并不能常常看电影、逛街、上餐馆或是和朋友聚在一起，学校对他来说很重要。他总是自觉念书，参加学校的活动，而且通常很满足地坐在一旁看着别人。

为了参加海边晚会，他冒了个险。虽然他的精心安排并未照计划实现，但是布列坦妮的细心救了整个下午。他很开心能和她一起合照，并且在他房间的墙上各个角落贴了八到十张的照片。

我写这封信，是希望你们也能拥有这些照片，而且更主要的理由是希望你们能以你们的女儿为荣。布列坦妮真的是一位心地善良的可爱女孩。

眼里有世界

学校请从事学生心理研究工作的博瑞德老师来给大家作《心中有他人，眼里有世界》的报告。

报告的地点在阶梯教室，时间是14点钟。

离约定时间还有20分钟的时候，博瑞德老师就赶到了阶梯教室。

瑞艾不安地说："博瑞德老师，还要让您在这里等学生们，我们真是太失礼了。"

博瑞德老师微微一笑说："我提前些到是有意图的啊，待会儿就知道了。"

阶梯教室座无虚席——大家都到齐了。

一阵热烈的掌声说明了学生们心中的敬意。掌声过后，博瑞德老师的报告却没有开始。只见他面带微笑地从台上走下来，走到14排中间那个座位处。在一个眼神怯怯的男生面前，博瑞德老师深深地鞠了一躬。

所有的人都看呆了。

博瑞德老师对满心疑惑的同学们说："我多么敬佩这个可爱的同学，我由衷的敬佩使我不得不向他深鞠一躬。大家可能会问，这到底是为什么呢？是因为他来得早吗？——不是。那么，是因为他坐得好吗？——也不是。让我来告诉你们吧：在你们入场的时候，我一直都在认真观察，我发现，许多先到的同学一进来就抢占了靠边的座位，在他们看来，那一定是'黄金座位'——好进好出，方便得很哩！只有这个同学进来后舍弃了14排中还空着的'黄金座位'，毅然坐到了中间这个进出不便的座位上。接下来，14排座位便左右次第开花，使我看到了我希望看到的最佳入场次序；我继续观察，我发现，先前那些抢占了'黄金座位'的同学其实备受其苦，因为座位之间行距较小，每一个后来者往里进时，靠边的人都不得不起立一次，我注意到有个捷足先登的同学在短短的十几分钟里，竟然起立了十几次！——同学们，你们看，利己与利他有时候就是这么奇妙的统一。”

同 情

从前，在俄罗斯的一个小镇上，住着一位鞋匠，名叫马丁·阿维德伊奇。他在地下室里有一间小屋，屋子只有一扇窗户，从窗户往上看，可以看见街道。尽管从窗户里只能看到来往行人的脚，但马丁却能从他们的靴子上认出他们来。

他在这个地方已生活了很长时间，有很多老相识。周围的邻居，几乎没有一个人的靴子不是在他手里经过了一两次的，所以，他常常能从窗户里欣赏自己的手艺。有的是经他重新换了靴底的，有的是补缀了的，有的是加了线的，有的甚至还是换了新的靴面的。他是个忙人，因为他活做得好，用的料也好，收费却不高，而且还值得让人信赖。如果他能按约完成工作，他决不拖延，如果他不能，也从来如实相告，从不寻找什么借口。所以他远近闻名，有干不完的活。

马丁一直是个好人，但随着年龄增大，他开始更多地考虑灵魂方面的事，与上帝靠得越来越近了。

从那以后，马丁的整个生活就改变了。他的生活变得平和而充满欢乐。早晨，坐下来开始干活，当完成了一天的活计，他把油灯从墙上取下来，放在桌上，然后从书架上取下《圣经》，打开，便坐下来阅读。他读得越多，就了解得越深，心里就越清楚，越幸福。

一次，马丁读《圣经》读到很晚，他被书吸引住了。他读的那章是《路加福音》，在第6节，他读到了以下文字：

> 有人打你这边的脸，连那边的脸也由他打。有人夺你的外衣，连内衣也由他拿去。凡求你的，就给他。有人夺你的东西去，不用再要回来。你们愿意人怎样待你们，你们也要怎样待人。

他思考了一会儿这段文字，正想上床，但又离不开书，便继续往下读第7节，读到了一个富有的法利赛人邀请主进他的家的那一段。他读到，那个有罪的女人用香膏抹他的脚，并用泪洗他的脚，主便赦免了她。他读道：

> 我进了你的家，你没有给我水洗脚，但这女人用眼泪湿了我的脚，并用头发擦干。你没有与我亲嘴，但这女人从我进来的时候就不住地用嘴亲我的脚。你没有用油抹我的头，但这女人用香膏抹我的脚。

读到这些话，他想："他没有用水洗主的脚，没有亲他，没有用油膏抹主的头……"马丁再一次摘下眼镜，放在书上，仔细思量。

"我想，那法利赛人肯定像我这样，也是只想着自己——怎样弄到一杯茶，怎样使自己温暖舒服，从不想到客人。他照顾自己，对客人却一点也不在乎。客人是谁？是主！如果主到我这儿来，我会像这样表现吗？"

后来，马丁头枕双臂，不知不觉进入了梦乡。

"马丁！"突然，他听到似乎有人在他耳边细声叫着。

他从睡梦中问道："谁呀？"

他转头看看周围，看看大门，没有看见人。他又问了一声。然后他清清楚楚地听见："马丁，马丁！明天你看着街上，你会看见我。"

马丁醒过来，从椅子上站起，揉揉双眼，他不知道听到这些话时自己是在做梦，还是清醒着的。他熄了灯，上床睡觉去了。

第二天早上，天没亮，他就起床了，做了祷告，生上火，做了一些菜汤和荞麦粥，点燃茶炉，系上围裙，坐在窗边，开始工作了。他不停地抬头看着街上，每当有穿着他不熟悉的靴子的人经过，他就会站起来看，以便不仅看清楚走过去这个人的脚，而且还看清他的脸。一个穿新毡靴的仆人走过去，接着是一个挑水的。现在又来了一个尼古拉王朝时期的老兵，他走近窗户，手里还拿把铲子。马丁从靴子上认出来，这个老人就是斯特潘尼奇。他的靴子已经破旧不堪，马丁曾给它补缀过一次皮。

附近的一位商人收留了他，他平时的工作就是帮商人做点事。这时，他正在清理马丁窗前的积雪。马丁看了看他，然后就继续工作了。

刚缝了10针，他又忍不住向窗外看看。他看到，斯特潘尼奇已将铲子靠在了墙上，自己正在一边休息，也许是在取暖。看来，他已经老了，显然，他已无力清除窗外的积雪了。

“我为什么不让他进来，喝些茶呢？”马丁想，“茶炉上的茶已经煮开了。”

他把鞋锥插好，站起身，把茶壶拿到桌上，泡上了茶。他用手指敲着玻璃。斯特潘尼奇转过身，来到窗前。马丁用手示意，让他进来，并过去打开了门。

“进来，”他说，“来暖暖身子吧！我想你肯定冻坏了。”

“上帝保佑你！”斯特潘尼奇答道，“我的骨头都冻疼了。”他走了进来，先抖落身上的积雪，为了不在地板上留下印迹，又开始擦自己的鞋底。但擦靴子的时候，他踉踉跄跄的，几乎跌倒。

“不要麻烦了，不用擦鞋，”马丁说，“过会我来擦地板，反正每天都要擦的。过来，朋友，坐下来喝杯茶。”

他倒满了两杯茶，把其中一杯给了客人，自己的那杯放在茶碟上，端起来，轻轻地吹着。

斯特潘尼奇一口气喝干了那杯茶，将茶杯扣过来，底朝上，又把杯中剩下的那块糖放到桌上。他谢了马丁，但从神情里可以看出来，他显然还想再喝一杯。

“再来一杯，”马丁说着，又斟满了客人和自己的茶杯。当客人喝完了第二杯茶时，马丁还一直看着街上。

“你在等什么人吗？”客人问。

“等什么人？哎，我真不好意思对你说。我其实不是在等什么人。不过我昨晚听到了什么声音，脑子里总是忘不掉。我不知道这是幻觉还是真实的场景。你知道，朋友，昨天晚上我在读《福音书》，读到了耶稣基督在世受难行道的那段。我敢肯定，你一定听过这一段的。”

“我是听说过，”斯特潘尼奇回答，“不过我是个睁眼瞎，读不了书。”

“嗯，你知道，我读到了他如何在世上行道。你知道，我正读到他来到一个法利赛人的家里，而法利赛人没有好好接待他的那一段。朋友，我读的时候就想，他为何不诚心款待我主基督呢？假使我自己遇到这种事，真不知道该怎样竭力欢迎他呢！可是朋友，当我正这么想的时候，睡意袭来，当我睡眼蒙胧之际，听到有人唤我的名字。我站起来，听到有人在轻声说：‘等着。我明天要来。’这种情况连续发生了两次。实话跟你说，这件事深深地印在了我的心里，虽然我为自己感到害羞，但我一直企盼着他，亲爱的主！”

斯特潘尼奇默不做声地摇摇头，喝完了杯子里的茶，把茶杯放在了一边，但马丁把茶杯拿过来，再次添满了茶。

“谢谢你，马丁·阿维德伊奇，”他说，“你让我的灵魂和肉体都得到了食粮，感到了满足。”

“我很欢迎你来。下次再来吧！我很高兴接待客人。”马丁说。

斯特潘尼奇走了，马丁又坐下来干活，缝起了一双靴子。干活的时候，他又不停地抬头看着窗外，想着在《圣经》里读到的话，他的脑子里充满了基督的教诲。

两个士兵走了过去，一个穿着军靴，一个穿着马丁做的靴子，后来走过了邻家的主人，穿着崭新的套鞋，再后来走过了一个面包师，手里提着篮子。这些人过去后，又来了一位妇女，穿着破旧的袜子，农民自制的鞋子，她走过窗子，但在墙根下停住了。马丁透过窗户打量着她，她是一个外地人，穿着破烂的衣服，手里还抱着一个孩子。她站在墙根，背对着风，要把孩子包起来，但她实在没有东西可以用来包裹孩子。女人身上穿的是夏衣，但即使这单薄的夏衣也已破破烂烂了。隔着窗子，马丁听到了孩子的哭声，女人想尽办法哄着他，但没有用。马丁站了起来，走出门，走上台阶，对她叫道：“亲爱的，我说，亲爱的！”

女人听到了，转过身来。

“为什么抱着孩子站在寒风里呢？进来！屋里暖和，你能把孩子包得好点。这里来！”女人看到一个系着围裙、戴着眼镜的老人在叫她，露出了惊异的神色，但还是跟老人走进了屋子。

他们走下台阶，进了小屋，老人把她领到了床边。

“坐在这儿，我亲爱的，这儿靠近火炉。暖暖身子，再给孩子喂点吃的。”

“我没有奶了。大清早到现在，我什么东西也没有下肚。”

女人说着，但还是把奶头塞进了孩子的嘴里。

马丁摇着头。他拿出一个汤盆，一些面包。然后他打开炉门，往汤盆里倒了些菜汤。

“坐下来吃点东西，亲爱的，让我帮你看会儿孩子。哎，托上帝的保佑，我也有过孩子。我知道怎样照看孩子。”

女人画了十字，坐在桌边，开始吃起来，而马丁把孩子放在床上，坐到了孩子的边上。

马丁叹息了一声。“你没有再暖和一点的衣服了吗？”他问。

“怎么可能有呢？”女人回答，“昨天，我把最后一条披巾当了，当得了6角钱。”

女人走过来，抱起了孩子，马丁也站了起来。他走过去，从墙上挂着的衣物中，取了一件旧外套。

“拿着吧，”他说，“虽然这只是一件穿破了的旧衣服，但可以将孩子包起来。”

女人看着衣服，然后又抬头看了看老人，接过衣服，不禁哭了起来。马丁转过身，在床底下摸索了一阵，拿出了一口小箱子．他在箱子里掏了一会，又坐在了女人的对面。女人对他说，“上帝保佑你，朋友。”

“看在基督的分上，把这个拿走吧。”马丁说着，把6角钱给了她，让她去赎回披巾。女人画十字祝了福，马丁也画十字祝了福，然后目送着女人离去。

过了一会，马丁又看到一位卖苹果的老妇人站在了他的窗外。她背上背着一个口袋，口袋里装满了木屑，是要背回家去的。这肯定是她在某个工地上捡来的。

看来，她是被背上的那口袋东西压疼了，她正想把口袋从一个肩头换到另一个肩头，于是，她把那口袋东西放在台阶上，苹果篮子也放在地上，并摇晃着口袋里的木屑。她正忙着的时候，突然冒出了一个头戴破帽的孩子，从篮子里抓了一只苹果，马上就想跑。但老妇人看到了，她转过身，抓住了男孩的袖子。男孩挣扎着，企图逃脱，但老妇人用双手紧紧地抓着他，并打掉了他的帽子，抓住了他的头发。男孩尖叫着，女人责骂着。马丁丢下锥子，顾不得将它插好，就匆匆忙忙地跑出了门。他跌跌撞撞地跑上台阶，慌乱之中，眼镜也摔到了地上。他跑到街上时，老女人正揪着男孩的头发，口里骂着，要带他去见警察。小男孩则挣扎着，为自己辩白说：“我并没有拿你东西。你为什么打我？让我走！”

马丁将他们拉开。他拉着男孩的手，说：“让他走吧！老婆婆。看在基督的分上，原谅他。”

“我要教训教训他，让他过了一年都忘不了这事！我要把这无赖带去见警察！”

马丁开始恳求老妇人。

“让他走吧！老婆婆。他不会再这样做了。”

老妇人松了手，男孩正想跑掉，但马丁叫住了他。

“请老婆婆原谅你！”他说，“以后不能再这样做了，我看见你拿了苹果。”

男孩哭了起来，向老妇人请求宽恕。

“这就对了。给你这个苹果。”马丁从篮子里拿了一个苹果，递给了男孩，并说道，“我会付你钱的，老婆婆。”

“你会把他们惯坏的，这些小无赖。”老妇人说，“他应该受到鞭打，这样，他才会记住一个礼拜的教训。”

“噢，老婆婆，老婆婆，”马丁说，“这是我们俗人的做法，但上帝可不是这样行事的。如果男孩偷了一个苹果要受鞭打，那我们这些犯下了罪孽的人，该受怎样的惩罚呢？”

老妇人无言了。

“上帝要我们宽恕别人，”马丁说，“要不我们自己也得不到宽恕。宽恕每一个人，那不会思想的年轻人，更加应该得到宽恕。”

老妇人点了点头，叹息道。

“说得不错，”她说，“但他们已经被完全宠坏了。”

“既然如此，我们老年人更应该给他们作出好的榜样。”马丁回答。

“我说的也正是这意思，”老妇人说，“我曾经也有7个孩子，现在只剩一个女儿了。”老妇人便开始讲述她同女儿住在何处，生活得怎样，有几个外孙子。“就这样，”她说，“我剩下的力气已不多了，但为了我的外孙们，我努力工作，他们都是好孩子。没有人出来迎接我，只有他们。小安妮一刻也不愿离开我，整天叫着，‘外婆，亲爱的外婆，亲亲外婆。’”说到这儿，老妇人的心肠完全软下来了。

“当然，这孩子只是有点淘气。”她说的是那个男孩。

当老妇人要把口袋背到背上的时候，小男孩一步走到她面前，说：“我帮你背吧！老婆婆。我与你同路。”

老妇人点了点头，把口袋放到了男孩的背上，两人一起往前走去，老妇人连马丁的苹果钱也忘记要了。马丁站着，看着他们有说有笑地一起走去。

当他们从视线里消失的时候，马丁回到了自己的小屋。他在台阶上发现了自己的眼镜，还好，没有摔碎，他捡起锥子，重新开始干活。不久，他发现屋子里的光线已经暗了下来，他连皮子上的针眼都看不清了，他看到，点灯的人正在把街灯一盏盏地点亮。

“该是点灯的时候了。”他想。他剪了剪灯芯，点上灯，又开始干活了。他做好了一双靴子，转过来翻过去，又检查了一遍。靴子做得不错。于是他收拾好工具，打扫干净了边角材料，归置好毛刷、线和锥子，然后把灯从墙上取下来，放在桌上。之后他从书架上取下《福音书》。一翻开书，昨天的梦境就又浮现在了脑海，不久，又恍惚听到有脚步声响起，似乎有什么人在他背后走动。马丁转过身，他模模糊糊好像看到有人站在黑暗的角落里，但他看不出来是谁。然后传来了低声的耳语：“马丁，马丁，你不认识我吗？”

“你是谁？”马丁嘟哝着问。

“是我。”那个声音说。随后，从黑暗的角落里走出了斯特潘尼奇。他微笑着，而且像一片云一样转瞬不见了。

“是我，”那个声音又说。随后，从黑暗的角落里走出了抱着孩子的女人，女人微笑着，孩子也咯咯地笑着，她们马上也消失不见了。

“是我，”那个声音又说。随后，从黑暗的角落里又走出了老妇人和手拿苹果的孩子，两人都面带微笑，很快又全都不见了。

马丁心里充满了欢乐。他在胸前画了十字，戴上眼镜，开始读《福音书》中打开的那一页。在那一页的上方，他读道：“我饿了，你们给我肉。我渴了，你们给我水。我是个外乡人，你们迎我进家门。”

那页的下方，他又读道：“我实在告诉你们，凡你们所施给我这些卑贱兄弟中的一个，就是施在我身上。”

于是马丁恍然大悟，知道梦已显灵了，救世主今天确实来过了，而他还尽心招待了他。

（俄罗斯）列夫·托尔斯泰

毕姆小姐的学校

毕姆小姐的学校在我已经久有所闻，但是直到上周才得机会前去拜访。

司机把车停在一道古旧墙垣的门前，那里离城约有一里。就在等着找钱的工夫，那教堂的巍峨尖顶已经从远方映入我的眼帘。我近前拉了拉门铃，街门竟无人而自开，这时呈现在眼前的是一座幽美的花园，对面为一栋方形红顶的宽敞房屋，属于乔治亚式，窗框厚重，刷成白色，见后颇给人以温暖亲切与安定之感。在整个院中我只见到了一个女孩，十一二岁，眼睛缠着绷带，另外便是牵着她穿行花坛之间的一个男孩，年龄比她小三四岁。她突然停下步来，显然是在询问“来人是谁”，于是他又似乎在把他见到的说给她听。然后他们便过去，而这时我已走进了由一位满面笑容的女佣为我打齐的客厅房门。

毕姆小姐正是我心目中所准备见到的那种人物：中等年纪、很有威信、和蔼可亲、通达透彻。她的两鬓已渐发白，但她那丰腴的体态对于每个想家的儿童的确有着一种神奇的慰藉作用。

闲谈了片刻之后，我便对她的教育方法提出了一些问题，而这些方法，据我听说，都是较单纯的。

“是的，”她回答道，“事实上我们这里并不进行大量教学。那些前来我们这里就学的儿童——年龄不大的女孩和甚至更小的男孩——所上的正式课程并不很多：往往不外是一些必需的实用东西，而且即使这些也只限于最单纯的性质——也就是加减乘除与作文练习之类。至于其余的课程，不是由老师读一些书籍给他们听，便是教给他们一些看图识物一类的课程，我们只要求他们专心听讲、遵守秩序就是了。实际上这就是我们的全部课程。”

“但是，”我插嘴道，“我曾一再听人们讲，你们的体系中颇有一些独创的地方。”

毕姆小姐笑了笑，“啊，是的，”她接着说，“现在我就准备来谈这个。这个学校的真正宗旨主要还不在教人如何思想，而在教人如何懂事——教授人情事理与公民知识。这是我个人的一贯理想，幸运的是，社会上也竟有一些做父母的慨然给我以机会来进行尝试，以便把这种理想付诸实行。好了，暂时就先请您向窗外看看，怎样？”

我来到窗边，凭窗可望见下面一片广阔的花园，花园背后还有一个儿童游戏场地。

“请问您看到了些什么？”毕姆小姐问道。

“我看到的是一片非常美丽的场地，”我笑着答道，“还有一群快乐的孩子；但是使我感到困惑，甚至痛苦的是，我觉得这些孩子并不都像我所想象的那么健康活泼。刚才我进来时就看见个小女孩走路要人搀扶，因为眼睛有毛病，现在又看到了两个同类情形，另外站在窗下观看孩子们做游戏的那个女孩拄着拐杖，她的腿看来已经无可救药了。”

毕姆小姐大笑起来，“噢，不，”她说，“她并不真是个跛子，而只是今天轮到她扮跛子。另外那几个也不是盲人，而只是今天是他们的‘盲日’。”

我这时的神气一定显得十分诧异，因为她又笑了。

“看了这个，大概已经足够使你对我们的体系的要点稍有了解。为了使这些幼稚的心灵真正能够理解和同情疾苦不幸，我们必须使他们实际参加进去。所以一个学期当中，每个孩子都要过一个盲日，一个病日，一个聋日，一个残疾日和一个哑日。例如在盲日那天，他们的眼睛便要被严格地包扎起来，并把是否从绷带内偷看当成一件荣誉攸关的事。那绷带头一天夜里就要扎上，第二天一醒便什么也看不见了。这就意味着他们在每件事上都需要别人扶持，而别的孩子也被分派去帮助他们，引领他们。这会使那盲者和帮助他们的人都从中受到教益。

"不过倒也不必担心那患者会缺少什么，"毕姆小姐接着说道，"每个人都是很体贴的，虽然这事说来不过是个玩笑，但是时间一长那痛苦就会明显地显露出来，即使是对比较缺乏同情心的人。当然盲日是最受罪的一天，"她继续说，"但有些孩子对我说哑日才是最可怕的。这时孩子们就要完全凭借他们的意志力了，因为嘴是不包扎的……现在就请您到园中走走，这样可以亲自看看孩子们对这些做法的反响如何。"

毕姆小姐将我引到一个扎着绷带的女孩子——一个可爱的小精灵的面前，她绷带下的一双眼睛，我敢说，一定会像葡萄一般乌黑。

"现在有一位先生来和你谈话。"毕姆小姐做了这句介绍，便离开了我们。

"你从来不从缝里偷看吗？"我用这句话打开了话题。

"噢，从来不，"她大声地说，"那就是欺骗了。过去我完全不知道没有眼睛是这么可怕，你真是什么也看不见。你会感到随时都会被东西握着，只有坐下来会好一些。"

"你的向导们对你好吗？"我问她。

"还算不错。不过不如轮到我时那么有耐心。自己当过盲人的话以后对人就特别好，什么都看不见真是太可怕了。但愿你也能来试试。"

"让我领你走走好吗？"我又问道。

"好极了，"她说，"我们就一起散散步吧。不过您得告诉我哪儿有东西要躲开。我真盼望这一天能早些过去。其他那些什么什么日并不像盲日这么可怕。把一条腿捆了起来拄着拐杖走路甚至还很好玩，我是这么觉得。把一只胳臂绑上就痛苦多了，因为这样吃起饭来自己不能使用刀叉，还有其他麻烦等，不过也还不太要紧。至于装聋的那一天，我也并不太怕，至少不太厉害。但盲日可是太吓人了。今天我总是觉着头疼，可能是因为要不停地躲避东西的关系，而其实好些地方并没有东西。现在我们走到哪儿了？"

"在操场上，"我回答道，"前面就是回去的路了。毕姆小姐正和一个高个儿女孩踱来踱去。"

“那女孩身上穿的什么？”

“蓝哔叽裙和粉红短衫。”

“那可能是弥莉了。”她说，“她的头发什么颜色？”

“非常浅淡。”我回答道。

“对的，那就是弥莉。她是我们的级长，非常体面大方。”

“那里有位老人在捆扎玫瑰。”

“啊，那是彼得。我们这里的花匠。他已经是百岁老人了！”

“对面来了个穿红衣的黑发女孩，拄着拐杖。”

“对的，”她说，“那是蓓里尔。”

我们便这么走了一程，而就在我引着这小女孩走路的过程中，我发现，出乎我的意料，我自己的同情心也比往常胜过十倍；另外，由于不得不把周围的种种说给人听，这样也使他人更多地引起我的兴趣。

当最后毕姆小姐前来解除我的责任时，我真是大有不忍离去之感，而且毫不隐讳地告诉了她。

“啊！”她答复我道，“如此说来我的这套体系也还是不无可取的地方吧！”

我告辞回城，一路上不断吟哦着（尽管照例不够确切）下面的诗句：

我怎能见到别人的苦难，

而自己丝毫不想分担。

啊，这样不行，永远不行，

永远永远也不行不行。

信任

昨天，我从宾西法尼亚州的哈里斯堡前往本州80里外的莱韦斯堡。天色已晚，我急着赶路，不料有好几次我开的车被迫跟在缓缓行驶的大卡车后面，我紧握着方向盘，焦急不安。

车子总算驶在了空旷的高速公路上。当我即将通过一个十字路口时，红灯亮了，我急忙把车刹住。我四下看了看，路上没有一辆车，至少1里之内没有第二个人，而我却坐着，等着红灯变成绿灯。

我开始对自己为什么没有闯红灯而感到懊悔。我当时并不担心被拘留，因为那儿根本就没有警察，我的车开过去一点事也不会有。

当晚我来到了莱韦斯堡。晚上12点钟上床睡觉时，这个问题又一次在我脑子里出现。我想我之所以停住了车，不但因为这是我们大家彼此遵守的条约，而且也是我们大家的彼此遵守的合约：我们大家都彼此信任，决不闯红灯。

我们一直彼此信任做正确的事，听来很让人惊奇，是不是？我们确实这样做了。信任是我们的首要愿望。我们不能无缘无故地不信任别人，疑虑满腹或相互猜疑，这种态度不是我们天生具有的。

彼此信任真可谓一桩好事，因为一个良好的社会结构取决于相互信任，而不是相互猜疑。我们现在拥有的良好社会秩序，都会因为我们在大部分时间里彼此不信任而变得混乱不堪。在意大利，向政府纳税真是件可怕的事，有许多人只是牢骚满腹而不缴所得税，因为国家税务局使用了些法律手段。但是他们多半还得信任一点：我们会支付我们应该支付的税款。

我们言而有信；说来就来；说交付就交付；说付款就付款。在这些事情上，我们都相互信任对方所言。如果我们言而无信，就是违背了常规。我们做事也常有不认真或不可靠的时候，这些都被视为背信弃义的行为。假如某个人或某个组织辜负了我们的信任之心，就会遭到唾弃，失去信誉。

我讨厌看什么某某银行为了自己的利益而伪造账簿的事。因为我信任银行，所以我不会每天都走进银行，让职员把我的钱拿出来，给我看看钱是不是还在银行里。买一罐咖啡或一瓶牛奶也是同样的道理，我们不会把它们买回家里后，再称称看是不是够分量。生活中没有时间去猜疑你所遇到的每一个人或与你做生意的每一家公司。

仔细观察我们周围的人和事，并且把人们对他人的信任程度与他们在生活中的成功大小相比较，真是件趣事。从长远的意义上说，老实人，涉世不深的人，那些认为别人都像自己一样诚实的人，比疑心重重的人的生活更加美满，更加充实。即使他们偶尔受了骗，也同样比那些谁也不信的人幸福。

我为自己在红灯路口停车而感到骄傲。为了让大家都知道从哈里斯堡到莱韦斯堡的路上我的表现多么出色，我非得一吐为快不可。

（美国）安迪·鲁尼

我忍不住要说……

客人来访，我的妹夫仍然独自阅读杂志。街上，我和一个邻居迎面相遇，她却没把和她在一起的同伴介绍一下。我邀请一位朋友共进午餐，可她迟到了一个半小时，说是恰好碰到商店里卖便宜货。

他们都是正派人，可他们的行为举止令人反感。如今，你走进大门，头可能会被反弹回来的门撞着。休息时喝杯咖啡，会有人朝你脸上喷吐烟雾。似乎人人都学会了以往百货店售货员的生硬态度。一次有个陌生人向我问路，我停住脚步告诉她该如何行走。末了，她一转身自顾自走了。我禁不住在她身后大喝一声："不用谢！"

说声"谢谢"可谓易如反掌，然而现在却难得听到了。至于对他人赠送的礼物或表示的好意写封简短的回谢信犹如凤毛麟角。有一回，我给一位新嫁娘寄出一份结婚礼品，可是久久不见回音。我担心也许在邮寄中遗失了，只得打电话向她询问。新娘的父母当然责备了她的不近人情，然而她说道："我没有写回谢信的习惯。"新娘的回答反映出一种对生活满不在乎、随心所欲的态度，这种态度往往使人的言行缺乏修养。

言谈举止的彬彬有礼有点像漂亮的油漆，似乎只为了表面的美观，然而当我发现油漆的真正价值时，不由得大吃一惊。一群黑蚁爬上我的屋子，在没有油漆的窗槛底部啃噬，钻出条条通道，最后窗户的木质基础结构，变得摇摇晃晃了。我由此想到，崇高的礼仪也正是为了使我们的社会结构完整无损，否则的话，其结果足以令人大吃一惊。

我将继续以我微薄的力量与粗鲁无礼抗争。我会用挖苦的语气说，"约翰，你不必等候人，自己先吃吧"，或者"琼斯，你不必排队，就插在我们前面吧"。这时，我不必为自己的格格不入而忧心忡忡，反而应该以这样的气度自许：我所真正反对的是对他人漠然无视的自私自利，这种品质如同黑蚁那样，有朝一日会把人类的文明大厦啃噬成一堆废墟。

（美国）乔·科达特

唉！太不关心人了

昨天晚上，瓦西亚·阿希列索夫成为一件令人极其愤慨的事情的见证人。

他正向美味食品店走去的时候，看见一个人摔倒了。紧跟着，又有一个人摔倒了，一连串摔倒了好几个人——原来是因为地太滑！不管什么人，只要一走到食品店门前，马上像割下的草一样，一下子倒在地上。

这一点也不可笑。不错，有个年轻小伙子没有静悄悄地倒下去，而是先伸出两臂，做了个燕子式平衡姿势，又来了个单手倒立，然后用下巴当舵，向前溜出了一段路。活像个马戏演员！不过，老太太确实怪可怜的。一个个不声不响，毫无怨言——哧溜，扑通！哧溜，扑通！哧溜，扑通！……有的人十来个鸡蛋摔得稀巴烂！有的人……唉，还说那些干什么！

瓦西亚看了这一幕幕，不由得心里火冒三丈！全是大活人呀！

值得注意的是：门旁边就放着一只盛沙土的箱子，甚至从沙土箱里还露出一个簸箕柄。拿起簸箕，撮点沙子，往地上倒上两下，问题就解决了。可是，没有人做这件事！那些商业职工，只要他们商店里面保持文明就行了。至于店门外怎么样，他们才不高兴管呢！他们就好像不知道，按照斯丹尼斯拉夫斯基体系，戏剧，要从衣帽间开始考虑。美味食品店的业务，就应该从大门外开始考虑。这全是服务范围！

瓦西亚毅然决然地走进美味食品店，对离得最近的一位女售货员说："我说，姑娘，您听说过斯丹尼斯拉夫斯基的事情吗？"

"我们这儿没有这样一个人。"她一面接着称纸包糖，一面回答。

连话都听不懂！瓦西亚感到很不愉快。他在心里唾了一口吐沫，去找经理。

经理是个女的。她目不转睛地盯着瓦西亚看了好一会儿，心里七上八下地琢磨着：这人是不是个社会义务检查员？

"门外有好几个人滑倒了。"瓦西亚说道。

女经理明白了：不是社会义务检查员，原来是个说空话的人道主义者。

"已经有人告诉我了，"她冷冷淡淡地回答了，"管那个工作的工人今天休息。

我派人去找他了。”

瓦西亚又朝门外走去，难过地想着，万一食品店的那个工人不肯放弃休假，不肯提前来上班怎么办？

他小心翼翼地走出食品店，免得自己也滑倒，然后站在一旁观察。喏，这不是嘛？沙土箱就在那儿，一伸手就能够得到，可恨那个经理就不能从桌子后面站起来，走到外面，向冰上扔两把沙土！

瞧，又过来一位老奶奶。准得摔在那儿。果然如此！摔得好重啊……

瓦西亚·阿希列索夫差一点哭出来，眼泪汪汪地回家去了，伤心地想着：“唉，不关心人到了令人发指的地步！”

（苏联）菲立克斯·韦伯

义 债

1915年2月17日，美国芝加哥的西方储蓄银行里一切如常。这是意大利籍民聚居区内的一家小银行。出纳员出外午餐，只有佛兰西斯科·罗迪一人留在行内。他过去是铁道建筑工人队的挑水夫，后来改业屠宰，最后创办了这家银行。下午1点20分，三个人走了进来，其中两个用枪抵住罗迪的颈项，把他押进厕所，锁在里面。另一个劫匪席卷所有现款，然后三个人很快地逃走了。

和别的抢劫银行案件比较起来，损失不能算多，只有2200美元，但是这宗抢案却引起了历时31年之久的信义传奇。

西方储蓄银行是20世纪初美国城市外侨聚居区中特有的机构。这些移民只身在外，举目无亲，所以聚居一处。他们勤苦终日，唯一的梦想就是尽量省下钱来，作为买房子的订金。他们把积蓄藏在褥子下、碗柜里，或者交给一位同乡保管。这位同乡通常就开办小型私营银行，经营这些钱。

罗迪在未发达之前，也和在钢厂及工厂中做工的邻居同样经历过穷困，深知挣钱的辛苦。他对接着抢案而发生的事件，不能等闲视之。

紧随着调查抢案的警察之后，来了报馆记者及摄影记者。不久就有报贩们叫卖号外。吓慌了的存户，争先恐后地跑到银行来提取存款。

警方建议暂停营业。罗迪说：“那样更糟，我们会丧失他们的信任。”他知道被抢的损失可由保险公司赔偿，所以他和出纳员照存户的要求付款。

第二天上午，西方储蓄银行照常开门，但是它受到了致命的打击。保险公司可以赔偿被抢的钱，却不能阻止人心的不安。罗迪把他所有的资产换了现款，垫尽自己的钱，甚至向亲戚借贷，竭力设法使存户停止提款。可是银行最后还是被迫清盘，罗迪也不得不宣告破产。事定之后，250个存户共损失了18000美元。

那件历时3分钟的抢案，使罗迪丧失了他的事业、住宅、积蓄和所有一切。他和他的太太以及五个孩子只剩下几件家具和12块钱，却没有职业。一个搬运商又拿走这12块钱和他所余的一张好地毯，才替他把剩下的家用物品送到朋友暂借给他的一个小地下室公寓去。

罗迪过去曾赤手成家，自能卷土重来。他重操屠夫旧业，找到一份每周工资19美元的工作。他修补了一辆旧自行车，骑车上工，省下了交通费。

罗迪真正疚歉难安的，是他欠存户的18000美元。

一位银行老板对他说：“这不能怪你，被抢和遭遇天灾一样，未可预料。存户抢着提款，把银行挤倒，只能怨他们自己。”

罗迪说：“法律上这也许不算债务，不过我个人是要认账的，这是信义上的债务。”

讲信义是罗迪家中世传的美德。他还清楚记得1888年的时候，意大利租来的贫瘠小农场上发生的狼群袭击事件。罗迪一家在那田地上终日辛苦耕作，仅堪糊口。一天晚上，狼群冲进牧场，咬死了地主的羊群。地主得到这个消息，命令罗迪一家在天黑以前搬出去，还要求赔偿全部损失。

罗迪的父亲说：“我赔，这群羊归我管，我应该赔。”

那天晚上，他们一家人带了仅有的一点东西，走到村里，投奔亲戚。将来怎么办呢？即使父亲能租到另一块地，也最多只能养家，如何能够养家之外还要还债？

老罗迪向旁人告贷，弄到一点钱，带了大儿子坐统舱到了纽约。父子二人在纽约做铁道工人，工资合计每日1元4角。工作5年，父子二人积蓄了400美元，就回意大利去赔了那一笔羊的账，其后他们全家都到了美国。

罗迪一想到他的债时，就想到这件往事。

他通知各存户说：“我所欠的钱，将尽速全部清偿，请你们相信我。”

在头十年中，他仅求糊口，已属不易，费用不断增加，又多了一个孩子。他的贤妻德莉沙在四年之后身染痼疾，终于逝世。

在这些浮沉变化中，罗迪家中的“义债金”屹然不动，存进去的分币和角币逐渐地积少成多。罗迪每日骑自行车到离家三英里的肉铺去做事，街上积雪过深时就徒步前往，夜间他代邻居补鞋。几个大孩子卖报、当杂差或送货，他们挣的一点钱也存入义债金。

过了很久，义债金才存到100美元。但是存第二笔及第三笔100美元的时间已经缩短了。这就使罗迪想到分配的问题。如果分给250个存户，每户能得到多少钱呢？有一天夜间，这个问题自行解决了。

这位开过银行的屠夫听说，有位债主存户身染重病，妻孥一贫如洗。倒闭的银行欠这病人171美美元。罗迪赶到病人床边，把债务全部清还。这个人用无力的手拉着他，用眼泪表达了说不出的感激。这就决定了罗迪的还债法，他尽先还给需款最急的人。

几个月后，罗迪听说有一个寡妇无力抚养她的孩子。她疾病缠身，丧失了挑起这副重担的信心。罗迪的账上记着她在银行中损失390美元。他去找她，先还她100美元，又答应每月还她10美元，够她支付地下室住宅的租金。

又一位有家庭负担的人，薪资低微，欠下了税，除了出卖住宅外别无其他办法。他想起他在西方储蓄银行的存款和罗迪还债的诺言。那是20年前的旧事了，可是他找到罗迪的地址，还是向他呼吁了。在24小时之内，欠税付清，他的住宅保住了。

后来罗迪找到一处顶便宜的肉铺，把它买了过来。铺子所得的利润除生活所需的费用外，全部存入义债金，终于存够了钱，可以清偿一切债务。

现在的问题是访寻旧存户或其后裔。罗迪从房屋经纪人、保险商、出生及死亡登记册等处探寻这些人。他刊登广告访寻。他从一条新闻报道中在加里福尼亚州找到了三位久寻未获的债主。罗迪查明他们确系债主，算清了欠款数额。他寄一张129美元的支票给第一位债主，那个人很感谢地收下；寄了150美元给第二位债主，这位存户向他道谢，把钱寄回，请他送给穷人；又寄了130美元给第三位债主，这个人也把钱退回来，送给罗迪的孩子们。

旧址教堂的牧师也被邀请协助罗迪访查存户，因而引起了大家注意。在一个圣诞节前的星期日，牧师请教众帮忙，凡是知道有存款未收回的，请用电话通知罗迪。当日午后就有一个女人打电话来，说在90英里外的小城中，有一对老年夫妇。她告诉罗迪：“他们有一回对我说，在你的银行中受的损失，没有得到补偿。现在他们的情况糟透了。”

那天路上积雪甚深，但是罗迪立刻开车到那个小城去。他找到一对年老赤贫的夫妇。男的差不多瞎了，女的卧病在床。家里只剩下两天用的煤。

罗迪自我介绍，说是他们的老邻居。他们在谈话中追忆到昔日街角的店铺、旧货店、小巷中的铁匠店和教堂。这些都足以证明此人确是存户。然后罗迪就说明了他的来意。

这位老人喘息着说：“你真像是天上降下来的。我有一笔钱存在你的银行里。我以为是完全损失了，但是我——我——”他的声音拖曳得只是一丝微弱的细语，“我——我没有任何证件，没有存折，也没有账单。”

罗迪对他说：“你用不着任何证件。”

1946年的圣诞节，银行被抢后31年，因第二次世界大战而散处各地的罗迪一家再行团聚。用义债金清偿全部的存户后，绰有余裕。

一位小罗迪建议：“我们给每个存户寄张支票和贺年片去。”于是父子们共同拟了一则短简：

家父佛兰西斯科·罗迪曾经营西方储蓄银行。1915年该行遇劫之后，被迫停止，但当时曾向各存户保证，日后必将存款偿还。多年来家父与我等均亟愿履行此项诺言。如今所有义债终得清偿，诚感欣慰。谨祝

圣诞愉快

康乐无疆

罗迪全家敬贺

1915至1946年

最后一张卡片寄出之后，佛兰西斯科·罗迪叹道：“现在我无债一身轻了！”

把你所有的都给他

1995年，我正经历离婚的挫败而伤心欲绝，我的生命陷入绝望空虚的恶性循环

中，每天都无心做任何事，而且一直陷在自怨自怜的情绪中。心疼我的家人和朋友建议我出去找份工作好分散心思，将自己从伤心中拉出来。在他们的苦苦劝说下，我想或许搬到外面住会对我有帮助。

我在城里租了一间小公寓，对面正好是一间咖啡店，每天早上，我都带着一脸忧郁过街去买早餐，而咖啡店里的服务生都会报以和善的微笑，那位女服务生似乎每天早晨都希望尽可能让我觉得心情好一些。有天早上，我一如往常到店里买早餐时，她告诉我说，她们店里正要聘一位服务生且问我有没有兴趣过来上班。

我有当服务生的经验，但已经是很多年前的事了，但是想想如果可以借由忙碌的工作忘记忧伤，何尝不是好事。而且我的财务状况也亮起红灯，我确实需要一份工作支撑生活所需。所以，我当场就答应那位女服务生，并且隔天就报到上工。

我们是采取两班制轮班，生意也不是很好，所以客人和小费很少。有一天下午，有位医生和另一位长得很帅的男人到店里喝咖啡，我上前迎接他们并送上干净的纸巾与银餐具，然后问他们需要点些什么。没想到他说："我只需要一杯水，可以吗？"

我回答："当然可以，先生。"并倒一大杯水给他，他回报我一个开心的微笑。

刚开始有几天，我并不知道如何去结账，因为我拿到的小费微薄得可怜，但是我好希望今天能忙一点，因为我需要一笔钱用。然而，当那位男士在下午5点进店前，我那一整天只赚到3.25美元的小费，根本不够用。

那位男士走进店里，和我谈起有关他的事，他说他刚刚丢掉工作且无处可住，现在，他已无家可归索性住在货车内。

我问他："那你怎么洗澡？"

"我总有一两位朋友可帮忙。"他回答。

"遇到这么多的事，你怎么还能一直保持微笑呢？"我好奇地问他。

他回答说："我当然可以因此愁眉苦脸，但是那样只会让我更消沉。"

我为他倒上一杯咖啡，但他制止我说："谢谢你，不用了，因为我无法付咖啡钱。"我要他放心，由我请客。

而当我转身走开时，我突然听到我的脑袋里传来微弱的声音："把你所有的都给他。"

我当场愣住了。我心想，那句话是什么意思？我很需要我身上的钱啊！可是那个声音越来越清晰，我的感受也越来越强烈。因此，我当下便决定拿出皮包内的两美元，加上我口袋内的3.25美元，把它们用纸巾包起来，并走回那位男士坐的地方，把包着钱的纸巾放在他的咖啡杯旁边，并祝他“一切顺心”。

没想到，那位男士离开后，店里的客人竟川流不息，而且小费从四面八方涌进来，直到那天晚上打烊后，我已经有满满一个咖啡杯的小费了。我回到公寓，坐在地板上把咖啡杯里的钱倒出来结算。没想到下午5点前，我只赚到3.25美元的小费，而现在——凌晨1点半，我结算小费的总数竟有63.5美元之多。

那一天的奇遇，对我产生了关键的影响，我怎么能放任自己因为失去爱就每天过得恍恍惚惚？我怎么没有想到还有更多的人，更多的爱值得我们去追寻？慢慢地，我越来越少哭，因为我知道我并不是全天下最可悲的人。

那件事发生距今已经九年，我学习到生命可以活得很美好。我更懂得了珍惜。

裸　泳

在某海滨浴场洗海水浴时，伊佐塔太太遇上了一件麻烦事：当从深海游回岸边的途中，她突然发觉自己的游泳衣不在身上了。她弄不清事情是刚刚发生的，还是发生得有一阵儿了，总之，她穿的那件新比基尼泳装只剩下了胸罩。可能是她臀部扭动时，扣子脱落，那个像布条一般的三角裤衩从另一条大腿滑了下去，也许正在她身下不远处往下沉呢，她试图潜入水中去寻找，但没有成功。

这是正午时分，海里四处都是人，有的在赛艇上，有的在小游艇上，还有的在游泳。伊佐塔太太不认识任何人。昨天，她丈夫把她送到此地后立即又回城里去了。她心想，眼下别无他法，只能找一艘救生船，或者找一个可信赖的男子，向他呼喊和求救，并要求他严守秘密。好在没有人怀疑她下身赤裸，因为她游泳时，决不把身子抬到水面，人们只能看见她的头和隐约可见的胳膊和胸部。这样，她就可以放心地去寻求援救了。为了弄清别人的眼睛到底能看清她身体的多少，她时不时停下来，几乎垂直地漂浮着，以便窥视一下自己的躯体。她惊讶地发现，阳光照射在水面，又变成水下清澈的闪光，她躯体上的一切在水中纤毫毕现。她急忙拢住双腿，旋转着身体，试图不让自己的眼睛看见它，但这一切都是枉费心机：她腹部光洁的肌肤在棕色的胸部和大腿之间显得白皙、醒目，波浪的起伏和不时摇荡的海藻都不能混淆小腹以下部分的深色和浅色。伊佐塔太太重又以她那不伦不类的方式游动起来，尽可能压低身子，即便如此，每划动一下手臂。她那白皙的全身就显出来，轮廓清晰可见。伊佐塔太太心慌意乱，急忙变换游泳姿势和方向，夹紧双腿在水中打转。想不到她一向引为自豪的玉体现在却成了她的巨大累赘。

正午已过，是吃午餐的时候了，游泳者开始纷纷游向岸边。船只、游艇也不时从伊佐塔太太身边驶过。她研究船上男人的面孔，有时，她几乎下决心向他们游过去，但是，他们眼神那邪恶的一瞥，或者某种不友好的动作，都会吓得她逃之夭夭。她装作若无其事地划着双臂，冷静地掩饰着已经很严重的疲惫。结伴而行的男人扬扬下巴或使使眼色，互相示意她的存在，而单身男人则用一支桨刹住船，故意掉转船头，截住她的去路。她看见一个救生员经过，他是唯一乘船巡视海面、预防出现意外的人，但此人嘴唇肥厚、肌肉凸鼓，她连喊他一声的勇气都没有了。她幻想的救星应是一个最无个人情欲、几乎像天使一般纯洁的人，看来这样的救星是不存在的。

在绝望的幻想中，伊佐塔太太所盼望的救星一直是男的，却没有想过女的，虽然和女人打交道，一切都应该变得简单一些，但她与同性别的人交往太少。如今，还有一个不便之处：大多数女人都是和一个男人双双坐在小游艇上，她们忌妒心强，总是远离着她，因为她那无可挑剔的躯体对她们便是一种挑战。有的船只驶过来，上面满是唧唧喳喳、兴高采烈的少女们，伊佐塔太太想到自己那有伤大雅、有损声誉的困境与天真无邪的少女们在情趣上相去太远，因而没敢贸然呼喊她们。有一位皮肤晒得黝黑的金发女郎倒是独自坐着一只赛艇驶过来，她神气活现，一定是去深海作裸体太阳浴的，而她决不会认为这种裸露能算作丢人或灾难。伊佐塔太太此时才感到自己是多么孤独，女人永远不会救她，男人又找不到，她感到筋疲力尽了。

伊佐塔太太及时抓住了一个铁锈色的小浮标，要不然她会被淹死的。然而，从浮标那里游到岸边，要付出惊人的体力。这时，她看到一个穿长裤的瘦削男人站在一条停驶的汽艇上向海里张望，他是留在海上的唯一一个人了。过了一会儿，那个瘦男人不见了，站在原处的是一个满脸稚气的鬈发男孩儿。伊佐塔太太用被水泡得起了皱、变得毫无血色的手指头抓住浮标的螺钉，感到自己被整个世界所抛弃。当她再次抬眼时，看见那个男人和小孩都一起站在汽艇上，向她打手势，似乎告诉她要老实待在那里，挣扎是徒劳的。随即，汽艇飞快地开走了，艇上的人头也不回一下。伊佐塔太太此时感到了末日的来临……不一会儿，汽艇又开回来，速度比刚才还要快，小男孩在船头扬起一条窄长的绿帆：一条连衣裙！

当汽艇停在她附近时，瘦男人向她伸出一只手拉她上船，同时用另一手捂住自己的眼睛。伊佐塔太太还没明白过来是怎么回事，便已经上了船。一切忽然间变得这么完美，寒冷和恐惧已被抛诸脑后，她的脸色很快从苍白变得通红。此时，她站在船上穿那条连衣裙，而男人和小孩则背过身去，眼望别处。汽艇开动之后，伊佐塔太太坐在船头，看到船底有一个潜水捕鱼的面罩，明白了这了两人是怎样发现她的秘密的。刚才，男孩戴着面具，拿着鱼叉，潜水游泳时看见了她，便上船告诉了那个男人，男人又下水看了一遍，然后，他们示意她等待，不过，她当时没看懂。他们急忙向港口驶去，跟一个渔妇要了一件衣服来。伊佐塔太太心想，这两个人看到她现在穿着衣服，说不定脑子里正竭力回忆刚才在水下看她时的情景呢，不过，她并不感到难为情，反正总得有人看见，她倒高兴恰是被这两个善良人看见，他们一定会感到新鲜和愉快的！

（意大利）卡尔维诺

萨拉的第二次生命

萨拉·爱德华兹在电话上和妈妈谈论着即将举行的舞会，蓝色的眼睛里闪耀着喜悦的神情。这场舞会对这位18岁的皇家利物浦大学医科学生来说是一次难得的休息。“我真要去好好玩玩了。”萨拉告诉妈妈。

就在那个星期三，也就是1987年2月4日的晚上，她对妈妈说嗓子很疼，但又说很快会好的。

凌晨3点，萨拉被剧烈的病痛弄醒。4小时后，她的同学见她倒在地板上发高烧，急忙把她送进校医院。

星期四晚10点30分，诊断结果为细菌性脑脊髓膜炎。这种疾病来势凶猛，每年吞噬世界上约6万人的生命。细菌侵入人的肌体后能够破坏身体的抵抗力，进入血液，感染脑膜。

萨拉被立即送进利物浦一家大医院。凌晨1点，她的父母从北威尔士的家乡赶来时，几乎认不出他们的女儿。由于病毒的蔓延，萨拉身上的毛细血管破裂，浑身布满了黑紫色有肿块，就像被人毒打过一般。

第二天，萨拉的呼吸功能减退。星期日，肝脏和肾功能衰竭，她被送回她所在的皇家利物浦大学医院会诊。

教科书中写道，人体的4种功能衰竭是致命的。而萨拉已经丧失这4种功能，她的血夜循环和肠胃系统功能也减退了。医生们从未见过如此复杂的脑脊髓膜炎病例。

护士告诉爱德华兹夫妇，恐怕她不行了。

但是，玛格丽特与她的女儿有着同样执拗的个性，她坚信萨拉不会离开这个世界："你看吧，她一定能活下去。"

萨拉有位同学名叫大卫·韦伯斯特，她被送进医院时，大卫正在急诊室值班。这位三年级的医大学生第一次见到萨拉，就被她那迷人的微笑所倾倒。他曾经打算和她约会。此时看到躺在那里濒临死亡的萨拉，他伤心极了。他暗暗祈祷：上帝啊，让她活下来吧。

经历了病痛的种种折磨后，萨拉终于顽强地活下来了。但是由于病毒的破坏，她的腿部血管不再供血，开始出现了坏疽。2月15日上午，医院急救室主任安东尼·吉尔伯森大夫告诉爱德华兹夫妇，如果他们同意，他将对萨拉进行腿部截肢。否则，坏疽会夺去她的生命。

"我宁愿要活着没有腿的萨拉，也不愿让她为保住腿而失去生命，"玛格丽特说，"做手术吧。"

半小时后，医生把萨拉两腿膝盖12厘米以下的部分截去。

3月5日，萨拉的病情终于稳定了，她在入院4星期后睁开了双眼。

玛格丽特和丈夫在女儿恢复知觉后，立即告诉了她截肢的事。

从这时起，萨拉开始了她的第二场战斗——一场她相信自己还有价值生存下去的战斗。

5月4日，玛格丽特和丈夫带着女儿来到旅游景点——利物浦阿伯特船坞。当父亲在鹅卵石地上吃力地推着萨拉的轮椅时，她注意到人们带着惊恐的怜悯的目光，注视着她的残肢。

回以病房后，萨拉哭了一夜。她感到自己再也不能骑车了，不能穿游泳衣了，也不会有人爱她了。

但玛丽·克卢洛的出现改变了这种状况。玛丽是四年级的医大学生，因患骨癌失去了一条腿。一天，她来到萨拉的床前，撩起她那时髦的裙子问道：“哪条是我的真腿？”

“我分辨不出来。”萨拉回答。可到后来，萨拉急切地向玛丽询问有关假肢的情况：买什么样的衣裤合适，怎样挑选鞋。玛丽走后，萨拉想，她能做到的，我也能做到。

萨拉拄着双拐，和父母一起，参加了教堂为她的康复举行的感恩仪式。大卫起身为她唱诵，但是由于激动，他的声音哽咽了，再也唱不下去了。

拜格罗夫斯在布道时，讲述了一件一把破旧的老式小提琴被拍卖的事情。拍卖开始后一直没人出价，后来有一人走上前拿起琴，调好音，然后用它演奏出了美妙动听的曲子，于是出价随之猛增。

那天晚上，萨拉正在床上躺着，看见大卫出现在门口，她对他笑了。大卫说：“我给你拿来一件东西。”

当她看见大卫从皮箱里拿出一把陈旧的小提琴时，眼里充满了泪水。“这把提琴是几年前我从旧货市扬买的，”大卫说，“我现在明白了，你应该拥有它。”他深深地吸了一口气，然后问道，“你愿意参加下星期医学院的学生聚会吗？同我一起去。好吗？”

萨拉暗想，他不会对一个残疾人感兴趣的，这仅仅是出于同情。但是当目光落到小提琴上时，她改变了主意：“行，我很愿意去。”

从那以后，大卫天天都来医院。他把萨拉抱到轮椅上，然后推她去附近的公园。

7月1日，萨拉完全能和大卫一起去参加医学院的夏季舞会了。当大卫身着晚礼服，敲开了萨拉的门时，他简直不敢相信自己的眼睛，萨拉穿着考究的蓝色长舞裙，用她的新腿站立起来了。大卫推着她出门时告诉她：“你实在太美了。”到8月份，萨拉经历了20个星期的痛苦理疗后，可以依靠手仗，用她的假肢走路了。她暗暗发誓，自己最终将甩掉所有依靠。

萨拉在恢复期间，从未放弃当一名医生的夙愿。“多亏了上帝，给我保留了双手，”她暗自庆幸，“我还可以当一名医生。”

但是人们怀疑她是否能够重返医学院。长时间的学习对体格健全的学生来说已是很大压力，萨拉怎么能承受得了？

任凭人们怎么怀疑，萨拉还是于10月5日回到了医学院。她又出现在那熟悉的校园里。

但是，萨拉面前还有一座高山等待着她去攀登。在解剖课上，她要解剖一具尸体的腿。萨拉对自己说，如果要当医生，就必须闯过这一关。可是，当一个学生用手术刀解剖开没有生命的肢体时，萨拉吓呆了。眼前的一切使她想起了自己的腿被截肢的情景。她抽泣着转身离开教室，拿起电话，不停地向妈妈发问："我的腿在被截去之前是什么样子？是否感染了坏疽？"

玛格丽特知道萨拉必须面对这最后一次挑战，她约了时间带着萨拉去见吉尔伯森医生。吉尔伯森温和地对她说："你妈妈让我给你看X光片，我不想这样做。"他接着说，"截肢完全是临床决定，你应该相信我们的判断。如果你要做一名医生，更应该如此。"

萨拉知道他的话是对的，她接受了这个事实。

1990年4月20日晚，明月当空，大卫带着萨拉行驶在北威尔士的丘陵地带。晚10点钟后，他把车停在了一条小河旁。

"你愿意嫁给我吗？"

"愿意，大卫，我愿意。"萨拉回答。

听到这话，大卫兴奋得跳了过来，一下把萨拉搂在怀里吻了起来。过了一会儿，他走到河边，在火堆前跪下来，一根接一根燃放焰火。随着焰火在他们头顶上绽开，萨拉感到她心中爱情的火花也迸发了出来，是大卫给她的生活带来了新的光明。

1991年8月17日，萨拉和大卫的婚礼在萨拉父母家乡的小乡村教学里举行。在威尔士竖琴的乐曲声中，人们意想不到的情景出现了：萨拉挽着父亲的胳膊向他们走来。

1993年7月，萨拉·韦伯斯特成为一名注册医生。她目前正在努力学习，以取得能够正式对外看病的医生资格。大卫7年前送给她的那把小提琴现在依然挂在他们的起居室，成为永久的纪念。它在向人们讲述着勇气和信念是怎样使人创造出奇迹的动人故事。

迷失方向只是暂时的

哈蒙德夫人是个年迈盲人，但她决心不依赖他人，每日黄昏独自外出散步，以锻炼身体并呼吸新鲜空气。她用一根手杖触摸四周物体，日久便对它们的位置了如指掌，因此从未迷过路。

但有一天，有人砍倒了长在她散步必经的某条小路旁边的一些松树，于是黄昏散步时，她的手杖触不到这些熟悉的松树，这下子她可碰到麻烦了。

她停了下来，凝神静听了一会，却听不到有其他人的声音，她就又往前走了一两公里，此时她听见脚下有流水声。

“水？”她叫了起来，止住脚步，“我迷路了吗？大概是吧。现在我十有八九站在一座桥上，而且脚下肯定是条河。记得有人曾告诉我本郡的这个地带有条河，但我不知道它的确切位置。我怎样才能从这儿回到我的小屋去呢？”

突然她听到旁边传来一名男子的友好问话声：“打扰了，我能帮您点什么忙？”

“您心地可真好！”哈蒙德夫人说，“好呀，那我就不客气了。我每天傍晚散步时凭以认路的一些树被伐倒了，要不是这么幸运地碰见您的话，我真的不知道该怎么办才好。请您帮我回家，好吗？”

“当然可以，”那男子答道，“您住哪儿？”

哈蒙德夫人将地址告诉了他，于是他们上路了。那名男子带她回小屋后，老人邀他进来坐坐，并请他喝咖啡、吃糕点。她向他表示了深深的谢意。

“别谢我，”他答道，“我还想谢您呢！”

“谢我？”哈蒙德夫人十分惊讶，“这到底是为了什么？”

“哦！”那男子平静地答道，“实不相瞒，遇您之前，我已在黑暗中站在那座桥边很久很久了，因为我想下定决心跳到河里把自己淹死算了，但现在我再也不想这么做了。”

和威利一起散步

威利身材矮小，但结实强壮，尤其是他那粗壮的双手可以修理各种东西，小到一只闹钟，大到汽车引擎。在我小时候生活过的小镇上几乎没有不认识他的。人们愿意和他聊天，经常被他幽默而诙谐的言谈逗乐。

威利非常喜欢散步，可能没有比散步让他更喜欢的事情了。他喜欢走人们都不走的山间小路，或是镇边密林中印地安人走的小径。他想安静的时候，他就独自漫步，或者和能够谈得来的人一起散步。小时候，我爱听威利讲山里的故事和曾经居住在这一带的印地安人的传说，像以勇敢著称的“黑鹰”将军的故事，我逐渐成了他的忠实伙伴。

我们镇上一周中最让人兴奋的日子就是周四了。那一天，每周的报纸可以发到订户。多数富人有自己的邮箱，其他人可以到邮政局长那儿领取自己的邮件。

威利，和平常一样穿着干净：整齐的工装裤，蓝色的工作衫，脚穿铿亮的皮鞋，去邮局取他的报纸。他没有别的邮件，只为报纸才去邮局。他总是走到窗口前，要来报纸，小心折叠好放进口袋里，高兴地说：“这周的报纸看起来好极了，我要一字不漏地读完。”

我永远不会忘记，在经历了数周取报纸的喜悦之后的一天。那天，我和威利在杂草丛生、从来没有人把它当做路的地方走着，那儿是一片桦树、枞树和坚硬的枫树林子。在茂盛的枫树下的草地上，我们坐下来休息。威利露出了从未有过的严肃表情对我说：“我们是好朋友，对不？是最亲密的好朋友？！”我点点头。“你能答应我下面要对你说的话你不告诉任何人，甚至你的家人吗？”

片刻，我揣磨着他要对我说的重要事情。他镇静、严肃，肯定是有关我们散步的事情。于是，我说：“威利，我不会对任何人说，我对天发誓，那是咱们共同的秘密，没有人会知道，威利。”

“好，”威利说，“我从来没说过谎话，也不喜欢别人说谎话。但我却撒了一个弥天大谎，我要告诉你，你一定能帮助我。”

他瞥了一眼从树叶缝隙中透过来的阳光。“我每周四取报纸，并告诉人们我回家去读。”他犹豫了一下，“你瞧，我从来没上过学。我干过许多工作，学做过很多事。最后，我来到这个镇上，我就留在这儿。这一切都不是说谎。我说我阅读报纸……”他脸上的表情显露出内心的极大痛苦，“你瞧，我既不会读也不会写。这些报纸对我一点用也没有。”

他虔诚地望着我，“我不能再说谎啦。我真想学会读书和写字。我有钱，可以给你报酬。你愿意教我吗？我会下工夫的。”

我真不知如何是好。当时我只是个八年级的学生，我怎么知道如何教别人读书和写字呢？从哪里起步，怎么开头？但威利已经向我倾吐了秘密，我一定要尽力帮助他。

“我尽力帮你学。我入学前妈妈曾教我识字。我按她的办法教你吧。”我安慰他。

我和威利从学习字母开始。我教他识字、发音、组字、造句。他进步神速。我们照样散步，歇息，威利开始一个字一个字地写，他的名字，我的名字。他能够认识报纸上的字，把它们放在一起组成个句子。我们还是散步，歇息，酷暑过去，严冬来临，接着又是一个春天。经过了两年的学习，当威利激动地宣布他能读完全部报纸的时候，我已经升上了高中二年级。他已经学习写字了。他说："我现在可以写支票而不必到银行里去拿现金了。"

我高中毕业时，威利参加了我的毕业典礼。那天，他穿了一套崭新西装，白衬衫上打着蝴蝶领结，鞋子依然锃亮。他送我一块手表作为纪念，但他给我的最好的礼物还是那张同手表一起送来的便条，便条是用吃力的手书体写成的："你帮助我做了我一直想做的事——读书和写字。毫无疑问你将要去读大学，去一个很大的城市，毕业后成为一名医生或律师。我希望你能永远记住和威利散步的日子。我将永远忘不了曾和你散步的时光。"

大学毕业后，我没有成为医生，也没有成为律师，我成了一名教师。每当想起威利，想起和威利一起散步的情景时，罗伯特·弗罗斯特在《无人走过的路》一诗中的诗句就步入了我的心灵。该诗写道："两条小径在林中分岔，我走了那条人们很少走的小路，生活就全变了样……"

黄色的小飞机

飞机在丛林的上方轻轻掠过，发出沙沙的响声，当机轮降落到草地上时，螺旋桨无声地继续旋转着。飞机滑行几码远后，转向小飞机库外面唧唧喳喳的人群。一块油漆招牌上写着："坐飞机每次2美元。"

在离跑道不远的树丛里，我跨立在自行车上。以前我可从没有离真飞机这么近过。

我骑着自行车在佛罗里达州坦帕城的东北面一路寻找能钓到大嘴鲈鱼的好地方，突然，一架飞机从头顶上空飞向简易机场。一阵噪声过后，我躲进松树林往外瞧，一位飞行员正帮助一名乘客在机舱前座坐下，然后自己登上后座。在低沉的颤动声中，飞机转了一圈，驶上跑道，尾轮离开了地面。借助前轮，这架淡黄色的飞机飞速地滑行，滑行得多么自如、潇洒，真令我兴奋不已。飞机开始缓缓地上升，直到从视线中消逝。

我把自行车停靠在树下，坐了下来。过了10分钟，那架飞机又出现了，悠然地、稳稳当当地降落在草地上。发动机听不到一点儿噪声，只看见气流旋风似的穿过翼柱。这天下剩下的时间里，我如痴如醉地坐在那里，心想：“我要是有2美元，那该多好啊！”

黄昏时分，最后一名乘客也离开了。我看着那位飞行员把飞机推进机库，关好了门。当他转身朝小汽车走去时忽然停下来，望了望我。我想他可能会赶我走的。可他却上了汽车，驾车走了。

我突然意识到妈妈会着急的，因为我从不晚到家。在返城10英里的路上，我拼命地踩着自行车的脚踏。到家时，天已黑了。

“对不起，妈妈。”我边说边奔向餐桌。

“你到哪里去了，孩子？”她的语气严厉。

“去了北面，就在水坝附近，我想我是走远了点。”

“钓到鱼了吗？”父亲问。

“噢，没有，一条鱼也没有钓到。”

他睁大了困惑的眼睛，因为我虽然只有13岁，却已是个钓鱼能手。

“下次不管是否钓到鱼，要早点回来。”妈妈说。

“好的，妈妈。”

我从未撒过谎，但这次我毕竟没有去钓鱼，钓鱼线当然也没有湿。

第二个星期天，我又来到机场“钓鱼”。一整天，那架黄色的小飞机飞来飞去。一次，当它飞越我的头顶时，我以为飞行员在挥手，于是我也挥挥手，但我立刻感到自己太傻了，人家干吗要向一个孩子挥手呢？

几周过去了。我从未错过每一个星期天。一天晚上，我问父亲愿不愿意给我2美元。父亲说：“对不起，现在不行，孩子。”那是1947年，父亲经商失败了。我们住着仅有一间起居室的小房子。虽然父亲当时做双份工作，但妈妈是否有必要外出工作仍是全家谈论的话题。

我想找一份送报的活，但碰了壁。食品店的老板也不愿雇用穷孩子。

又一个星期天，我正坐在地上观赏空中的那架飞机，雷暴雨要来了。飞行员把飞机降落下来。不一会，天就黑乌乌的一片，乘客们奔向各自的汽车。大雨也沉重地跌落下来，并不停地下着。我紧紧地偎依在树下。

一阵雨后，太阳又露出来了，乘客们却无影无踪。那位飞行员从飞机库里走出来，凝望着天空，然后朝飞机走去，没走几步又停了下来，望了望我，向我走来。我的心紧张得怦怦乱跳，他要撵我走吗？

在离我几米的地方，他停住了。

我怀着敬意站了起来。

他身材魁梧，脚穿棕色靴子，身着骑裤，军衬衫上佩戴着肩章，而给人印象最深的是那嘴上的络腮胡子。

“喂，小家伙，这场雨怎么没把你淋走？”

“没有，先生。树下淋不到雨。”这里几乎不怎么湿。

“喜欢我的小‘卡伯’吗？”

“什么‘卡伯’？先生。”

“我的飞机，我称它‘小飞鸽——卡伯’。你喜欢吗？”

“喜欢，先生，它真可爱。”

“以前坐过飞机吗？”

“没有，先生！”

“噢，我想把它冲洗干净，愿意帮忙吗？我们还要开飞机兜一圈，让风把它吹干。”

“当然愿意，先生！”

他把我带到“卡伯”前，告诉我该冲洗的地方。

我一边听一边抚摸着机身上的蒙布，噢，我终于亲手抚摸到飞机了！他拿来一只水桶、一块肥皂和一块抹布。在那个奇妙的下午，“卡伯”备受爱护，这是别的飞机从未享受到的。

擦完了机舱和外壳，我又擦了一遍机腹。这时，那位飞行员又走了过来。

“喂，小家伙，不用再擦了，会把油漆擦掉的！”他咯咯地笑着说，“你叫什么名字？”

“杰克，先生，杰克·道布。”

“噢，我叫桑迪。请帮我掉转机尾，杰克，我们要作一次飞行。”

我们把“卡伯”对准了跑道。

接着，他帮我坐上前座，系好座带。他的手猛然用力使螺旋桨旋转起来，发动机嗡嗡地开始运转。

他爬上后座，拉动绳子，并把右轮下面的垫木一下子拽出来，抛在一边。

“我们要起飞了，小家伙！”

“卡伯”向着跑道驶去。我似乎感到机尾在往上翘，突然，飞机离开了地面，下面的树木一晃而过。

“我终于坐上飞机了！”

“这下神气了吧？”桑迪冲着发动机的响声大声喊道。

我使劲地点点头。

在600米的上空，我们绕着地区飞行。俯视南面，坦帕湾和几十处小湖尽收眼底，多么美好的时刻！

很快，飞机开始降落了。螺旋桨不紧不慢地旋转着，最后停了下来。

我坐在机舱内，享受着最后几秒钟的快乐。

“感觉不错吧，小家伙？”

“好极了，先生。”我恋恋不舍地爬出机舱，异常兴奋地说道，“先生，总有一天，我也要像你一样当一名飞行员。”

“那很好！我们需要像你这样又精明又勤快的人。”

太阳西下。我朝着自己的自行车跑去。

“杰克，”桑迪喊道，“下星期天见！”

“下星期天见，先生！”

晚饭前，我骑车赶到了家。我发觉父亲在注视着我，但没说什么。之后，我在画“卡伯”时，发现他就站在我的身旁。

“今天出了什么事，杰克？”

我惴惴不安地把事情的经过全部告诉了他，最后，我信心十足地说：“我长大以后，一定要当个飞行员！”

父亲的脸上绽开了笑容，他将我紧紧地拥抱起来。

9年后，父亲把一枚空军徽章别在我的胸前。

在后来的许多年里，我驾驶过超音速飞机、客机和各种娱乐飞机。但是，在我的心目中，它们都无法与那架常常在松树林顶上盘桓并发出沙沙响声的黄色小飞机相媲美。

（美国）杰克·道布

加油站的哲学家

在亚利桑那沙漠上度过第一个夏季，我心中真有一种害怕被烤焦的感觉。当料理好孩子、到商店采购完食品之后，还要去修整花园。在华氏112度的高温下干这些事情，几乎把我窒息在漫天的热浪之中。

时值4月，我就已经担心即将而至的那地狱般的酷热夏季。在凤凰城的一个加油站，当主人辛普森先生为我的汽车加油时，我向他抱怨了这儿的鬼天气。

“请不必为此而自寻烦恼，”他有礼貌地安慰道，“要晓得，你所担心的炎热季节才刚刚开始，这儿的夏天来得早，并且持续时间很长。”我心里明白，他的话是对的，就像我支付的汽油费一样准确无误。但在我的直觉中，夏天已经主宰了我们，那将是一个长达五个月的闷热天气！

“对待暑热，你要满怀信心地去迎接，”他凝视着我，话锋一转，“要尽量利用这儿的夏季给你带来的好处，有了空调，你不要再胡思乱想了，切勿庸人自扰呵！”

“这儿的夏天有哪些好处呢？”我喃喃地轻声问道。

“你每天是五六点钟起床吗？我敢打赌，7月的清晨，天空就像盛开的玫瑰，一片绯红。而8月夜空，星星看上去好似众多的流冰，漂浮在那无边无际的暗蓝色海洋之中。一个人平时并不能真正体会到游泳的快乐，而当他在华氏114度的高温下跳入水中，则仿佛跃入天池一般，其喜悦之情难以言表。”

当辛普森为等候的另一位顾客注油时，一位加油站的年轻雇员咧着嘴笑着说：“你则领教了辛普森的辩证法——自寻其乐。”辛普森先生循循善诱、富于哲理的劝告，果然产生了奇迹般的效力，我的忧虑消失了。四五月份并不属于炎热的季节。当骄阳似火的酷夏来临之时，我却在凉爽的清晨修整园中的玫瑰，下午同年幼的宝宝睡个午觉，晚上则在一起打槌球，并在庭院里做冰棋淋。随着夏季的到来，我真的观赏到了沙漠日出的壮观景象。

几年以后，当我们搬回到克利夫兰时，我们的邻居们已经在为如何过冬而发愁，其实才正值9月份。12月大雪纷飞时，我的孩子——10岁的戴维和12岁的道恩欣喜若狂、异常兴奋，争先恐后地跑出家门滚起了雪球，街坊们聚在一起好奇地瞧着：

“看看这俩毛头小家伙，就像从来没见过雪似的。”

孩子们带上自制的雪橇朝小丘奔去，几位邻居怕孩子们下滑时撞在树上，也追了上去。然后他们又带着戴维和道恩在湖面上滑冰、追逐嬉闹。最后，大人、孩子们围坐在我家的壁炉旁，品尝着热饮料，久久地不愿散去。

一位中年近邻深有感触地说：“多少年来，下雪时我们总是用铁锹清理积雪，而忘却了它会给我们带来无穷的乐趣。”

又过了几年，我们迁回沙漠，当我再次驱车来到加油站时，从新主人那里获悉，辛普森因年老而被迫出让了这个加油站，然后在靠近卡雷费里的地方买了一间极小的维修站。

我驱车赶到那儿，在辛普森先生为我检修汽车的空隙，我又一次向他请教。辛普森先生消瘦了许多，谢了顶的头上，只在四周有稀疏的银色发丝，但精神依旧，脸上总带有昔日熟悉的微笑。

“我并不为一天天变老而忧愁，”他从车盖底下慢慢探出头来说道，“在这个地方，可以充分地享受到大自然呈现出的无穷乐趣。”

他擦了擦满是油渍的双手，说：“我们种了3棵桃树，树枝上结满了果实。在卧室的窗外，蜂鸟搭筑窝巢。你想不到吧，一只可爱的小鸟还没有我的手指头大，看上去活像个讨人喜欢的小企鹅。”

辛普森填好单据后，又侃侃而谈：“傍晚时分，长耳野兔结束了一天的奔波劳累松弛下来，兔毛就像玉米垂下的‘胡须’，随着微风飘摆。当明月高悬之时，狼群聚拢在小山上，四野回荡着令人生畏的嚎叫声。我从没有领略过如此充满情趣的野外生活。”

我向他告别，他挥手大声喊道：“去分享大自然的乐趣吧！”

在回家的路上，我品味着辛普森的辩证法——一个健康向上的人追求乐观的诀窍。他完全是用大自然赋予人类的乐趣来弥补生活中的遗憾。

荷　包

我不知道，是不是每个姑娘都会绣上那么一个荷包，不过，我是绣了。

那时我15岁，每天都到一家军医院上班，医院成了我的前线。我有按我的身高缝的白大褂，有自己的头巾，我把它按当时时兴的样式，模仿着娜佳护士缠在头上。说起护士娜佳，她有一对黑色的睫毛和黑色的眼睛，就像来我们医院演出的一位女歌手在歌中唱的那样：

火车疾驶而去，铁轨轰隆声息，心上的朋友走了，也许，再无归期。
那黑色的睫毛、黑色的眼睛，忍着悲伤默默地送他远去……

那时，演员们常来我们医院演出。医院里有个不错的舞台，甚至不大的木雕楼座的礼堂，它从前是所学校的。我不喜欢演员们演唱这首歌。不是歌本身我不喜欢，坦率地说，是听到这首歌，礼堂里所有的人都会想到娜佳，科利亚·阿斯塔什金也不例外。科利亚的伤病已初愈。他是个飞行员，也是我们医院里唯一的飞行员。他是在叶尔尼亚市附近被德国人打下的，他如今身体已基本复原，每天都在等待着出院，回到自己的飞行部队去。

每当演员们来演出时，他总要为娜佳占个座位，如果哪一天娜佳不上班，他就问我。科利亚·阿斯塔什金的一只手负了伤，疼痛不能鼓掌，到鼓掌时，他总对我说："来呀，伸出来。"于是我们手掌对手掌地鼓掌。他有一副勇敢开朗的脸，就像一个飞行员该有的那样。他刚满20岁，却把我当成小姑娘，而娜佳又把科利亚看做是小男孩，因为她23岁。

1941年的年终就要到了，演员尹利亚·纳巴托夫表演了用流行调自编词创作的政治讽刺歌剧。

我随CC师，
早抵某森林，
……

他是用约翰·施特劳斯的《维也纳森林故事》中的华尔兹曲调演唱的，歌中说的是一个德国将军冯·施特劳斯男爵的事情。我把所有人集结在前沿，用手指在那里，莫斯科已隐约可见，我们将在那里烤火、烤白面包……

跟着我，向莫斯科进攻！

这正是莫斯科保卫战击溃德国人的日子，礼堂里人们愤怒地跺着脚，我和科利亚仍是相互击掌，尽管他的那只手这会儿已经好了，我们仍这样鼓掌只是出于喜欢。我看着科利亚，心里想着，他马上就要走了，我再也听不到他那愉快的嗓音和话语：“伸出手来。”他走了也再不会有人叫我黄毛丫头和翘鼻子小姑娘了，尽管我实际上头发既不黄、鼻子也不翘。我不禁感到忧伤，或许，正是在那一夜，我决定给他缝个荷包做纪念。

在医院里，我曾经见到过数不尽的荷包，它们什么样的都有：花花绿绿的、鲜艳的、粗布做的、实用型的，荷包上大都有着奇妙有趣的绣织物和名字缩写，并题上字，如“打败可恶的法西斯”、“留做朋友纪念”、“亲爱的赠”等。

我找出丝绸布头做里子，缝了个小袋，用根细绳穿过去，使袋子能够系紧，荷包就基本做好了。剩下的就是绣，我用铅笔浅浅地在灰绸上写道：“一抽烟就想起我。”说真的，这话不是我自己想出来的，我曾在一个荷包上看到过，我喜欢它就记在了心里。我坐在我家旁边可将整个院子都能看得见的台阶栏杆上绣了起来。

“你在绣什么？”我的邻居、同学热尼卡过来问道。

“你没看见吗？荷包。”

“给谁绣呢？”

“反正不是给你就是了，”我从栏杆高处看着热尼卡，“我绣给一个人，”停了会儿，又补充道，“给一个飞行员。”

我喜欢逗热尼卡，看他难受，我自己也不知这是为什么，热尼卡善良可信，那时我还不知道，这些品质正是一个真正的男人所具有的。

“那你给我也绣一个，行吗？”他问。

“给你，为什么？你又不抽烟。”

我和热尼卡是朋友，有时他送我到医院门口。大门里那幢白色的经常灯火通明的楼房是他所不熟悉的神秘的世界。连我进大门对他来说也变得同样的不熟悉和神秘，完全不像他了解的那个扎小辫的小姑娘。她为什么每天要去那里？在那里做什么？一个小姑娘在大人们中间……这都成了他不解的谜。

我每天都上医院里去，抬担架，在防疫站值班，往各病房分发书籍，用勺给重伤员喂饭、念书信和代写信。伤员中一些人叫我女儿，另一些人叫我小妹妹，一个脊椎负伤的乌兹别克人叫我“小护士”，而科利亚·阿斯塔什金则叫我黄毛丫头和翘鼻子小姑娘……

出院之日，科利亚·阿斯塔什金领取了发还给他的飞行服和带有蓝色领章、每一领章上都有三个三角形东西的军服，还有黄色的熟皮短皮袄，佩有红星的皮护耳帽。

四周一片白，雪在西伯利亚蓝色的晴空下炫人眼目。医院的院中已停好汽车，科利亚和其他几个痊愈的伤员，将乘车去火车站。

他们是我们医院里第一批治愈出院返回部队的伤员。大家都明白，战争还将进行得很久很艰难，这些年轻小伙子有的或许还会住进其他医院，有的人则将长眠于地下……

医院里每个能抽出身来的人都聚集到了院中的车旁，医院指导员简短地讲了几句话，队长拥抱亲吻了每个要走的伤员，上年纪的女管理员哭出了声，她有两个儿子在前线，其余伤员们从各病房窗口里望着院中的一切。

科利亚听着指导员讲话，安慰着女管理员，还不时向聚在各个窗口的伤员朋友们致意，不过，他看上去并不高兴。他在等着娜佳，而娜佳却一直没来，我不知道是什么事使她没来，也许，他们俩昨天刚闹过别扭。

“呶，黄毛丫头，”科利亚说，“伸出手来！”

我伸过右手，他握得我生疼。

“怎么样，翘鼻子小姑娘，我的手不错吧，能拉驾驶杆吧？”

他笑着，开着玩笑，而眼睛却始终在寻找着娜佳，我呢，这会儿则一直在想着藏在大衣口袋里的左手，左手里握着我为科利亚缝的荷包，这是我一生中第一个也是唯一的一个绣有“一抽烟就想起我”字样的荷包。

出院的伤员都上了车，科利亚仍四下张望，寻找着娜佳。我怎么也下不了决心把我的荷包递给他。

“你这样，”他突然抓住我的肩膀，“快去宿舍跑一趟……”

我没等他说完，就沿着被人们踏实积雪的通向厢房的小路跑去。护士们的宿舍在那里。我没敲门就跑进屋，屋里空空的，只有刚下夜班的急诊室胖护士卡佳盖着大衣睡觉。娜佳的床上空空的，床头柜上有一面镜子，镜框里夹着一张穿运动衣的小伙子的照片，这是张战前拍摄的娜佳喜爱的照片……

科利亚已站在汽车的脚踏板上。

“怎么样？”他问。

我摇摇头，接着把我绣的荷包递了过去。他接过去，读罢脸上顿时现出激动的神色。

“这是她的，是吗？”他的眼睛幸福得闪着光亮，“你干吗不说话？唉，你呀，你这个翘鼻子……”

司机按响喇叭，科利亚进了车里仍喊着：

“告诉她，我给她写信！你听见了吗？可别忘了……”

下班回家的路上，我一直在想着科利亚，内心里有种说不出的异样的空寂感觉。科利亚走了，我的荷包也随他走了。就让科利亚想他愿想的事吧，最重要的是我的荷包将永远相伴着他，科利亚每掏出它，读着上面的字，抽着烟时就会想起娜佳。

意外的收获

几年前当我住在南太平洋岛国塔希提首都帕佩特时，手头非常拮据，我以每月3美元的租金租了一所离城约35英里的房子，虽只有一间屋子，四周却有两英亩肥沃的土地。我决定搞个菜园。

然而种菜的经历令人失望。

无数的小红蚂蚁搬走了大部分种子，剩下的好不容易冒出点绿芽，又被地蟹吃光了。但我决心再试一次，于是又向美国邮购了1美元新种子。不过当我清除杂草时，发现蚂蚁和地蟹早已在等候了——看来我只能靠写作维持生计了，走投无路的人都这么想。

那天下午，我正在除去生锈的打字机上的污垢时，住在附近的一位名叫霍浦生的中国人驱车经过。我知道他有个园子，便叫住他，把种子给了他，并告诉他每个小包里包的是什么种子：莴苣、扁豆、南瓜、西红柿、玉米。他咕哝地问道：“要多少钱？”

“不要钱。”我回答说，“就算我送给你的礼物”。他的一双黑眼睛闪着光，但没有其他方式流露出感情——中国人总不习惯于拥抱之类的礼节。

我立即忘掉了霍浦生，因为我满脑子想的都是一个问题：在我能写出一篇文章或小说并把它卖出去之前，如何用128法郎——约合5美元——生存下去。即使文稿寄到美国后立即发表，在至少3个月内我也没法指望收到支票。

3天后，我正在搜索枯肠地写一篇文章，忽然听到有人敲门。来人是霍浦生，他带来了三个西瓜，一瓶酒，一篮子鸡蛋和一只母鸡。“一点小意思。”他说，说罢便匆匆走了。

他慷慨的礼物无异于救命之物。我立即计划美美地吃一顿鸡肉，可转念一想，又把鸡拴到院子里的一个木桩上，用食物喂它。

从新西兰去美国每月一次的轮船应于次日清晨抵达帕佩特。

为了省钱，我决心亲自步行把文稿送到船上去。天快亮时，我到了帕佩特，这时轮船正进港。我默默地祈祷了一番，把那宝贵的包裹寄了出去。这时一位秃顶、矮胖的中国人过来问我：“你认识霍浦生吗？”

这个人说他叫李胖子，是霍浦生的朋友，在帕佩特开了家商店。霍浦生曾写信告诉了他种子的事。我早晨坐公共汽车走后，李胖子便走了。然而我到家下车时，司机交给我一只箱子。打开一看，里面装有巧克力、坚果、一瓶酒和两件丝绸睡衣。还有一张小卡片，上面写着：“霍尔先生，这是给你的。李胖子。”

这段时间里，我专心致志地养鸡，写作，差点把李胖子的酒忘得一干二净，直到有一天房东和他的孩子们来串门，我便和他们分享了那瓶酒，把李胖子送的巧克力拿给孩子们吃。

第二天一大早，我在门廊上发现了一些香蕉和橘子等。从那以后，我再没缺过水果和鱼，全是房东送来的。这得归功于那瓶酒和巧克力，不过最终得归功于霍浦生。

如今霍浦生的园子丰收在望。他既是一位园丁也是一位面包师，因此每周4次他总在我的门前留下一个松脆的面包或馅饼——无论我说什么都不能减少他对那份种子礼物的感激。

在我第三次去城里取邮件时，那位女职员说没有我的邮件。我刚要走，她却又问了一次我的名字，并说：“有你的信，欠邮资50生丁。”

付了这笔邮资后，我只剩下一枚25生丁的硬币了。幸运的是信封里有一张500美元的支票——我的稿子被采用了。

对我来说，这是一笔可观的财富。我可以回美国去了。临走那天，霍浦生和李胖子为我送行，送别礼物是一篮子西红柿和10个玉米——用我送他的种子种出来的第一批果实。

在船上，我请服务员把玉米煮了作为我的午餐。饭桌上唯一一位同伴是个又高又瘦的男人，他连头也没点一下就坐下了。从他看菜单时的表情，我判断他是对食物方面特别挑剔。这时，冒着热气的玉米端了上来，他惊讶地瞧着，然后便毫不客气地吃起玉米来。吃完第三个，他又伸手去拿另一个，说道："服务员，这些玉米是从哪儿来的？菜单上没有啊。"

"它是你对面的那位先生的一份礼物。"

他很快扫了我一眼。"那就请接受我的谢意吧，先生。"他说。我离开时他还在吃玉米。

半小时后在甲板上，他朝我走了过来。"年轻人，那玉米真好吃。"他说，"我吃了6个！要知道，我的胃不好，玉米是吃了不至于胃痛的少数几样食品之一。你是怎么得到的？"

我向他谈了美丽的塔希提岛和岛上的居民，他非常感兴趣，问我想没想到把这些写下来。我解释说写作是我的职业。于是他看了我的6篇短文，然后问："4篇不错。你要多少钱？我忘了告诉你我是美国一家报社的经理。"

我想问这4篇短文一共要100美元是否太多，他却没等我开口又说："每篇给你150美元，而且我想请你去报社工作，满意吗？"我承认，这太令人满意了——的确如此。

送给一包种子作礼物所带来的一连串好运气恐怕是难以估价的，而这一切都来自一包价值仅1美元的种子！

门口的天使

那是1962年11月底，我和丈夫、孩子，到加州隆岱尔的表哥家暂住几个星期，利用那段时间找房子。看到那里送牛奶的人服务到家，把牛奶送到订户门口，总是让我很开心。于是，每天早上和健谈、愉快的班闲聊几句，就成为我生活中最大的乐趣之一。

不过有一天他把牛奶从架子上拿下来时，却显得极端忧郁。我很小心、一句一句慢慢问他，他才吞吞吐吐告诉我事情的来龙去脉。他用有点不好意思的口气说，有两个顾客还没付账就搬离镇上，而他得负责赔偿这些损失。其中有个人只欠10美元，但是另一个人却欠下79美元，而且没有留下联络地址。班感到很懊恼，自己居然这么笨，让对方欠到79美元。

他说："她是个很漂亮的女人，有六个小孩，肚子里还怀了一个，她老是说'我先生很快就会另找一份兼差，到时候我就会付你钱'。我居然相信她，真是笨！我还以为自己做了一件好事，不过现在我可得到教训，我根本就被骗了！"

我也只能告诉他："我很遗憾！"

下次我又见到班时，他的心情好像更差。他怒气冲冲地向我诉说，那些没教养的小孩怎么样把他的牛奶全都偷喝掉，而那些孩子原本彬彬有礼的家人听到这些事后也变得不可理喻。

我再次向班表示遗憾，准备让这些事就这样过去。但是班走后，我却发现自己抛不开他的问题，我很想帮助他，我担心这样一个和善开朗的人，会因为这件事而失去好脾气，因此在心中暗想该怎么办。后来我想起圣诞节快到了，我祖母过去常说："凡人有求于你，就尽量满足其所求，这样你就不会被抢了。"

下次班又送牛奶来时，我就告诉他，有个办法可以让他对那79元元感觉好过一点。

他说："不可能，不过你还是说说看吧！"

"就把牛奶送给那女人，当做那些需要喂奶的孩子的圣诞礼物好了。"

他回答："你这不是在开玩笑吗？我连送我太太的圣诞礼物都没那么贵！"

"《圣经》上说：'我是个陌生人，而你接纳了我。'你只要接纳她和她的孩子就好了。"

"你难道不知道她骗了我吗？反正那79美元不是你的！"

我没再往下说，但我相信我的建议是对的。

后来班来时，我们就拿这件事开玩笑。我问他："你送她牛奶了吗？"

他断然回答："没有，但我正考虑买个79美元钱的礼物给我太太，免得另一个漂亮女人又来玩弄我的同情心。"

每次我问他这个问题，他的心情好像就好一点。

圣诞节前六天，奇迹发生了。他来时嘴巴笑得合不拢，眼中闪着明亮的光芒。"我送了！我把牛奶送给她当圣诞礼物了！这可真不容易，但反正我也没损失。事情都过去了嘛，对不对？"

“对啊！”我也为他感到高兴，“但你心里一定要真地这样想才行！”

他说：“我知道，我是真的这样想，而且我现在觉得舒服多了，圣诞节因此让我感觉更愉快，我让那些孩子有好多好多牛奶可以加麦片！”

假日匆匆来临，又转眼流逝。两个星期后，一个阳光明媚的早晨，班几乎是跑着来找我。“你听我说……”他说话时笑容满面。

接着他向我解释，他最近代另一个人的班，到另一条路线去送牛奶。有一天，他听到有人叫他的名字，回头一看，看见街上有个女人手里挥着钱向他跑来，他马上就认出那个女的——就是那个有很多孩子的漂亮女士，那个还欠他79美元没付的人，她手上还抱着一个裹在小毯子里的婴儿。

她大叫：“班，等一下！我有钱要给你。”

班停下货车，跳下车来。

她说：“对不起！我真的没有意思要欠你钱。”她解释说有天晚上她丈夫告诉她找到了一间比较便宜的公寓，而且还找到一份夜晚兼差的工作，一下子发生这么多事情，让她兴奋过度，忘了留下联络地址。她继续说：“可是我一直在存钱，这里有20美元，先给你。”

班回答她：“没关系，那些钱已经付过了。”

“付过了？！”她惊叫一声，“你这是什么意思？谁付的？”

“我付的。”

她看着他，仿佛他是天使一般，她开始流泪。

“哦，”班说完故事后我问，“那你怎么办？”

“我不知道该怎么办，所以就伸出一只手抱住她，不知道怎么搞的，我居然也开始哭了起来，但我完全想不出来自己到底在哭什么，后来我想起那些孩子全都有牛奶可以加麦片。你知道那时我心里的感觉吗？我真高兴你劝我这样做！”

“结果你没拿那20？”

他很生气地回答：“当然没有，我已经把牛奶当做圣诞礼物送给她了。不是吗？”

信　任

有一天，我在一个不太熟悉的城市开车。我到达一个路口想往右转，可是交通灯却亮着红色，于是我停了下来。我还不太清楚那条可以让你在红灯时往右转的法律，况且例外的规定又太多，因此每逢在陌生地方开车，我总是弄不清楚在这种情形下是否可以往右转。

这时有辆车在我后面停下，闪着右转的指挥灯。我从后视镜观望，正好和后面那驾驶人的目光相接。他用右手做出一个手势，然后点了两下头。

他用的不是什么标准手势，但我完全明白他的意思。他绝没有暴躁的表示。他只是知道我无所适从，指示我可以往右转而已。

这并不是一件什么大不了的事情，但是很令我感动。两个陌生人碰头，互相信任，然后又各走各路。善意和信任是互相牵连的，虽然我认为我们也许可以没有善意，但却不能没有信任。坏人从我们身上偷走的最宝贵东西，并不是金钱，而是信任，因此我们人人都互相猜疑。

我在里面工作了20年的那幢大厦，现在门口有个守卫员，谁进去都要出示身份证明文件。这种情形在办公室和工厂中已越来越普遍。

我讨厌这种新的不信任态度。这种态度无异假定人人都是坏人。在许多商店，你要将带来的购物袋暂时留下。你还没有进去，他们就先怀疑你是个小偷。

我知道确实有人顺手牵羊，可是我不要去那些要你先把袋子留下的店铺。我不信任他们。我不喜欢到那些以为我是去偷东西的商店里逛。

最近，我到一家五金店的后面房间里挑选了一些螺栓。

“你要了几个螺栓？”坐在柜台的老卢问我。

“20个，”我说。

“20乘三角三分，一共六元六角。”老卢说。

他没有数那些螺栓，因为他信任我。我相信，他店里失窃的东西，要比那些在门口要你把购物袋留下的店铺少。

雪地天使

我站在大风呼啸的山顶上，扭伤的脚踝疼痛难忍，风夹着雪不停地打在我的头发上，嘴里呼出的热气又蒙住了太阳镜。我无助地哭了起来。然而这只能使情况变得更糟。我不得不脱去湿漉漉的羊毛手套，摘下眼镜，不停地抹掉眼泪。

其他穿着专业条纹滑雪衣和毛皮外套的滑雪者不断从我身边呼啸而过，转眼就消失在山路尽头。而我的牛仔裤和高领毛衣里只穿着一件长袖紧身衣，连保暖内衣也没穿。我手足无措地站在雪地里，都快冻僵了。租来的靴子和滑雪板不合适，衣服也不防水。我不知道自己傻傻地站在山顶干什么，也不知道怎么才能滑下山去。

我想，所有这些人都有钱娱乐。他们有最新式的滑雪装备，最时髦的滑雪服。最重要的是，人家是成群结队而来的。我则不属于这个世界。

我是南加利福尼亚州一所私立大学的四年级学生，靠奖学金维持学业。是我的男朋友约我和他以及他的朋友一起来滑雪度周末的。他邀请我时，我真的有点儿受宠若惊。现在我才发现，这次出行只不过进一步拉大了我和学校里那些有钱学生的差距罢了。他们会走路时就已经会滑雪了。他们高兴来就可以随时来，从不用考虑钱的问题。他们出身豪门，生活优越。但我讨厌他们所有的人。

我的男朋友与他们不同。他的父母不是有钱人，但能够负担得起他上大学的费用。他们是中产阶级。虽然他的朋友们富有得超出我的想象，但看起来他似乎和那些人也挺合得来。

而我对他们所做的事却一窍不通。我是一个山里来的穷孩子，有幸得到了福特基金会的少数民族奖学金，进了一家富人学校学习。这次旅行再次证明我不属于他们那个世界。

我已经记不清自己摔倒了几次。但无论如何我必须下山，所以我决定试着再次滑起来。我把滑雪板转成犁式制动，像那天早上在初级者课堂学的那样，把重心放在脚跟内侧，向后猛撑滑雪杖。结果我失去了控制，大声尖叫着直冲下山。

突然，前方滑道出现了急转弯。我从来没学过如何转弯，眼看着就要滑下山坡，不知要摔到什么地方去了。就在最后一刻，我使劲往右摔去，接着便滚下山坡，撞在了缆车站的大柱子上。滑雪板被柱子绊住了，竟奇迹般地止住了我身体下滑的趋势。

我设法爬起来，这个意外让我站在那里颤抖了好几分钟。我衣服的右半边全部都湿透了，左滑雪板也脱落了，幸运的是，它就在离我几英尺远的地方。我脱下右滑雪板，走过去找回了左滑雪板并把它们抱在怀里，然后开始失魂落魄地向山下跋涉。

“注意右边！”有人喊道。“滚出滑道，白痴！”那些滑雪的人叫骂着从我身边呼啸而过。我没理睬他们，继续深一脚浅一脚地走着。

我不断左顾右盼，希望能够看到我男朋友的深绿色外套。他的滑雪水平属于中级。他不仅非常体贴地帮我付了初级课程的费用，事实上还包括整个周末的滑雪费用：滑雪装备、课程和缆车票。我们住在他室友的父母家里。他把我带上缆车，到达中级滑道时，他只甩下一句“祝你好运”就自顾自地和伙伴们一起滑雪去了。

就在我万般无奈之时，一个男人在我前面停住了，他穿着海军蓝外套和配套的裤子。他的滑雪板应该不是租来的，因为上面刻着名字“希欧”。他的黄色雪靴也是崭新的。我不认识他，但任何人肯为我停下来，我都感激不尽。那人把太阳眼镜推到头顶上瞪着我。

“在滑道上是不允许走的。你会被撞死的。”他把眼镜又拉下来遮住眼睛，“把滑雪板戴上！”他滑走时还大叫着。

我麻木地走到一边，颓然坐在地上。我甚至不记得该怎么区分左右滑雪板。就这样一个人不知坐了多久，突然有一只手在我的肩膀上拍了一下。如果不是我的四肢已经冻得僵冷，我会惊奇地跳起来。而当时我能做的只是缓缓地转过身来看看。

“你还好吗？”这是一个女孩的声音。我看到她站在蓝色的滑雪板上，戴着同样颜色的皮手套。又是一个陪别人来滑雪的大小姐！我愤恨地想。

我说：“我很好，请你走开。”我没想到自己的声音变得如此嘶哑刺耳。那个女孩从身后拿出一个皮囊递给我。

“这是水，”她的声音也有些沙哑，“我滑雪时喉咙经常会不舒服。”她沙哑着嗓子边说边对我笑了笑，“我的声音并不总是这样的。”

我点点头接过皮囊。冰凉的、甜甜的水滋润着我干渴的嘴唇和喉咙。我笑了，这是我那天早上第一次露出微笑。

“我叫黛安娜。”她说，“很抱歉，我在学校见过你，但不记得你的名字了。”

“琳达。”我回答着，心想，她肯定很快就会忘记的。我在学校时就知道她。她参加了一个女生联谊会，认识许多朋友。“谢谢你的水。”我站起来，礼貌地对她说，便开始套上滑雪板。

在我把靴子往滑雪板上套时，黛安娜一直注视着我。过了好一阵儿，我才最终鼓足勇气问她是否套得正确。

“你是对的。他们通常会在初级滑雪板上写上‘左’、‘右’的，但这两只是中级滑雪板。你是初学者吗？”

要承认自己的无知让我觉得十分尴尬。“我今天早上刚上完课。”我答道，声音听起来特别恼怒，其实我心里没那么生气。

她笑着说：“你一定非常累了。你可以慢一点，尽量靠边滑，离滑道中间远一点儿。”

我点点头，决定承认，“我不会滑，也不知道怎样转弯。我只学过刹车。”

黛安娜惊奇地大睁着眼睛。“你是说你只上过初级课程？那你不该在这个山坡上滑的！”

我在她激烈的反应面前畏缩了，觉得她只不过是又一个认为我不属于这里的人。我想戴上湿透了的羊毛手套，但发现它们都结了冰。我只好把手套塞进牛仔裤的口袋里，拿起滑雪杖。我为我的外表和无能感到羞愧无比。当我轻声说“不管怎样，还是谢谢你”时，我没有看黛安娜的脸。

她没有回答我。我抬起头来，发现她正盯着山坡。她把外套上的帽子推到脑后，红色的鬈发在风中飘舞。我知道她一定是在寻找她的朋友，想要找个借口离开我罢了。

她转过身来冲我微笑着说：“我们可以一起滑。再转几个弯，就会容易滑一些了。”

我颤抖着，又忍不住哭了起来。不是因为冷，不是因为全身都酸痛无比，也不是因为感到耻辱，而是因为在我身处困境时有人愿意慷慨相助。

黛安娜从口袋里掏出几张面巾纸递给我。我擦干了鼻涕、眼泪。“谢谢你。”我充满感激地注视着她说，这样她会明白我的感谢不仅仅是因为面巾纸。

她脱下自己的蓝色手套塞到我手中，又从口袋里抽出一副薄一点儿的皮手套戴上。“这是我开车用的手套。”她解释道。

接着她脱下外套递给我。我摇了摇头。

“我穿着保暖内衣，你却没穿。快把这件外套穿上！”她笑着责备我。

我老实地穿上了外套，和她一起出发了。她领着我慢慢滑下山坡。一路上教我基本的转弯方式，怎样绕过障碍，怎样停止。我们用了将近一小时滑完了正常情况下仅需十分钟的路程。来到山脚的小屋时我们已是筋疲力尽，但依然兴致勃勃地说笑着。

我注意到我男朋友和他的伙伴们正在排队等候上山的缆车。他向我们招了招手，说：

“嘿，跟我们一起再来一次吧。”

我和黛安娜笑着对视了一眼，一起摇头表示不去。我们脱下滑雪板，坐在小屋外看其他人滑雪。我一直努力地想要找到感谢她的方式，但又实在想不出对她这样似乎什么都不缺的人该说些什么，做些什么。

没想到她突然开口说道：“非常感谢你。”

我忍不住笑了。“我才是那个该说谢谢的人啊。没有你，我会冻死在山坡上的！”

她叹息了一声。“你知道，我的家人认为这一切都是理所当然的：有暖和的衣服穿，有家庭教师单独授课，有两个星期自由自在的假期。”她看着我，“你别生气啊，我当时看到你被困在那里确实感到很开心。能遇到一个敢于直面挑战、坚韧不拔的人真的很棒。”

从那一刻起，我就预感到我们会在未来的日子里继续互相学习，彼此帮助，一起分享快乐与悲伤，并成为终生朋友。

那已经是28年前的事了，我们到现在一直是好朋友。黛安娜和她的丈夫（我介绍他们相识的！）还有孩子（我们的教子丹尼尔）现在住在犹他州。她和她的家人每年至少会来我家做客两次。但我们很少去滑雪。

最终，我还是找到了一种方式来感谢我那红发的雪地天使了。

（美国）琳达·库杰利科·法利

送给哈里斯太太的鲜花

从伦敦飞往巴黎的班机上，坐着一位瘦小的老妇人。她衣着粗陋而整洁，看得出是个打杂女工。她怀中抱着一个手提包，里面有1400美元——这是她三年来的积蓄。

她脸上流露出兴奋与忐忑的神情，因为此行将实现她的理想。

这位哈里斯太太一年到头上门给顾客做家务，每天工作10小时。三年前的一天，她在顾客家看见两件美丽绝伦的衣服，便念念不忘。她问明这衣服是从巴黎黛尔赫时装公司买来的，因而开始攒钱。今天，她终于坐上了飞往巴黎的班机。

黛尔赫时装公司经理柯伯特女士今天上午心情极端恶劣。这是为了她在外交部工作的丈夫朱尔斯。朱尔斯是部里最有才干的人，可是他没有政治上的亲朋好友，因而多年来一直得不到提升，而他已经50岁了。最近有一个部门的主任去世了，谁接替他是一个热门话题。朱尔斯可能又会给别人排挤掉。柯伯特女士眼看他这一生即将无望，因而深感悲伤和痛苦。

此时她正在安排下午的时装展览会。有个老妇人走了过来。她穿着破旧的衣服，戴着颜色不相配的手套，径直走近柯伯特女士，说："嗨，亲爱的，请问衣服挂在哪儿？"

柯伯特女士冷冷地说："恐怕您找错了地方。衣服不在这儿，时装展览会只对私人开放。"

哈里斯太太茫然地说："那么，我就看这个展览会吧。"

柯伯特女士感到一阵不耐烦："对不起，这个星期的展览会已经全部客满。请您下个星期再来。"

哈里斯太太胸中不禁燃起怒火："您以为我买不起？看！"她拉开提包往下一倒，一张张绿色的美元飘飘而下。

柯伯特女士迷惑而震惊，却更加坚决："对不起，展览会已经客满。"

哈里斯太太嘴唇发抖。"啊，你们法国人难道没有心肠吗？难道您没有渴望过一样东西吗——一想到它就会流泪，在黑夜里因为得不到它而浑身颤抖？"

这话像刀子一样戳痛了柯伯特女士的心。她自己就是夜夜辗转难眠而为丈夫的事揪心。刹那间她理解了这位老妇人的心。

"您3点钟来吧，"她说，"座位是没有了，不过我可以给您在楼梯上找个地方。"

安德鲁先生是黛尔赫公司的会计员，年轻英俊，身材魁梧。由于工作关系，他有时要到衣锦腮香的模特们当中去。他很乐意去那里，有时还为此找借口，为的是能看一眼他心目中的女神。他心中充满了绝望的爱情。

模特明星娜塔莎是巴黎的宠儿。她有着灿烂的前程——要么在电影界发展，要么嫁给某个富豪名流。

安德鲁先生来自一个中等家庭，职业和收入都不错，但他的世界离娜塔莎犹如地球到某个行星那么遥远。

他看到了她，穿着即将表演的时装。他觉得心脏停止了跳动。她是这样的美丽。

娜塔莎来自里昂的一个中等家庭。她厌倦了职业带给她的生活。她没有在电影界发展的野心，也不想嫁给大富翁。她想有一个她所生长的那样的家庭，同一个她爱的人结婚，一个善良、淳朴的男人，不需要有多么英俊或聪明。她模糊记得见过眼前这个年轻人，却不知道他是谁。

柯伯特女士把哈里斯太太带到了留给要人的机动座位上。因为她觉得，比起那些漫不经心只顾炫耀自己的人来，哈里斯太太是真正喜爱衣服的，而且她不知付出了多大的勇气来追寻她的梦想。

坐在哈里斯太太旁边的是一位老先生。他的外套扣眼里插了一朵玫瑰似的东西，这让哈里斯太太很惊奇。

老先生冷淡地问："有什么不对吗，女士？"

"哦，对不起，"哈里斯太太说，"我居然那样看着您。我以为是一朵花。我喜欢花。"

她天真的回答把老先生的一丝不快驱除了："这是个花结。如果是真花就会好看些。"

"您是来给您的女儿买衣服的吗？"

"不，我常到这儿来。我喜欢看漂亮的衣服，漂亮的女人。这使我觉得自己又年轻了。"

"是啊！"哈里斯太太附和着，并凑近他低声说，"我特地从伦敦来给自己买件衣服。"

老先生一下子明白了。他想起了他的年轻时代，他在英国读书的日子，那些打杂的女工，她们快乐的外表下蕴涵的正视生活艰辛的勇敢和坚强。

"这太妙了。希望您能找到您喜欢的衣服。"

一个衣着时髦华贵的女人由两位服务员小姐陪同走到哈里斯太太身边坐下。哈里斯太太闻到一阵浓香。"噢，您身上真香啊。"她由衷地赞美道。

那女人神色愠怒，用法语冲着柯伯特女士喊："您让这个粗野的东西坐在我旁边是什么意思？让她走，我有个朋友要坐在这里。"

那位老先生涨红了脸，想说什么。

柯伯特女士犹豫了一下。哈里斯太太听不懂她们在说些什么，平静地坐着，脸上挂着明朗而信任的微笑，仿佛是世上最幸福的人。

让她走就像是在责打一个无辜的孩子，柯伯特女士这样想。

她坚决地说：

“这位女士有权坐在这里。她专程从伦敦到这里来买衣服，我不能让她走。”

老先生恢复了常态，赞赏地看着柯伯特女士。

娜塔莎上场了。她穿着一件纯黑的晚礼服，光彩照人，魅力四射，人们热烈地鼓掌。哈里斯太太的心狂跳起来，就是这一件！她选定了！

这时她发现一个青年男子热切地看着娜塔莎。

“哦，他爱她……”她悄悄地说。

试衣室里，哈里斯太太穿上了这件晚礼服，十分合身。“啊，就是这件了。”她欣喜若狂。

柯伯特女士微笑着说：“可是这件是样品，您得再等几天我们为您定做……”

哈里斯太太叫起来：“什么？再等几天？可是我只剩下回家的钱哪！就是说我得不到这件衣服了！”她两眼涌出了泪水。

众人不知所措。

安德鲁在一旁说道：“如果您不介意，可以到我家去住几天。我姐姐不在家，您可以住她的房间。”

柯伯特女士轻呼：“你是个天使啊，安德鲁！”她做了个奇怪的手势，好像是遮掩着擦去眼角的泪水。

公司里所有的人都听说了这个英国打杂女工的故事。娜塔莎下班时也特地来看这位令人感动的老太太。只听老太太突然说：“哎哟！安德鲁先生给了我他的地址，可是我怎么找得到呢？”

娜塔莎温柔地说：“我带您去吧！我有车。”

安德鲁的房间乱得一团糟。他没料到娜塔莎也来了，慌乱羞愧得说不出话来。

哈里斯太太并不奇怪。她每天上门工作，顾客的家里都是这个样子。她着手收拾起来。

娜塔莎很久没到过这样的家了，普普通通，毫不奢侈，却感觉舒适和安乐。她觉得仿佛回到了自己以前的家，竟舍不得离开。她说：“让我也来帮忙吧。”

在一个家里真好。不再是一个洋娃娃，而是一个女人。娜塔莎一边干活一边想。

安德鲁不知什么时候出去的，又突然抱着大包小包的东西回来了。

“干这么多活儿，你们一定饿了吧？”他转向头脸蒙垢却心满意足的娜塔莎，“我……我可以请您留下来吃饭吗？”

哈里斯太太既然要在巴黎待几天，便上街溜达。这天她不知不觉来到花市。满街都是花，姹紫嫣红，香气扑鼻，哈里斯太太恍如在梦中，又像到了天堂。

迎面一位老先生慢慢踱过来。他看见哈里斯太太，脸上绽开笑容，脱下帽子像招呼一个女王一样地说：“您好啊，伦敦来的爱花的朋友！”

这位老先生就是时装展览会上哈里斯太太的邻座。他有爵位和财产，人却很孤独——老伴去世了，儿女成家各立门户。他邀请哈里斯太太坐下来晒晒太阳。

哈里斯太太谈她的情形、娜塔莎、安德鲁以及柯伯特女士。老先生感兴趣地说：“柯伯特女士真是勇气可嘉。”

哈里斯太太说：“可是她也很可怜……”她说起朱尔斯的事。

老先生注意地听着，嘴角现出孩子似的笑。“是啊，娶这样一个女人的人，才智必然是没有疑问的。”他想了想，从口袋里掏出一张卡片，在上面写了点什么，然后递给哈里斯太太，“请您碰见柯伯特女士的时候交给她。”

柯伯特女士看着这张卡片，脸上先是发红，继而转白，突然把哈里斯太太搂进怀里：“您，您真是太奇妙了，太奇妙了！”然后飞也似的跑开去，到一个没人的房间里，无所顾忌地边哭边看那张卡片：

“请让您的丈夫明天到我这儿来，我或许能帮助他。——夏萨那侯爵。”

哈里斯太太明天就要离开巴黎了。这天晚上，安德鲁邀请她和娜塔莎到一家著名的酒店吃饭。

哈里斯太太的快乐中隐隐含着些悲哀。她舍不得离开这些她喜欢的人，回到她冰冷的小屋里去。而安德鲁和娜塔莎除了不舍之外，还感到她一走，将他们俩带到一起的魔力也将消失。

安德鲁今天分外英俊，娜塔莎也从没有今天这样漂亮。他想，她也要走了，她是属于富人们的。她想，他怎么会娶我这样被宠坏的人呢。

“你们不想跳舞吗？”哈里斯太太问。

安德鲁涨红了脸。这正是他所渴望的，可他怕娜塔莎不乐意。娜塔莎见他表示勉强，便说自己不想跳。

哈里斯太太觉察到他俩的声音很空洞。“你们俩怎么啦？安德鲁，你不会说话吗？你在等什么？娜塔莎，你不能帮他一下吗？”

“可是他不会——”

“可是她不能——”

哈里斯太太借口上洗手间，跑了开去。足足一刻钟后她才回来，只见两人在舞池里，娜塔莎头靠在安德鲁怀中，眼里噙着泪水。

两人见她回来，一齐跑过来拥抱住她。

哈里斯太太终于回到了伦敦。

她顾不上回家就先去佩罗丝小姐家。她是她的顾客之一，是个任性的姑娘，梦想着当电影明星。她曾为哈里斯太太要去巴黎而大发脾气，哈里斯太太不放心，所以先赶来看她。一进门，就听见她在号啕大哭。

原来她被邀请去参加一个宴会，宴会上有一位著名的电影制片人。这是个绝好的机会，可是她没有好的衣服，无法吸引他的注意。

哈里斯太太知道这种渴望某种东西而又得不到的心情，正如同她自己、柯伯特女士、安德鲁等人所经历过的一样。她的心依然沉浸在他们温柔甜蜜的感情之中。她说：

“我可以把我的黛尔赫时装借给你。”

哈里斯太太一整天都处于兴奋之中。她幻想着佩罗丝小姐告诉她，她的衣服怎样赢得了众人的艳羡和制片人先生的注目。

她打开门，却不见佩罗丝小姐。屋里一片黑暗。她闻到一股异常的味道，本能地惊恐起来，拉开灯，就看见她那件衣服随随便便地扔在床上，中间被烧焦了一大片。

旁边一张纸上潦草地写道：

“亲爱的哈里斯太太，我无法当面向您解释，所以我离开了。宴会后突然有火星溅到衣服上烧了起来，我险些给烧死。我想他们会给您补的，烧坏的地方也不大。我十分抱歉。我这个星期不在家，请如常打扫。”

哈里斯太太没有哭。她默默地将衣服叠好，装进提包里，关上门出来。她把佩罗丝家的钥匙从钥匙串上取下来，塞进信箱里，然后搭车回家了。

她机械地烧水，沏茶，吃饭，洗碟子。等一切都做完了，她拿出那件衣服，抚摩着被烧坏的地方，无声地啜泣起来。

不知过了多久，外面响起敲门声。她不想理睬，以为是有人找错了地方。但敲门声越来越猛，她只得站起来，擦干泪去开门。

“是哈里斯太太吗？”年轻的邮递员问。

“是的”

“您的花送来了。我给您搬进来。”

一个个白箱子给搬进屋里来。

一定是弄错了，她想。她机械地打开那些箱子：顿时她感到自己又置身巴黎了——五颜六色的花，蓬蓬勃勃占据了大半个屋子。

“祝贺您回到了家。我和安德鲁今天结婚。上帝保佑您。娜塔莎。”

“您使我成为世界上最幸福的人。安德鲁 · 法维勒。”

“送给爱花的女士。海帕莱德 · 夏萨那。”

“朱尔斯现为部里的首席秘书。我不知说什么好，亲爱的，谢谢你。克罗蒂娜 · 柯伯特。”

“祝您好运。黛尔赫公司全体职员。”

……

哈里斯太太的膝盖在颤抖，眼眶里涌出了泪水。她仿佛又看见了他们，又闻到了花市的芳香，巴黎的一幕幕又回到了眼前。

啊，她得到的，并不是一件衣服啊。她得到的是一次永生难忘的经历。她发现人们很热情友善，相互理解，充满爱心。她发现他们都爱她，以后她将不再感到孤单。

哈里斯太太将衣服紧紧地拥抱在怀里，仿佛拥抱着她所有的朋友。

（英国）保罗 · 加利克

一夜小宿

人类之爱，不尽是亲人之间的爱，那种素昧平生的爱，则更感人，更珍贵。

一位叫做温特伦杰的先生，去年夏天一个人开车从波士顿到西海岸去，不幸的是在伊利诺斯州的公路上发生了车祸。当他苏醒过来时，他发现自己躺在小城的医院里。在这个陌生的小城，他没有一个熟人，或者说他以为他没有一个熟人。

关于车祸的报道出现在第二天早晨的当地报纸上。当天下午一位自称是马尔科姆·科雯夫人的女士要求探望温特伦杰先生，而他根本没能想起这个名字。

“你们肯定她是要看我的吗？”温特伦杰问医院的人，“可这里我一个人也不认识呀！”

医院的人肯定地点头后，这位女士便被引进来。

她不无骄傲地告诉温特伦杰先生：“和我一起进来的小男孩叫比利。我猜想您一定想见见他吧。护士说您已经没事了。”

接着她又急切地问：“您还记得我吗？我可是牢牢地记着您呢。我永远不会忘记您对我和马尔科姆的恩情。那次大战中在纽约的一夜，在那个旅店里，记得吗？”

他隐隐约约地想起了当时的情景：啊，那个拥挤的旅店，那个在登记处前排队的年轻少尉。

那是一个傍晚。

温特伦杰来到这个旅店办理了登记手续。因为他是这个店的常客，所以没费什么事便租了一个房间。把行李安排在楼上房间后，他下楼买了一张报纸，然后坐在门厅里的沙发上看了起来。

战时，登记处前总是有一条长长的队伍。温特伦杰不时地扫一眼，不知不觉中竟对队伍中一位年轻军官的命运发生了兴趣。他是一个长着狮子鼻的少尉，看上去才20岁左右，总是温顺地让高级军官插到他的前面。

“可怜的孩子，”温特伦杰自语道，“照此下去，你会永远排不到头儿的。”

少尉终于排到了，可温特伦杰却听见服务员说已经没有房间了，少尉似乎都要哭了出来。

“帮帮忙吧，”他对面无表情的服务员说，“今早上9点我就开始找房间，一直到现在。”

“但是没有房间了，怎么说也没有了！”服务员以不容商量的语气说道。

这时少尉神情非常沮丧，失望地转过身去。

看到这种场面，温特伦杰受不了了。于是他走到少尉面前，说他租的房间里有两张单人床，如果少尉不介意的话，可以和他住在一起。

“谢谢您，先生。但我妻子也在这儿。”说着他指向在不远处的椅子上坐着的一位纤弱女子，她有着一双蓝色的眼睛，瘦窄的脸上满是苍白和愁倦，一副疲惫不堪的样子。

温特伦杰走进经理办公室，为这对可怜的夫妇申辩。可经理不耐烦地说：

“这我知道。这些天我们每天都有成打成打的夫妇。但是，温特伦杰先生，很抱歉，实在是没有房间了。”

“那么在我的房间挂一个吊床总可以吧。”温特伦杰说，“这样他们可以和我合住一个房间。你们这里一定有吊床吧？再用一个屏风，把房间隔开。”

这个建议真是异想天开，经理不觉恐慌起来，这是违法的，这样做是根本不可能的。

终于，这位虽已成年但有时仍是火暴脾气的温特伦杰先生忍不住大声质问：

“你拒绝我的建议是不道德的！如果你仍一意孤行而使问题得不到解决的话，那么我敢肯定地说，这个旅店就是个黑店！”

他的声音特别大。心烦意乱的经理只想让他平静下来，不管为此而付出什么代价。

“噢，温特伦杰先生，”经理突然和蔼地说，“您是说这位女士是您的女儿呀，（温特伦杰根本没有这样说过）噢，那么，在这种情况下我们倒是可以特殊照顾一次。很抱歉，您没有早点说。”

事情转瞬之间就解决了。

少尉和他的新婚妻子被领到楼上温特伦杰的房间。温特伦杰一直站着等到吊床和屏风都安置好了，这才交给他们夫妇一把钥匙，并告诉他们他要出去吃晚饭看电影，直到半夜他才会回来。

温特伦杰“忠实地执行了”他的计划。直到半夜他才回来。他踮着脚，摸黑走到吊床旁边。

清晨，温特伦杰醒来时，少尉和他的妻子已经走了。很显然，他们是睡在一张床上的，虽然另一张床被巧妙地弄得有些皱折。枕头旁留着一张字条，字条上写着：

温特伦杰先生：

在困窘之际，是你这位心地善良的陌生朋友给了我们未曾料到的温馨。你会使我们永远铭记心中。

再见！

萨瓦·科雯

现在，都过去7年了。为了再次感谢他，少妇又站在了他面前，站在了中西部小城中灰色墙壁的医院里。她带来了一大束自家养的鲜花，由她的小男孩骄傲地紧紧捧着。小男孩有一双褐色的大眼睛，长着一个小狮子鼻和一头鬈发。温特伦杰抚摸着小男孩，笑着说：

“长得真像爸爸呀！”

“是吗？”少妇高兴地应道，“大家都这么说。”

“啊．顺便问一句，你丈夫怎么样？我想现在我不会再叫他少尉了吧？”

他发现少妇的眼睛失去了明亮的神采。她用一种似乎是淡漠而平稳的语调直率地说道：“他再没回来。他战死在修伦大森林。所以您的恩情，我永远不会忘记，永远不会，只要我还活着。要知道，当时他就要乘船出发去远征，那是我最后一次和他在一起。”

脚踏车

1999年的第一天，也就是新年第一天，我从和史蒂芬结婚几年后的一种熟悉的感觉中醒来，那是一种孤独的感觉，因为我处在混合式的婚姻中，宗教信仰的差异让我们渐行渐远，而如何度过基督教的节日，对我而言是一件困难的事。

虽然我们都是基督教徒，然而史蒂芬和我却有相当不同的信仰方式。他是一位犹太教徒，谨守戒律，传统的犹太基督教派，他认为基督节日的天堂是整天泡在犹太教堂里，然而我是信奉改革教派的基督徒，很不喜欢上犹太教堂，所以难以认同我丈夫信奉的基督徒形式或是我现在所隶属的基督社区。

我从不参加我丈夫在犹太教会的活动，传统的祷告礼仪对我而言，似乎相当陌生，传统的禁令要求我坐在他的身边，中间隔有一道墙——让基督徒男人祷告时不会打扰到他用围的美丽女人。我不了解希伯来语，所以我待在“女士区”的座位上显得躁动不安，一会儿后我便起身回家。

我并不是真的很想一个人离开回家去，我其实也很想融入当地的生活，而越是这样，我在这个地方越是感到异常的寂寞。我可以到城里其他犹太教堂去或是在没有丈夫的陪同下出城去，但是我两者都没有选择。因为我也不是其他社区的教友，而坐在犹太教堂里，我又会感到信仰不同的孤独感。

去年，我们学校有一位从德国来的交换学生，韩德克，他需要一辆脚踏车，但是没有足够的钱买一辆全新的，于是我们计划做一次庭院的拍卖，好帮他找到一部合意的脚踏车，我们有好几次发现还不错的二手脚踏车，可惜韩德克长得太高，我们找到的脚踏车对他来说都嫌小了些，庭院拍卖眼看就要结束了。

有一天早晨，史蒂芬正穿上教袍准备上教堂。当他出发时（节日时他是不开车的），我把三个小婴孩和韩德克挤进车子里，当我们朝街上开去时，我可以看出史蒂芬的眼里有一些不悦。

我们前往庭院拍卖会为韩德克寻找合意的二手脚踏车——就在基督安息日也就是犹太小镇一年的第一天。虔诚的基督教徒一定会谴责我如此的行径，此外，那一天我们还做了更离谱的事，也就是在我们离开前竟吃了培根加蛋。而我心里也知道，为了维持我们的犹太家庭，我至少应该要克制如此伤风败俗的举动才是。

我在离开的行程中并未感到轻松，焦虑、罪恶感、懊悔及伤心充满我的心，说真的，我也很希望能归属于某一个教会，一个充满基督徒的社区能够欢迎我且当我无法参加礼拜服侍时也能够惦记着我，我也希望我的心里充满祷告，我也想借着进入犹太教堂改变我在这最重要的基督节日的荒诞行为，我也想严肃地过节，但是我感到极大的失落感。我不知道该如何是好。

暂且撇开我心里的落寞及困惑，我把车开到举办“大型的庭院拍卖活动”的广场，五分钟后，我注意到路旁有一间房子的入口处摆了两辆脚踏车，而当我们经过时，一位绅士正好放一个牌子在脚踏车上，而上面竟然是写着“免费赠送”。

这位男士并非举行庭院拍卖的活动，只有脚踏车放在人行道上，我想那必定是有圈套——或许脚踏车已经好几年都不能骑了，我把车停好并下车和那个男士对话。

“对不起，这些脚踏车真的都是免费的吗？”我问。

“是的。”他回答我，“我太太和我不再可能使用它们，所以我们想要把它们送给别人。”

“请问它们有哪里坏掉了吗？”我接着问。

“没有，”他很坚定地回应：“它们都很好骑。”

韩德克试骑其中一辆，真的觉得很棒、很适合，而我成年以来就再也没有骑过脚踏车，既然它是免费的，我便大胆地请求那位先生把两辆脚踏车都送给我们。

我们并没有把脚踏车塞进我们的车里，而是由那位陌生的先生用他的小货车载到我们家，他跟着我们回家，放下我们的新脚踏车，然后就扬长而去。

我不知道那位天使是谁，或是他为何要把这两辆那么好的脚踏车送人，但是我知道：我感觉到上帝在我寂寞的时候伸出了援手来安慰我。

我有好几年没有骑脚踏车了，但是，或许我可以学着如何去骑上帝送给我的这一辆脚踏车。

STORY

光荣的荆棘路

光荣的荆棘路

从前有一个古老的故事："光荣的荆棘路：一个叫做布鲁德的猎人得到了无上的光荣和尊严，但是他却长时期遇到极大的困难和冒着生命的危险。"我们大多数的人在小时已经听到过这个故事，可能后来还谈到过它，并且也想起自己没有被人歌颂过的"荆棘路"和"极大的困难"。故事和真事没有什么很大的分界线。不过故事在我们这个世界里经常有一个愉快的结尾，而真事常常在今生没有结果，只好等到永恒的未来。

世界的历史像一个幻灯。它在现代的黑暗背景上，放映出明朗的片子，说明那些造福人类的善人和天才的殉道者在怎样走着荆棘路。

这些光耀的图片把各个时代、各个国家都反映给我们看。每张片子只放映几秒钟，但是它却代表整个的一生——充满了斗争和胜利的一生。我们现在来看看这些殉道者行列中的人吧——除非这个世界本身遭到灭亡，这个行列是永远没有穷尽的。

我们现在来看看一个挤满了观众的圆形剧场吧。讽刺和幽默的语言像潮水一般地从阿里斯托芬的"云"喷射出来。雅典最了不起的一个人物，在人身和精神方面，都受到了舞台上的嘲笑。他是保护人民反抗30个暴君的战士。他名叫苏格拉底，他在混战中救援了阿尔西比亚得和生诺风，他的天才超过了古代的神仙。他本人就在场。他从观众的凳子上站起来，走到前面去，让那些正在哄堂大笑的人可以看看，他本人和戏台上嘲笑的那个对象究竟有什么相同之点。他站在他们面前，高高地站在他们面前。

你，多汁的、绿色的毒胡萝卜，雅典的阴影不是橄榄树而是你！

七个城市国家在彼此争辩，都说荷马是在自己城里出生的——这也就是说，在荷马死了以后！请看看他活着的时候吧！他在这些城市里流浪，靠朗诵自己的诗篇过日子。他一想起明天的生活，他的头发就变得灰白起来。他，这个伟大的先知，是一个孤独的瞎子。锐利的荆棘把这位诗中圣哲的衣服撕得稀烂。

但是他的歌仍然是活着的；通过这些歌，古代的英雄和神仙也获得了生命。

图画一幅接着一幅地从日出之国，从日落之国现出来。这些国家在空间和时间方面彼此的距离很远，然而它们却有着同样的光荣的荆棘路。生满了刺的蓟只有在它装饰着坟墓的时候，才开出第一朵花。

骆驼在棕榈树下面走过。它们满载着靛青和贵重的财宝。这些东西是这国家的君主送给一个人的礼物——这个人是人民的欢乐，是国家的光荣。嫉妒和毁谤逼得他不得不从这国家逃走，只有现在人们才发现他。这个骆驼队现在快要走到他避乱的那个小镇。人们抬出一具可怜的尸体走出城门，骆驼队停下来了。这个死人就正是他们所要寻找的那个人：费尔杜西——光荣的荆棘路在这儿告一结束！

在葡萄牙的京城里，在王宫的大理石台阶上，坐着一个圆面孔、厚嘴唇、黑头发的非洲黑人，他在向人求乞。他是加莫恩的忠实的奴隶。如果没有他和他求乞得到的许多铜板，他的主人——叙事诗《路西亚达》的作者——恐怕早就饿死了。

现在加莫恩的墓上立着一座贵重的纪念碑。

还是一幅图画！

铁栏杆后面站着一个人。他像死一样的惨白，长着一脸又长又乱的胡子。

“我发明了一件东西——一件许多世纪以来最伟大的发明，”他说，“但是人们却把我放在这里关了20多年！”

“他是谁呢？”

“一个疯子！”疯人院的看守说，“这些疯子的怪想头才多呢！他相信人可以用蒸汽推动东西！”

这个名叫萨洛蒙·德·高斯，黎士留读不懂他的预言性的著作，因此他死在疯人院里。

现在哥伦布出现了。街上的野孩子常常跟在他后面讥笑他，因为他想发现一个新世界——而且他也就居然发现了。欢乐的钟声迎接他的胜利的归来，但嫉妒的钟声敲得比这还要响亮。他，这个发现新大陆的人，这个把美洲黄金的土地从海里捞起来的人，这个把一切贡献给他的国王的人，所得到的酬报是一条铁链。他希望把这条链子放在他的棺材上，让世人可以看到他的时代所给予他的评价。

图画一幅接着一幅地出现，光荣的荆棘路真是没有尽头。

在黑暗中坐着一个人，他要量出月亮离山岳的高度。他探索星球与行星之间的太空。他这个巨人懂得大自然的规律。他能感觉到地球在他的脚下转动。这个就是伽利略。老迈的他，又聋又瞎，坐在那儿，在尖锐的苦痛中和人间的轻视中挣扎。他几乎没有气力提起他的一双脚：当人们不相信真理的时候，他在灵魂的极度痛苦中曾经在地上跺着这双脚，高呼道："但是地在转动呀！"

这儿有一个女子，她有一颗孩子的心，但是这颗心充满了热情和信念。她在一个战斗的部队前面高举着旗帜；她为她的祖国带来胜利和解放。空中起了一片狂乐的声音，于是柴堆烧起来了：大家在烧死一个巫婆——冉·达克。是的，在接着的一个世纪中人们唾弃这朵纯洁的百合花，但智慧的鬼才伏尔泰却歌颂"拉·比塞尔"。

在微堡的宫殿里，丹麦的贵族烧毁了国王的法律。火焰升起来，把这个立法者和他的时代都照亮了，同时也向那个黑暗的囚楼送进一点彩霞。他的头发斑白，腰也弯了；他坐在那儿，用手指在石桌上刻出许多线条。他曾经统治过三个王国。他是一个民众爱戴的国王；他是市民和农民的朋友：克利斯仙二世。他是一个莽撞时代的一个有性格的莽撞人。敌人写下他的历史。我们一方面不忘记他的血腥的罪过。一方面也要记住：他被囚禁了21年。

有一艘船从丹麦开出去了。船上有一个人倚着桅杆站着，向汶岛作最后的一瞥。他是杜却·布拉赫。他把丹麦的名字提升到星球上去，但他所得到的报酬是讥笑和伤害。他跑到国外去。他说："处处都有天，我还要求什么别的东西呢？"他走了；我们这位最有声望的人在国外得到了尊荣和自由。

"啊，解脱！只愿我身体中不可忍受的痛苦能够得到解脱！"好几世纪以来我们就听到这个声音。这是一张什么画片呢？这是格里芬菲尔德——丹麦的普洛米修士——被铁链锁在木克荷尔姆石岛上的一幅图画。

我们现在来到美洲，来到一条大河的旁边。有一群人集拢来，据说有一艘船可以在坏天气中逆风行驶，在为它本身具有抗拒风雨的力量。那个相信能够做到这件事的人名叫罗伯特·富尔登。他的船开始航行。但是它忽然停下来了。观众大笑起来，并且还"嘘"起来——连他自己的父亲也跟大家一起"嘘"起来：

"自高自大！糊涂透顶！他现在得到了报应！应该把这个疯子关起来才对！"

一根小钉子摇断了——刚才机器不能动就是因了它的缘故。转子转动起来了，轮翼在水中向前推地，船在开行；蒸汽机的杠杆把世界各国间的距离从钟头缩短成为分秒。

人类啊，当灵魂懂得了它的使命以后，你能体会到在这清醒的片刻中所感到的幸福吗？在这片刻中，你在光荣的荆棘路上所得到的一切创伤——即使是你自己所造成的——也会痊愈，恢复健康、力量和愉快；嘈音变成谐声；人们可以在一个人身上看到上帝的仁慈，而这仁慈通过一个人普及大众。

光荣的荆棘路看起来像环绕着地球的一条灿烂的光带。只有幸运的人才被送到这条带上行走，才被指定为建筑那座连接上帝与人间的桥梁的、没有薪水的总工程师。

历史拍着它强大的翅膀，飞过许多世纪，同时在光荣的荆棘路的这个黑暗背景上，映出许多明朗的图画，来鼓起我们的勇气，给予我们安慰，促进我们内心的平安。这条光荣的荆棘路，跟童话不同，并不在这个人世间走到一个辉煌和快乐的终点，但是它却超越时代，走向永恒。

（丹麦）安徒生

丢失的戒指

在这个世道上坏事层出不穷，每天都能从报纸上读到关于什么人碰到倒霉事的报道，没准儿我们自己就能碰到这类事，然后我们想，“哪儿都没有好人，尽是些坏人和坏事”。一想到此，我们就很生气，就不快乐，而自己不快乐，有时就会污染气氛，使别人也不快乐，这确实很糟糕。

现在我要讲的不是这个，我要讲一个跟这完全不同的，我亲自遇到的真实的故事。我应邀要去外地一位朋友那里小住，于是我去伦敦利物浦大街火车站搭车，我先在车站商店里买了两本书和一张报纸，伦敦好几个大火车站里都有商店，正在这个时候，我无意中发现手上的金戒指不见了。

这枚戒指是一位好友送给我的，丢了戒指使我很伤心，我开始在车厢地板上找，后来又在外套和手提包里找，戒指真不见了。

“进商店的时候我手上戴着戒指了吗？”我竭力回忆着，“是的，当时我是戴着戒指，戒指很可能就在那里丢的，那么我怎样去找回它呢？我不能再返回那个商店，因为那样一来火车就会丢下我开走了，而我的朋友将会来接车，如果我不在车上，她会焦急不安的，我到底该怎么办呢？”

我从车窗里向外张望，看见一个人正把一些邮袋装到另一节车厢，我从车上下来，在站台上找戒指，还是没找到，那个人看我在地上找东西，就走近我。

"您丢什么东西了吧？"他问，"我能帮忙吗？"

"是的，"我说，"我丢了戒指，哪儿都找过了，都没有，我在这个车站的商店里买过东西，我想戒指一定是在那儿丢的，可是我不能回商店里去啦，因为火车就要开了，我必须乘这趟车走。"

"我替您到商店去找，"他说，"如果戒指还在那儿，那我就给您拿来。"

"这可太感谢您啦，"我说，"不过来不及了，火车马上就要开了呀！"

我很快想了一下，又说："假如您找到了它，请您给我打个电话，好吗？"

"可以，"他回答说，"我可以打电话告诉您。"

我于是告诉他电话号码，他记到了一张纸上。

"请问您叫什么名字？"我问道。

"我叫阿伯特·霍金斯。"他说。

"我回来时还能在这儿找到您吗？"我问。

"能够的，"他说，"我就在这个车站工作，您只要提到我的名字就行。"

"您若是找到了那枚戒指，"我说，"那就麻烦您保管好，等我回来取，别忘了告诉我一声。"乘客们都在急匆匆地上车，我也回到车上。车门关上了，我把头探出车窗外。

"您记住电话号码了吗？"我问他。

"记住了。"阿伯特·霍金斯说。火车开动了。

"非常感谢您，霍金斯先生！"我冲他大声叫唤。

火车开出站台，我坐下来想自己的心事。把戒指丢落在那个大车站的什么地方呢？这件事使我伤心透了。

"我不会再看到自己的戒指了，"我暗自寻思，"假设霍金斯找到了它，他会拿去卖个好价钱，或者就在此刻，另外一个人已经捡到它了，他将据为己有。反正我不可能再听到任何关于戒指的音信。"

我越想越伤心，真想立刻下车回到那个车站找我的戒指，但是火车越开越快，远离了我的戒指。大约一个钟头之后，火车到站了，我的朋友用小汽车把我接走，在路上我把这个伤心事讲给她听，她深感惋惜。到了朋友家，她停放小汽车去了，我脱掉外套，放下提包，正在这时，电话铃响了，我拿起电话，对方说："我是利物浦大街火车站的阿伯特·霍金斯。"

"啊！霍金斯先生，"我说道，"您找到我的戒指啦？"

“是的，”他说，“事情很顺利，我已经找到它啦，您是在车站商店里把它弄丢的。一个人捡到了它，交给了商店的女售货员，当我问到她时，她拿给我看，我肯定是您的戒指。”

“哪，我太高兴了！多谢您了，回头我到您那儿去拿。”

“干吗要等那么长时间？”霍金斯先生说，“我可以把它寄给您，不过我不知您的地址。”

“但那样的话又会给您添麻烦。”我说。

“一点也不麻烦，”霍金斯先生说，“我很高兴这样做。”

我便把自己的名字和地址告诉了他。

“我这就给您寄去。”他说完挂上了电话。

两天后，我接到一封信，里面用纸包着我的戒指，纸上写有一句话：“非常高兴能帮助您！”

后来我送给阿伯特·霍金斯一点钱和一封感谢信，但我无法向第一个捡到戒指的那个人致谢，我大概永远不会知道他是谁。他们没有财富，但他们有助人为乐的美德，这比财富好得多，他们是善良的人。

（英国）F.梅沃尔

“老天知道”

一位名医，在当地享有盛誉。有一天，一位青年妇女来找他看病。他检查后发现，她的子宫里有一个瘤，需要手术割除。

手术很快就安排好了。手术室里都是最先进的医疗器材，对这位有过上千次手术经验的名医来说，这只是个小手术。

他切开病人的腹部，向子宫深处观察，准备下刀。但是，他突然全身一震，刀子停在空中，豆大的汗珠冒上额头。他看到了一件令他难以置信的事：子宫里长的不是肿瘤，是个胎儿！

他的手颤抖了，内心陷入矛盾的挣扎中。如果硬把胎儿拿掉，然后告诉病人，摘除的是肿瘤，病人一定会感激得恩同再造；相反，如果他承认自己看走眼了，那么，他将会声名扫地。

经过几秒钟的犹豫，他终于下了决心，小心缝合刀口之后，回到办公室，静待病人苏醒。然后，他走到病人床前，对病人和病人家属说："对不起！我看错了，你只是怀孕，没有长瘤。所幸及时发现，孩子安好，一定能生下个可爱的小宝宝！"

病人和家属全呆住了。隔了几秒钟，病人的丈夫突然冲过去，抓住名医的领子，吼道："你这个庸医，我要找你算账！"

孩子果然安好，而且发育正常。但医生被告得差点破产。

有朋友笑他，为什么不将错就错？就算说那是个畸形的死胎，又有谁能知道？

"老天知道！"名医只是淡淡一笑。

佳 作

那是15年前的一个早春——这天，惨白的阳光照着刚吐绿芽的树枝。年轻的我作为一名专门采访治安消息的记者，正驱车驶向一处我不愿看见的地方去。警方广播报告说：一名男子在家中的车道上倒车时意外地撞倒了小孙女，导致了一桩死亡事故。

我把车停在警车和电视采访车之间，立刻看见一个身穿棉工作服的壮实的白发男子正站在一辆小型运货车旁。几台照相机对准着他，记者们把话筒伸到了他的面前。这位老人看来完全处于迷惑之中，正竭力回答记者的提问。他几乎只是在抖动嘴唇、眨着眼睛，一句话也说不出来。

不一会，记者们放过了那位老人，跟随警察拥进了一间小白屋。在我想象中仍能见到那位备受精神折磨的老人正俯首注视着车道上曾站着孩子的那块地方。屋旁是一个刚培土的花台，不远处有一堆黑油油的沃土。

"我当时只想到那儿去撒那些肥土，"老人对我说着，尽管我并没有向他提问什么，"我基至不晓得她在门外。"他伸手指着花台，而后又将手垂回腰际，重又陷入了思虑之中。而我正如一个合格的记者那样踱进屋去看有谁能够提供那蹒跚学步的孩子的近照。

几分钟后，我速写本上记满了全部细节，口袋中插着一张那天真无邪的女孩在照相馆拍的3×5寸的相片，又朝警察说的放尸体的厨房走去。

我随身背着照相机，是那种又大又笨的“斯比·古劳”牌的。这当时就象征着新闻记者的身份。主人们、警察、记者和摄影师——所有人都已退回屋外去了。我跨进厨房来到现场。

从拉着带皱边窗帘的窗口透出的阳光照出，在一张塑面桌上躺着一个包在洁白被单中的纤小的身躯。那位祖父不知怎的总想避开众人，他正坐在桌旁的椅子上，侧对着我，丝毫没有意识到我的出现，只是难以名状地死死盯着裹住的尸体看。屋里非常宁静，时钟在嗒嗒地走动。我看到，那老祖父慢慢向前倾下身躯，曲起双臂犹如括号一般围住了小身形的头与足。然后他把头抵在裹尸单上，久久地动也不动。

在这寂然无声的时刻，我预感到将会产生一张有获奖希望的新闻照片。我测定着光线，调好光圈和距离。在闪光灯上安好灯泡，举起照相机，从取景框中构成画面。

画面中的每一组成部分都堪称完美无缺：身着朴素工作服的祖父；背衬着阳光的白发；包在被单中那孩子的小身形；窗边墙头上黑色铁支架和“世界博览会纪念盘”所烘托出的这间陋屋中的气氛。外面，可以看见警察正在检查运货车那致命的后轮，而孩子的父母亲则依在相互的肩膀上。

我不知道在那儿站了多久，仍不能按下快门。我强烈地意识到即将摄成的照片必定具有惊人的新闻效果和价值。我那职业责任感催促我将它摄下来。但我无法让手点燃闪光灯，那无疑会打扰可怜老人那痛苦的内心世界。

我最后放下了照相机，悄悄地退出了屋子。我万分震惊地对自己是否适应新闻职业产生了怀疑。当然，对于这次失去获得新闻照片佳作机会之事，我没有告诉城里的编辑和同行们。

每天在新闻广播或报纸上我都能看到处于极度痛苦和失望中的人们。人类的苦难已经成为一项可供观赏的运动了。

当我有时在看新闻电影时，就不免想起那么一天。

对我当时的所作所为，我至今不悔。

（英国）J.A.汤姆

这不是上帝的创造

人们都知道电报是莫尔斯发明的。

一个多世纪以前，这位长期旅居法国的美国画家突然接到家里的一封急信，要他立即赶回美国去。他接到的信已经在路上走了一个月，他以最快的速度买了一张返程的船票，可是船却要在海上航行一个月才能抵达美国，急得这位画家真是团团转，在船上度日如年的一个月里，他邂逅了杰克逊博士，并偶然得知，在人一眨眼的工夫里，电流可以走上一万多英里的路程，这真是给了当时恨不得一步跨进家门的莫尔斯以极大的启发。他立即奔回自己的舱房，记下了这么一段话：

“电流可以突然接通也可以突然中断，如果接通表示一种信号，中断又表示一种信号，接通或中断长短也分别表示不同的信号，那么电流就可以传递多种信息。”后来他就用这个思想发明了“·”、“—”组成的电报代码，并于1844年建成了从华盛顿到巴尔的摩全长40英里的人类第一条电报线路，并亲自拍发了历史上第一封电报：“这是上帝的创造！”

至此，我一直以为这位由画家改学物理学和电学的莫尔斯是一位奇才，他的成功看起来既轻巧又富于传奇色彩。直到有一天，我在一本叫《美国科学家小传》的书里读到了另一个人的故事。

约瑟夫·亨利在电报的发明上远不及莫尔斯有名，但在这本由美国人自己写的书里却有整整一章的篇幅介绍他，而作为美国历史上最伟大的12项发明者之一的莫尔斯却只有短短的一行，这确实令人困惑不解。

事实上，约瑟夫·亨利才是真正的电报机之父。1831年，他的第一架电报机就已经问世。那时莫尔斯还在他的实验室里苦苦摸索着。后来，当亨利知道了这个情况后，便毫无保留地将自己的工作进展和“能把电的脉冲传送到远距离以外”的研究成果托人转告给莫尔斯，从而大大加快了莫尔斯的研究步伐。

五年后，莫尔斯为他的电报系统申请了专利，并为此发了大财。虽然莫尔斯从未隐瞒过对于这位普林顿大学教授的感激，但亨利却绝口不提是他先发明的电报机，依然我行我素，回到实验室去实现他“为人类服务”的人生目标。

他的行为不仅在今天被许多人看来过于迂腐，就是在当时也为人们所不理解——“亨利居然没有将他的种种发明申请专利，没有在全国各地使用他所发明的新东西时发一笔财”，这和当时美国人人想发财的社会风气刚好背道而驰，并被社会学家认为是研究人类行为的一个很好的题材。

约瑟夫·亨利一生有过许多的发明创造，他发现的“自感应”的现象和后来发现的因电流对自己感应而产生的“额外电流”，比法拉第要早两年。他被科学界认为是与法拉第一起把世界带进电力时代的不朽的人。他制造的电磁体被广泛用于英美各地工厂的电动机和发动机，并启发了一个叫达文波特的铁匠提出电动机专利权。他表明液体和固体的凝聚力的大小通常是差不多的。他想出新方法断定放射体的放射速度，并研究过极光现象。他研究太阳表面发热力是否均匀。他用一个热流计和热电堆连在一起，发现太阳上黑子所发出的热不及太阳表面其他区域强……

他还有许多的发明和发现，就目前所知的用途而言，都极为重要。但他从不肯拿去申请专利。他的理由是：“若准许某一个人独享科学所产生的利益，是同科学的尊严互不相容的。”

他一生淡泊名利，崇尚为公众服务，并终生乐此不疲。后人评价他说：只要知道亨利从1827年至1846年是在担负着如何沉重的教学工作，又没有什么基金会和合作者的帮助下，完成的第一流的研究工作，就知道他是多么伟大了。

亨利死后15年，国际电学家在芝加哥举行大会，对美国这位伟大的科学家备致敬意，大会商定以“亨利”的名字作为无线电感应电阻的新单位，与安培、库伦、法拉第、高斯、欧姆和伏达一起被列为电气科学著名的先驱，永垂科学史册。

老锁匠选徒弟

有一位上了年纪的锁匠，为了不使他的手艺失传，最后老锁匠挑中了两个年轻人，想将一身技艺传给他们。

一段时间后，两个年轻人都学会了很多东西。但两个人中只能有一个得到真传，老锁匠决定对他们进行一次考试。

老锁匠准备了两个保险柜，并分别放在两个房子里。老锁匠告诉这两个徒弟："你们谁打开保险柜用的时间最短谁就是胜者。"结果大徒弟只用了不到10分钟就打开了保险柜，而二徒弟则用了20分钟，众人都以为大徒弟必胜无疑。

老锁匠问这两个徒弟："保险柜里有什么？"

大徒弟抢先说："师傅，里面放了好多钱，都是百元大钞。"

师傅看了看二徒弟，二徒弟支吾了半天说："师傅，您只让我打开锁，我就打开了锁，我没注意里面有什么。"

老锁匠十分高兴，郑重宣布二徒弟为他的接班人。大徒弟不服，众人不解。老锁匠微微一笑说："不管干什么行业，都要讲一个'信'字，尤其是我们这一行，要有更高的职业道德。我收徒弟是要把他培养成一个高超的锁匠，他须做到心中只有锁而无其他，对钱财视而不见。否则，心有杂念，稍有贪心，登门入室或打开保险柜取钱易如反掌，最终只能害人害己。"

老锁匠最后对他的那个大徒弟说："每个人心中都要有一把不能打开的锁。"

大徒弟惭愧地低下了头，悄无声息地从人群中走开了。

优雅的电梯工

一位每天乘火车上下班的朋友告诉我，在纽约曼哈顿第181街的中转站，有一部电梯将人们从这里送到12层楼下的地铁站，开电梯的工人布鲁斯·里弗若值得一写，"这一段路程在布鲁斯的手下变得让人向往和怀念。"他补充说。

于是在一个星期二的下午，我决定亲自前去看个究竟。被拥挤的人流推动着缓缓向电梯站移动时，我打量着这里粘着口香糖的地面，老旧的、被人们涂鸦弄脏了的墙壁，"这不是一个让人心旷神怡的工作场所，在这里开电梯更糟。"我想。

电梯的门慢慢打开了，人们蜂拥而入，我也被人流带了进去。

我眨了眨眼，简直不敢相信自己的眼睛了。

映入眼帘的，首先是贴在墙上的照片和画。数十张快照……黑人的、白人的、亚洲人的等，另外，还有仔细从杂志上剪下来的漂亮的黑白混血爵士音乐家的照片、风景照等。

再就是花瓶里的鲜花，角落里悬挂的盆栽植物，从CD机里放出的音乐——舒缓的、柔和的曲调回荡在空气中。最令我惊讶的是，人们对那位高大的坐在操作板前穿着大都会交通公司制服的电梯工的态度，他们都热情地向他打着招呼："嗨，布鲁斯，周末过得好吗？""你那个孙子怎么样了？"

我注意到一个乘客把两罐西红柿酱放在了角落边的箱子里。门关上了，我瞥了一眼箱子，发现里面堆满了罐头食品，贴在箱子上的一张字条上写着："请帮助我们资助穷人。"旁边的一位女士告诉我说："布鲁斯每个月都为穷人募集上千磅的食品，我们都愿意帮助他。"

电梯向楼下驶去，整个行程不过几分钟，但是这点时间也足够让布鲁斯祝愿他的乘客度过值得骄傲的一天。门开了，人们鱼贯而出，奔向地铁站。这个电梯工给我留下了深刻的印象，我决定采访布鲁斯。

"那些墙上的照片都是谁？"当电梯再次上满乘客向上驶去的时候，我问布鲁斯。"我的乘客。"他为他们拍下快照，每月定期换上新的。他指着另一部分照片说："那是我的家人，我的儿子、孙子。"

我邀请布鲁斯在工间休息时到街上的咖啡店坐一会儿，他同意了。等待他的时候，我注意到来这里乘电梯的人不仅和布鲁斯很熟，而且他们之间也互相打着招呼。在和布鲁斯一起到两个街区外的咖啡店的路上，我注意到有14个行人和他打过招呼。

布鲁斯告诉我，他家住在皇后区，每天要乘一个半小时的车到曼哈顿来上班。

布鲁斯从1982年开始在大都会交通公司工作，当时他是一位清洁工人。"我很喜欢那个工作，当一天结束后，我可以看见由于我的劳动，为大家创造出了一个和先前完全不同的环境。"但是，1985年的一次中风，使他不得不离开心爱的工作。"我病好之后，公司把我调来开电梯，这样，我可以不必举重物了。"

"问题是那时我自己感到厌倦，这样上上下下，被固定在死板的日常生活轨道里。他们几乎不互相看看，更不用说微笑了。"布鲁斯说，"我不知道一个普通的电梯工人究竟能做什么，才能使这份工作在我手上有所不同。"

一天下午，他讲了一个笑话，一位女士微笑了。也许这些人心里都有幽默的火花，只是需要激发罢了，布鲁斯想。

第二天，他在墙上贴了一幅画，是一些排列在碗柜里的盘子。他喜欢它们的排列样式。

“画的什么？”一位乘客问道。

“一些盘子而已。”

“还真好看。”

当布鲁斯把他家人的照片贴上去后，乘客们便问起他们来。他又从家里带来鲜花和植物。后来，是他的CD机里放出的音乐，使人们开始了相互间的交谈。“那是路易斯·艾姆斯通唱的，不是吗？”“嘿，我小的时候常听那首歌。”“来一点都克·爱林顿唱的歌怎么样？”很快，布鲁斯的电梯间成了城里最新的爵士乐俱乐部。

布鲁斯逐渐发现，他起初想着为别人做的事，倒使他自己发生了变化。他又开始热爱起自己的工作来，并从中获得了乐趣。

直到有一天，当他来上班时，发现电梯间被打扫一空。墙上没有了照片，角落里没有了募捐箱。另一位电梯工告诉布鲁斯，公司总裁正在地铁站的站台上做关于改进服务质量的讲演。“工头不想让老板看见你电梯间里的那些东西。他们说那样做不规范。”

布鲁斯带着一颗沉重的心开始了工作。乘客们从地铁站出来，一进入他的电梯间便七嘴八舌地议论开了：“发生什么事了？”

“那些东西呢？”

布鲁斯把总裁来这里的事给大伙说了，人们点点头，他们也都看见站台上有一大帮记者正围着一个人，听说他就是该公司的大老板。

一个代表大家说：“布鲁斯，把我们再送下去吧。”

30秒钟以后，人们从电梯里出来，径直走到了公司总裁的身边。他们告诉总裁，乘坐布鲁斯的电梯是他们来往路上最愉快的一站，他们不想这里有任何改变。

那天，在布鲁斯快下班的时候，每一张照片、每一盆植物、每一样东西都原封不动地回到了电梯间。布鲁斯的电梯间又再次成了他和他的乘客的。

布鲁斯喝干了杯中的啤酒，瞥了一眼手表，“我得回去工作了。”我们一起向电梯站走去。

“有些人说：‘感谢上帝，终于到了星期五。’因为他们迫切地盼着周末。”布鲁斯一边走一边说，“我吗？我则说：‘感谢您，上帝，终于到了星期一。’因为我又可以开始工作了。”

（美国）约翰·西里尔

善意的谎言

1848年，美国南部一个安静的小镇上，刺耳的枪声划破了午后的沉寂。

他是刚入警局不久的年轻助手，随警长匆匆出动。

一位年轻人被发现倒在卧室地板上，身下一摊血迹，右手已无力地松开，手枪滚落在地。身边的遗书笔迹纷乱，而他钟爱的女子在昨天与另一个男人走进了教堂。

死者的6位亲人都呆呆伫立着，他禁不住向他们投去同情的一瞥。要知道，他们的哀伤与绝望，不仅因为一个生命陨落了，还因为对于基督教徒来说，自杀便是在上帝面前犯了罪，他的灵魂从此将在地狱里饱受烈火焚烧。而风气保守的小镇居民会视他们全家为异教徒，从此不会有好人家的男孩约会他家的女儿们，也不会有良家女人肯接受他家的儿子们的戒指与玫瑰。

这时，一直沉默着，锁紧双眉的警长突然开了口："不，这是谋杀。"

他弯下腰，在死者身上探摸许久，忽然转过头来，用威严的语调问："你们有谁看见他的银挂表吗？"

那块银挂表，镇上的每个人都认得，是那个女子送给年轻人唯一的信物，每个人都记得他是如何5分钟便拿出来看一次时间。

所有的人都忙乱地否认。

警长严肃地站起身："如果你们都没看到，那就一定是凶手拿走了，这是典型的谋财害命。"

死者的亲人们号啕大哭起来，仿佛那根压断骆驼背的稻草自他们身上取下了，邻居们也开始上门表达他们的慰问与吊唁。

警长充满信心地宣布："只要找到银表就可以找到凶手了。"

站在门外，他对警长的明察秋毫钦佩到无以复加的程度，他问："我们该从哪里开始找呢？"

警长嘴角多了一抹偷偷摸摸的笑意，伸手慢慢地，从口袋里掏出了一块表。

他忍不住叫出声来："难道是……"

警长看着周围辽阔的草原，微笑点头："幸好每个人都知道，在大草原上要寻找一个凶手和寻找一株毒草是一样困难的。"

"他明明是自杀，你为什么硬要说是谋杀呢？你让他的家人更加难过了。"

"但是他们不用担心他灵魂的去向，而他们哭过之后，还可以像任何一个好基督徒一样清清白白地生活了。"

"可是偷盗、说谎也是违背"十诫"的呀。"

警长锐利的眼睛盯住他："年轻人，请相信我，6个人的一生，比摩西十诫的60部的10倍还要重。而一句因为仁爱而说的谎话，连上帝也会装着没有听见。"

医院的春天

他从急诊室被转到心脏病房。他的头发很长，胡子没刮，全身肮脏不堪，肥胖到近乎病态的地步，担架底层塞着一件摩托车骑士常穿的黑色夹克。他和医院这个清洁无菌的世界显得格格不入，这里有闪闪发亮的磨石子地板、身着制服派头十足的专业人员、以及预防感染的严密措施。对这样一个地方而言，他绝对是个突出的危险人物。

当这一团肥肉被堆在轮椅上推过护理站时，所有的护士都瞪大了眼睛，紧张地偷瞄着护理长邦妮。"别把这个病人丢给我，叫我帮他洗澡，还要照顾他……"她们的眼神全都这样默默地祈求着。

这时，邦妮开口说："这个病人给我！"这对一个护理长来说，是很不寻常而且违反传统的。但人类精神正因此而得以蓬勃发展，摆脱旧伤，自由自在地翱翔。

当邦妮戴上乳胶手套，开始帮这个体积庞大、全身肮脏不堪的男人洗澡时，她整颗心几乎都要碎了。他的家人在哪里？他的母亲是谁？他小时候不知道是什么样子？她一面工作，一面轻哼着曲调，仿佛是想让他放松心底的恐惧与困窘。

忽然，她脑海中浮现一个念头，使她不由得脱口而出："最近医院里很难得有时间帮人搓背了，但是我想，如果能帮你搓搓背，你一定会很舒服，还可以帮你放松肌肉，让你早日康复，到这个地方来为的就是这个……就是要早日康复！"

那个男人粗厚、污垢层层、令人生厌的皮肤，似乎藏着一段放荡沉沦的生命故事——也许他曾经多次沉迷于酒精与毒品，一而再、再而三地大吃大喝。她一面按摩那些紧绷的肌肉，一面轻哼着曲调，喃喃祈祷，为一个已经长大的小男孩的灵魂祈祷，为一个被无情生活排拒在外，因而不得不在一个艰难、充满敌意的世界当中奋力挣扎、寻求接受的灵魂祈祷。

洗完澡以后，要擦上乳液和痱子粉，这个动作用在这个庞大、陌生的躯体上，显得有些可笑。当这个男人翻过身来，在床上躺好时，他双颊流下了两行泪，下颏也跟着颤抖。他眨着一对出奇美丽的棕色眼睛，微笑着用颤抖的声音说："已经有好几年没人碰过我了。谢谢你，我觉得好多了。"

爱的考核

纽约一家幼儿园公开招聘园长，由于待遇极其优厚，一时间报名者极众，其中包括专攻幼儿园心理的女研究生和多名早已有了职业和稳定收入的女大学生，但经过考试，最终被录取的却不是他们，而是一个扎着小辫儿的极文静的姑娘——她叫梅丽。

请看最后一轮面试吧！

面试地点在二楼，楼梯拐角处有个脏兮兮的小男孩儿，拖着鼻涕，正站在那儿泪汪汪地等着什么。当众多的应聘者穿梭在长长的楼梯间去面试时，只有梅丽一个停了下来，她不仅掏出手帕给孩子擦了擦鼻涕，还亲切地说了一句："别哭，是不是找不着妈妈了？别哭，等我一会儿，姐姐去去就来，带你找妈妈！"

请再注意后来的情节：

面试之后，众多的应聘者都匆匆下楼，视若无睹，唯有梅丽把脏兮兮的小男孩抱了起来，那么亲切地哄他，那么认真地给他唱歌，那么投入地给他讲故事——而这一切，被早已架设好的录像机全都录了下来！

天哪！考生们谁也没发现，这个小男孩儿，原来是幼儿园方面专门安排的！

当园长宣布被录用者是梅丽并播放了刚才的录像时，所有的报考者都羞愧地低下了头——她们显然已恍然大悟，自己被淘汰乃是一种必然！

我的秘密朋友

在我14岁的时候，我被送往柴郡学院去读书。那是一所设在康涅狄格州的寄宿学校，是专门为家庭有问题的男孩子设立的。我的问题是我的酗酒的母亲，她的狂纵拆散了我们的家庭。

父母离异后，母亲一直是由我来照管，直到我在八年级时几乎所有的功课都不及格为止。最后，我的父亲和一位中学校长决定把我送进一所擅长体育而训练严格的寄宿学校（对于我酗酒的母亲也是一个理想的距离），他们认为也许这所学校能给我提供一个从高中毕业的机会。

在柴郡我的新生一年级的入学典礼上，最后一位讲话的是纪检总长——佛雷德·奥利尔，他过去在耶鲁大学时曾是一名橄榄球运动员。他是一位身材魁梧的男子，长着双重下颏和粗壮的脖子，看起来就如同耶鲁吉祥物“巴儿狗”。当他移动他庞大的身躯向前对着话筒讲话时，在场的每一个人都绝对地静了下来。坐在我旁边的一位高年级学生悄声地对我说：“孩子，千万别让这个人看见你，不论是过马路还是在干别的，总之别让这个人知道你的存在。”

奥利尔先生那天夜里在学校大会上的讲话很简短，主要内容：“不许！我再重复一遍，不许走出校园，不许吸烟，不许酗酒，不许同镇上的女孩子接触。如果有人触犯了这些规定，将会受到严厉惩罚。另外，我个人还要踢你这头蠢驴！”正当我以为他已经结束了讲话的时候，他又以一种缓慢而低沉的语调讲：“如果你们有人有什么困难的话，我办公室的门随时都向你敞开着。”这句话在我的内心深处产生了巨大的震动。

随着学校里生活岁月的流逝，我母亲的酗酒也开始变得更加严重。她几乎不分昼夜地打电话到我的宿舍，用含糊不清的语句请求我退学回家，同她住在一起。她发誓她一定停止酗酒，而且我们可以到佛罗里达去旅游，诸如此类。我爱她，对我来说，拒绝她是很痛苦，她的每一个电话都搅得我心上下翻腾，我感到自己犯了罪，非常羞愧。我非常非常的迷乱不安。

一天下午，在一年级的英语课堂上，我正在思考着前一天夜里母亲来过的电话，我的感情战胜了理智，我感觉到我的眼泪夺眶而出，因此，我问课堂上的老师是否可以原谅，让我离开一会儿。

“出去干什么去？”老师问。

“去见奥利尔先生。”我回答。我的同班同学都愣住了，吃惊地看着我。

“彼得，你做错了什么？或许我可以帮你。”老师暗示我。

“不！我想现在就到奥利尔先生的办公室里去。”我说。当我离开课堂时，脑海里只有那句话：“我办公室的门随时都向你敞开着。”

奥利尔先生的办公室是在主体大厅的巨大门廊外，他办公室的门上装有一扇大玻璃，站在外面的人能够看到里面，无论什么时候只要有人犯了严重错误，他就把他们推进办公室，砰的一声关上门，放下窗帘。你经常可以听到他在里面怒吼：“昨天夜里有人看到你躲在消防站后面同另一个家伙以及镇上咖啡屋的女孩子一起吸烟！”那个不幸的人一定会受到严厉的处罚。

无论何时，他办公室的门外总会有一排人，学校里的男孩犯了各种各样的事儿，正夹着尾巴坐在那里。当我在队列中排好时，另一个男孩问我犯了什么错。

“什么错也没犯。”我说。

“你疯了吗？快离开这儿，马上！”他们向我喊道。但我想不出我还能去哪儿。

最后，轮到我进去了。奥利尔先生的办公室的门打开了。这样，我就可以直视到那严厉的双重下颏。我有些颤抖，感到自己很蠢。但我又疯狂地感到什么事或什么人已经把我推给了这个人——校园里最让人望而生畏的人的面前。我抬起头来，我们的目光碰到了一起。

“你来这儿干什么？”他吼叫着。

“在开学典礼上您说过如果有人有困难，您的门是敞开着的。”我结结巴巴地说。

“进来吧。”他说，同时向我指了指一把绿色的大扶手椅示意让我坐下，然后放下了门上的帘子，走到桌子后面，注视着我。

我抬起头来，开始讲述，泪水顺着面颊往下流淌。“我的母亲是一个嗜酒者，她喝酒了就给我打电话，她想让我停学回家。我不知道该怎么办，我感到很惊恐，很害怕。请不要以为我疯了或者是个白痴。”

我把头埋得低低的，禁不住开始痛哭了起来。我忘记了自己所处的环境，没听见这位高大的从前的运动员已静静地从他那张桌子后面走了出来。他转过桌子，站在了这个坐在绿色大椅子里哭泣的小男孩的旁边。

一个被上帝遗弃了的孩子处在黑暗、寒冷的角落。

接着，它发生了——由上帝通过人而创造出的众多奇迹中的一个发生了。奥利尔先生的宽大的手掌轻轻地抚摸着我的肩膀，他的拇指停在了我的脖颈上。

我听到这个令人害怕的严厉的巨人温和地讲："孩子，我理解你现在的感触。你瞧，我也是个嗜酒者。我愿意做任何力所能及的事去帮助你和你的母亲，我将让我的嗜酒者互诫协会的朋友今天就同她取得联系。"

刹那间，我感到片刻的清澈与宁静。我知道事情正在好转，而且我再也不用害怕了。当他把手放在我的肩上的时候，我感觉自己遇上了上帝、基督和摩西，真诚、希望和爱对于我第一次变得真实了起来。校园里最令人恐惧的人变成了我秘密的朋友。我总是忠实地到他那里去报到，一周一次。午餐时，每次当我从他的桌旁经过，他总是朝我快速地瞟一眼并友好地眨几下眼睛。这个在校园里因严厉而让人恐惧的人竟然如此温和地、爱抚般地关照我，我的心在骄傲地翱翔。

每当我需要帮助的时候，我就去找他……他总会在那里。

比　利

几年前（1983—1987），我有个机会在麦当劳公司扮演麦当劳叔叔。我的市场范围涵盖亚利桑那州大部分地区以及南加州的一小部分。

当时我们的标准活动之一就是"麦当劳日"，每个月有一天，我们要尽量走遍社区内各大医院，为这些没人想去的地方，制造一点欢乐的气氛。我很骄傲自己能为那些正经历人生低潮的成人与儿童带来一些不一样的感受，而他们赐给我的温暖与感激也往往会在我心中驻留几个星期。我很喜欢这个活动，包括麦当劳公司、医院里的大人和小孩、护士和员工，大家都很喜欢这项活动。

不过我每次到医院去，都得遵守两项规则。第一，我不论到医院里什么地方，都得有麦当劳的工作人员（我的经纪人），以及医院的工作人员陪同，这样万一我闯进某个房间吓坏里面的小孩就立刻有人可以出面解决。第二，我不能和医院里的任何人有身体上的接触，他们不希望我把某个病人身上的病菌，传染给下一个人。我很能体谅他们制定这条规则的苦衷，但是我很不喜欢这项规定，因为我认为身体上的接触，是人类所知最诚实的沟通方式。写出来的东西、说出来的话，都可以造假，只有温暖的拥抱绝对骗不了人。

不过他们说，只要我违反这两项规定其中之一，我的工作就没了。

我扮演麦当劳叔叔快满四年时，有一天，我刚结束一天忙碌的工作，正披着满身油腻腻的油彩准备回家，走在走廊上时，耳边传来一个细小的声音："麦当劳叔叔，麦当劳叔叔。"

我停下脚步。那细小的声音是从一扇半开的门内传出来的。我推开门，看见一个五岁左右的小男孩躺在他父亲的臂弯里，小男孩身上插了各式各样的管子，数目之多，超过我以前所见；他的母亲站在一旁，祖父、祖母以及一个护士也都在一起照料他身上那些管子。

我从病房内的气氛感觉得出来，这个小男孩的病况相当严重。我问他叫什么名字，他说"比利"，然后我耍了几招简单的魔术给他看，接着我后退了几步，准备告辞，又顺便问问比利，还要不要我为他做什么。

"麦当劳叔叔，你能不能抱抱我？"

如此简单的要求！但当时我心中一闪而过的，却是如果我抱了他，就可能丢掉我的工作。我告诉比利，我现在没有办法马上抱他，不过我提议，我们两个人可以一起画一张着色画。等我们一起画完一张两个人都感到十分得意的艺术杰作之后，比利又再度要求我抱他，我的心当时狂呼"好！好！"但是我脑海中理智警告的声音却更大："不行，你会丢掉你的工作！"

比利对我的第二度要求，令我不得不深思，我为什么不能答应一个小男孩这样简单的要求，这个小男孩可能永远都回不了家！我心里充满疑惑，为什么我会为了这样一个以前从来没见过、以后恐怕也没机会再见的小男孩，在理智与情感间挣扎。

"抱抱我！"这个要求如此简单，但是……

我绞尽脑汁，希望能想出一个合理的解释，让自己能顺利离开这里，可是什么借口也想不出来。过了一下子我才领悟到，在眼前这种情况下，丢掉工作也许不像我想象的那么严重。

保住工作真的是全世界最重要的事情吗？

我问自己有没有足够的自信：就算丢掉了工作，还是可以再找一份、从头来过？这个问题的答案很响亮、很大胆也很肯定："有！"我可以再找一份工作，从头来过。

那我还怕什么呢？

只不过如果我真地丢掉工作，恐怕不久我的车子、我的房子……也都会跟着丢掉，而老实说，这些东西可是我相当珍爱的；但我同时也明白，等我这一生到了尾声，车子、房子都会变得毫无价值，唯一能保住珍贵价值的是经验。而当我提醒自己，我到这里来的真正理由，就是为了给这个充满悲伤的环境带来一点点的欢乐时，我突然领悟到，自己实在没有什么好怕的。

我请小男孩的爸爸、妈妈、爷爷、奶奶，都到房间外面去，然后请麦当劳的两个工作人员到车上等我，那个负责照料医疗设备的护士还待在房里，但是比利要求她面对墙角站着。我轻轻抱起这个充满神奇的小生命，他显得那样脆弱、那样充满恐惧，我们又哭又笑地相处了45分钟，让他把心中所有的忧虑都向我倾诉。

比利很担心明年没有了他的带领，他的小弟弟从幼儿园回家的时候会迷路，他也担心他的狗没有骨头吃，因为他要回医院前，把骨头藏在屋子里，而现在他已经忘记骨头藏在哪里了。这个小男孩知道自己已经不能再回家了，所以才会担心这些问题。

我走出病房时，满脸的妆都被泪水给弄花了，五颜六色的粉彩顺着脸颊流到脖子上。我把自己的真实姓名和电话告诉小男孩的爸爸妈妈（在一般情况下，这样做也是会被开除的，但是我想反正我已经丢了工作，没什么好损失的了），同时告诉他们，如果有什么地方，麦当劳公司或我帮得上忙，请他们务必打电话给我，我一定全力以赴。不到48小时，我就接到比利妈妈打来的电话，她告诉我比利已经过世了，她和她丈夫只是想谢谢我，感谢我让他们小儿子的生命多了一些不同的光彩。

比利的妈妈告诉我，那天我走出病房不久，比利就看着她说："妈，我现在不在乎今年能不能看到圣诞老人了，因为我已经被麦当劳叔叔抱过了。"

有时即使是冒险，我们还是得做当下认为对的事。生命中唯一有价值的东西就是经验，而很多人不敢尝试新经验，最主要的原因，只是因为他们不敢冒险。

麦当劳公司针对我和比利的事，进行了深入的调查，但是在考虑过当时的情况后，特别准许我继续留任原职。我后来又当了一年的麦当劳叔叔，才离开麦当劳，到别的地方去和别人分享比利的故事以及冒险的重要性。

为明日留下灿烂回忆

认识我很久的人都不愿意相信，我竟然在安养中心上班，当然他们更无法想象，我竟然会如此热爱我的工作。

他们时常会提起，我们的主日学校在一家安养院固定做礼拜的那几年，我往往都是最不情愿参加的那一个；认识我最久的人还记得，我对一个年长的邻居很没耐性。我以前就是认为所有老年人都很“无聊”的那种人。

不过当时我还没碰上莉莉小姐，莉莉小姐使我对生命中很多事情的看法全都改变。碰上她以后，我对老年人、对安养中心甚至对生命的看法，都有了180度的大转变。我以前听过很多关于本地安养中心不太好的传闻。我也承认，我到那里申请工作，纯粹是因为那地方离我家很近——“我随时都可以辞职不干。”我私底下这么想着。

我去申请工作时，那个接待员向我保证，他们确实需要一位助理护士，“你有执照吗？”

“还没有。”我回答，心想不知到底要怎样才能取得执照。这时有人指点我进入一个阳光普照的房间，我手拿申请表，在桌前坐下。桌子对面有20多个老妇人，有位身着黑长裤、单调的灰衬衫，面无表情的女人，正在领着她们做运动，那女人讲话的音调平板无趣、毫无变化。她对这份工作的热忱，加起来恐怕和神枪手自己要上吊时的热情差不多。我心想不知她的工作职称叫什么。当我正要在“申请项目”那一栏的空格中填上“助理护士”时，她开始高声朗读一封信——“亲爱的活动指导员……”她读道。我知道她做的是活动指导员了！我改在空格内填上“活动指导员”，我确信自己一定可以比那个木头人表现得更好，我知道怎么微笑，我的衣柜里也有很多色彩明亮的衣服。

由于失业过久，我已经养成很晚起床的坏习惯。电话尖锐的铃声把我吵醒时，才只是早上8点05分，电话里的女人看来兴致很高，信心十足。

她说：“我拿到你申请当活动指导员的表格了，我们刚好要成立一个新单位。你的工作资历怎么样？”

我尽量让自己的声音听来清醒一点：“我以前在学校当过老师。”不过我没提到那是在小学，而且已经事隔20年了。

“你什么时候可以来上班？”她问。

我在床上猛然坐起来。“一小时，我一小时后就可以到。”

从那天起，我的生命整个改变，再也不只属于我自己一个人。每天只要一醒来，我就会想到院内的老人：比利还好吧？杰克怎么样？珍妮今天会不会从医院回来？

这些老人不但占据我的思想，也填满我的心灵——这些寂寞、脆弱的老者，每个人都有自己的故事，也都有无尽的爱等着分送，我到现在都还没碰上“无聊”的呢！

在这些老人中，我首先衷心喜爱上的是莉莉小姐，她只有一个亲戚还在人间，十分孤独寂寞。她的样子看来不怎么可爱，肩膀宽阔，大手大脚，身子老是往前倾，整天坐在老人院专用的蓝色椅子上，不断流口水。她大大的嘴巴时常松开，露出里面血红的牙龈，以及牙龈上少数几颗齿斑遍布的破损牙齿。她铁灰色的头发稀稀疏疏，由于两簇发丝不易梳平，一头乱发老是显得东翘西翘。更糟糕的是，莉莉小姐从不开口说话。

我见过她唯一的亲戚——一个侄女。好几次，每次她们会面的情景都一样，那侄女站在蓝色椅子前面几尺的地方，然后说：“你的支票兑现了，你的账单付清了。”她从未说过一句表达个人情感的话，也从未拥抱过她或做出任何表达爱的举动。

莉莉小姐原本拥有的，显然是个冷酷、缺乏爱的世界，那么她从中撤退，又有什么好奇怪的呢？又几个月过去了，莉莉小姐在椅子里似乎越缩越小，说得明白点，她的健康状况是一天比一天糟，我在她身边所待的时间也一天比一天多。我发现她吃东西并不方便，于是放弃自己的午休时间，到她那里去喂她；知道她喜欢吃果冻和布丁，我就多带一点去给她；我不断和她说话——和她聊天气、时事以及任何我想得到的事情；有时我还会握住她的手。有一天，她忽然开口说话，令我惊讶不已。

“弯下腰来。”她说。

我很快跪在她身边。

“用手臂环抱住我，假装你很爱我。”她喃喃地说。

我爱莉莉小姐！我从来都没想过这件事，我用手臂圈住她，心中满满的爱，几乎要盛装不住，爆裂开来。从那时起，我生命中出现过许多莉莉小姐，我也明白往后还会碰到更多这样的人，这些人需要的不只是和善与关怀；他们需要你的真心。我喜爱每天的工作，喜爱和院里的老人分享我的生命、我的孙儿女、我的喜悦与伤悲。他们也和我分享他们的以往、他们对未来的恐惧、他们的家庭以及最重要的——他们的爱。

我的衣柜里有各种彩虹的色彩，我打扮成各种样子，从小丑到复活节兔子，无所不包，粉红色的火鹤以及带斑点的鳟鱼，都曾垂挂在我的耳朵下。院里的老人对我的打扮简直爱极了！

我现在认为安养中心其实是老年人的游乐场，不但热情洋溢、趣味十足，还可以让机智、喜爱玩乐的老年人彼此做伴。而我的工作就是要将他们每天的生活化作明日灿烂的回忆。我们喜欢假装今天是我们在世上的最后一天，于是我们用尽全力唱歌、欢笑、玩游戏，而有时的确如此。莉莉小姐过世后不久，我写下这几句话：

我触摸她的手，呼叫她的名，
她疲倦的双眼睁得老大。
我将目光探入她眼眸深处
窥见其中的寂寞空虚。
我紧抓住她脆弱的双手，
以我的温暖驱走其中寒意。
她放入我心中的爱，
我至今仍与他人分享。

工作上的敬重

杰克·郝雷在一家新公司的会议室，走到黑板前画上一条平行线，打算以此来显示组织中的行为表现。他说：“组织中有一连串的尊重。”当他说到“尊重”一词时，有人皱眉头，有人一脸疑惑。杰克·郝雷看在眼里，感到有点惊讶。他为何要进入这个话题呢？他讲了下面这个故事。

“几个月之前，有位印度来的女士住在我家，我家里有5个十几岁大的孩子。她是位亲切动人的女士，具有某种超能力可以‘洞悉’常人所忽略的事物。她的一言一行都显得十分特殊：敬重看似平凡之物，教人见贤思齐。

“她告诉我们，她父亲教导她和她的兄弟姐妹对待万事万物——不仅仅是对人——要恭敬尊重；他甚至把家里的物品也算在内。比方说像开门这样的小动作，

‘不要用力拉门或撞门，’他教着，‘慢慢转动门把，小心地顺着门轴打开门，要尊重它。’对门尊重？我注意到我的子女在伪装客气的表情之下彼此交换着眼神。

“‘连吃个苹果，’她在另一个场合说道，‘长辈都教我们不可以狼吞虎咽，而要以双手亲切地握住，感谢它慷慨送给我们的美味和营养。’说到此，我想到儿子艾立克吃苹果时总是塞得满口都是，一边还皱着眉头，看着手中的掌上电脑。

“我们宽敞的厨房令她着迷，而她的厨艺也叫我们惊叹不已。她不用花多久的时间就可以把从冰箱里取出的肉和蛋，做得轻巧而精致。在准备好可口的饭菜后，她会静静地祷告，把第一口保留起来以示感激。她这些细小的举动开始对我们产生了潜移默化的影响。

“这位女士到的时候，正是圣诞前夕，全家都沉浸在节庆的气氛中。如同每年的惯例，全家人为了张罗着过节忙得不可开交，各自忙东忙西，很少有机会碰在一起。有一天我匆忙赶回家，一进门，正碰到刚刚跨入家门的露易丝，她手里拿着一个新的圣诞花环。‘很漂亮，’

“我说：‘我们有5分钟，把它挂上。’我拿起铁锤和钉子，她拿起花环，我们快速来到前门外。

“我们的印度女士对这个花环喜爱得五体投地。‘哦！它多美，绿极了，’她脱口而出，‘这么美妙的饰物。哦，看那叶子和果实多么巧妙地长在一起……哦，多亮丽啊！’

“‘是啊！’我边说边把花环移到固定位子让露易丝拿住。砰！砰！‘好了。’我得意地笑了一笑。我开门正要回屋里去，哎唷！差点踩到那位印度女士。她正在膜拜（跪在石砖上，额头着地，双手伸向前），口中吟诵着特殊的祝祷词，为花环祈祷！

“有朋友跪在你脚边，为你的冬青祈祷时，你会怎么做？你会不理她悄悄溜走，还是跨过去冒失地撞到她？你会和她一起跪下来吗？以前从来没碰到过这种事。我们只是默默站在一旁，等她结束。然而我们等了又等——1分钟、2分钟、3分钟……当我站在那儿等着的时候，我慢慢从狂乱的脚步中缓和了下来，整个世界都在这种等待中变得格外宁静起来。真的，我体会到了，她说得没错：花环实在是很美，它所代表的甚至还更多。

“更重要的是，我们站在那里的时候，她的祈祷似乎发挥了功效！花环变得不仅仅是个饰物，还充满了某种意义。整整四分钟（现今是很长的时间）我站在那儿，花环挂在门上，与我肩同高。我站着，渐渐觉得它散发着迷人的力量——一种特殊的感觉，一种前所未有的力量。

“而这份力量持续了整个假期。家人的生活步调逐渐不再那么急促。宁静的心滋长着，我们对四季的欣赏也与日俱增。每一次我经过花环时，都觉得‘有东西’伸出手来，拍着我的肩膀。”

一局台球

战斗已经打响两天了，连那些久经沙场的老兵都已筋疲力尽了，更何况又是背着行军包站在倾盆大雨中过夜呢。现在他们在公路旁的水洼里和渗透了雨水的烂泥里，又难熬地等待了三个多小时。

又困又乏、衣服湿得透透的战士们挤在一起相互取暖和支撑着。到处可以看见有人靠在别人的背包上站立睡着了。从那些被困倦征服了的人们的瘫软的面孔上，你会比以前任何时候更清楚地看到困乏和饥饿给他们留下的痕迹。站在泥泞和雨水中，没有火取暖，没有食物充饥，头顶是阴沉的天空，四面是敌人的重围……。

他们的炮口对着前方的丛林，严阵以待；机关枪也从隐蔽的地方死死盯着地平线；进攻的一切准备就绪了，为什么不进攻呢？他们在等什么呢？

原来他们在等待司令部的命令，可是命令却迟迟不下。司令部离前线并不远，就设在路易十三的那座漂亮的古堡中。被雨水冲刷过的红砖从半山腰的灌木丛中闪露出来。那是名副其实的王室宫廷，完全有资格在那上面竖起一面法兰西元帅的旌旗。院中人造池塘的水面像镜子一样粼光闪烁，一群白天鹅在水面上嬉戏。在一座巨大的鸟舍那宝塔形的屋顶下面，孔雀和金色的野鸡大摇大摆地走来走去，舒展着翅膀，时而对着叶簇发出几声尖厉的鸣叫。虽然房主人早已不住在这里了，但哪儿也看不出一丝一毫战争带来的荒芜和毁坏。翠绿的草坪上的花连最小的一朵都没有受到摧残，看上去是那样的难以言状的迷人；灌木矮墙修剪得整整齐齐，林荫小路宁静幽雅……完全是一派和平景象。然而这样的世外桃源离战场只有咫尺之遥啊！如果没有屋顶飘动的军旗和门前的两个卫兵，谁也不会相信司令部就在这里。

古堡的大门口正对着餐厅的窗户，透过窗户可以看到一张杯盘狼藉的餐桌。弄皱的桌布上面堆放着一些开着的酒瓶和几只黯然无光的玻璃杯，看来宴席刚刚结束。客人虽已散去，但从旁边的房间里，还不时传来高声谈话和阵阵大笑声，时而还有台球碌碌的滚动声和碰杯声。元帅在这里刚刚开始一局台球，这便是部队待命的原因。元帅一打上台球，天塌下来他都不管，世上更不可能有什么东西能够阻止他把这局台球打完的。

对于这个伟大的军人，如果说还有一点不足的话，那就是酷爱打台球。他穿着一身整齐的军服，胸前佩戴着各种勋章，站在那儿就像亲临战场一样严肃而认真。美酒佳肴催得他赌兴冲天，他两眼冒火，面颊涨红。他的副官们众星捧月似的围着他献殷勤，钦佩地赞叹元帅打的每一个球，争先恐后地为元帅记下每一次得分。元帅想要喝点什么，他们赶忙跑去准备。头盔的羽饰和肩章在跑动中沙沙作响，身上的十字勋章和绶带发出咔嗒咔嗒的声音。在这间面临花园和庭院一色橡木雕刻装饰的客厅里，看着那么多崭新的军服，这么多奴颜婢膝的繁文缛节，那么优雅动人的举止，令人不禁想起了贡比涅的秋天，此时此刻，元帅早已把那些披着溅满泥浆的斗篷，集聚在路边站在雨里等待着他的命令的士兵们忘到九霄云外了。

元帅的对手是参谋部中的一位上尉，卷头发，小个子，戴着一副轻巧精制的花边手套。他是一个卓越的台球手，他可以击败世界上所有的元帅。然而他很机灵，也很了解自己上司的脾气，他正在使出全部精力和技艺打好这一局台球，使自己即使不赢，也不至于输得那么痛快。

不过要当心，上尉！元帅已经领先5分了。如果你能自始至终圆满地打完这局台球，对于你的晋升，自然会比在大雨之中与战士们站在一起更有把握，而且在外面弄脏了军服也确是憾事。

这局台球打得真精彩，满台的球滚动着，碰撞着，打过去弹回来，越打越有趣。突然，外面天空掠过一道闪光，传来了大炮声。隆隆的炮声震撼着窗户，在场的人都吃了一惊，不安地你瞧瞧我，我瞧瞧你。只有元帅没什么反应，就仿佛他什么也没有听见，什么也没有看到似的。他正俯身在台前琢磨着来一个高明的曝球，这招是他最拿手的了。

外面又是一道闪光，炮声越来越近，越来越密集了。副官们不由得走到窗口观望，“普鲁士开始进攻了吧？”

“别管它。”元帅一边用白垩粉擦着球棒，一边说，“上尉，该你打了。”

参谋部里的人都露出敬佩的目光。他们的元帅在战斗的时刻尚能如此沉着冷静，全神贯注地打台球，那昔日中埋伏仍照样安睡的梯伦元帅就不值得一提了。外面的喧闹声加剧了。嗒嗒的机枪声夹杂着大炮声，与山谷的回响融在一起。一团镶着黑边的红色烟云在草坪那边腾空而起，后花园起火了。受惊的孔雀和野鸡在鸟舍中尖声厉叫着，马厩中的阿拉伯马大概嗅到了火药味，吓得乱踢乱跳。司令部开始有点骚动了。告急接踵而至，传令兵们骑马飞奔而来，他们到处在找元帅。

元帅仍然无动于衷。一局台球一旦开始，没什么——世界上没什么能阻止他打完。

"该你的了，上尉……"上尉此刻已是有些心烦意乱，六神无主了，竟然忘记了自己是在同元帅打台球。他连打了两个好球，险些赢了元帅，元帅急了，显得有些愤怒和惊慌。正在这时，一匹探马全速飞跑到院中，一个满身是泥的副官，推开卫兵，一跃跳到石阶上，喊道："元帅！元帅！"元帅面带愠色，红涨着脸，手中握着球棒，出现在窗口。

"谁呀？什么事？卫兵哪去了？"

"可是，元帅……"

"好了，好了，等一会儿，让他们等我的命令，真捣乱！"

窗子"砰"的一声关上了。

让战士们等他的命令！是啊，那些可怜的士兵们正是一直这样做的。风雨卷着枪弹袭击着他们。令人无法理解的是：一方面部队在遭受屠杀，而另一些人却全副武装袖手站在那里，不能向敌人进攻！他们要等待命令。然而死是不需要命令的，数以百计的战士倒下了，他们倒在身后的树丛中，掉进那座宁静古堡前的战壕里。就是死了以后枪弹也不肯放过他们的尸体。从那些裂开的伤口处，静静地流着法兰西战士忠贞的鲜血。然而山上的台球室里，却仍在激烈地打台球，也像战斗一样。元帅又占了上风，小个子上尉也在全力以赴地抵挡。

17分，18分，19分，没时间记分了。战斗的声音越来越近，元帅还差一分就赢了。花园中的棚架已经坍塌，一颗炮弹在池塘中爆炸了，如镜的水面一片通红。一只惊恐万状的天鹅在血色的旋涡中打转，拼命地乱游。这时元帅打完了最后一棒球。

接下来是一片沉寂。只有雨声和山脚下传来的模糊的辘辘音以及在那泥泞的路上像奔跑的羊群一样隐约可闻的脚步声。全军崩溃，元帅赢了。

（法国）阿尔丰斯·都德

“诺曼底”号遇难记

1870年3月17日夜晚，哈尔威船长照例走着从南安普敦到格西恩岛这条航线。大海上夜色正浓，薄雾弥漫。船长站在舰桥上，小心翼翼地驾驶着他的“诺曼底”号。

乘客们都进入了梦乡。“诺曼底”号是一艘大轮船，在英伦海峡也许可以算得上是最漂亮的邮船之一了。它装货容量600吨，船体长220尺，宽25尺。海员们都说它很“年轻”，因为它才7岁，是1863年造的。雾愈来愈浓了，轮船使出南安普敦河后，来到茫茫大海上，相距埃居伊山脉估计有15海里。轮船缓缓行驶着。这时大约凌晨4点钟，周围一片漆黑，船桅的梢尖勉强可辨。像这类英国船，晚上出航是没有什么可怕的。突然，沉沉夜雾中冒出一枚黑点，它好似一个幽灵，又仿佛象一座山峰。

只见一个阴森森的往前翘起的船头，穿破黑暗，在一片浪花中飞驶过来。那是“玛丽”号，一艘装有螺旋推进器的大轮船。它从敖德萨起航，船上载着500吨小麦，行驶速度非常快，负载又特别大。它笔直地朝着“诺曼底”号逼了过来。眼看就要撞船，已经没有任何办法避开它了。

一瞬间，大雾中似乎耸起许许多多船只的幻影，人们还没来得及一一看清，就要死在临头，葬身鱼腹了。快速前进的“玛丽”号向“诺曼底”号的侧舷撞过去，在它的船身上撞开一个大窟窿。由于这一猛撞，“玛丽”号自己也受了伤，终于停了下来。“诺曼底”号上有28名船员，1名女服务员，31名乘客，其中12名是妇女。

震荡可怕极了。一刹那间，男人、女人、小孩，所有的人都奔到甲板上。人们半裸着身子，奔跑着，尖叫着，哭泣着，惊恐万状，一片混乱。海水哗哗往里灌，汹涌湍急，势不可当。轮机火炉被海浪呛得嘶嘶地直喘粗气。船上没有封舱用的防漏隔墙，救生圈也不够。

哈尔威船长站在指挥台上，大声吼喝：“全体安静，注意听命令！把救生艇放下去。妇女先走，其他乘客跟上，船员断后。必须把60人救出去。”

实际上一共61人，但是他把自己给忘了。船员赶紧解开救生艇的绳索。大家一窝蜂拥了上去，这股你推我搡的势头，险些儿把小艇都弄翻了。奥克勒福大副和三名二副拼命想维持秩序，但整个人群因为猝然而至的变故简直都像疯了似的，乱得不可开交。

几秒钟前大家还在酣睡，蓦地，而且，立时立刻，就要丧命，这怎么能不叫人失魂落魄！就在这时，船长威严的声音压倒了一切呼号和嘈杂，黑暗中人们听到这一段简短有力的对话：

“机械师洛克在哪儿？”

“船长叫我吗？”

“炉子怎么样了？”

“海水淹了。”

“火呢？”

“灭了。”

“机器怎样？”

“停了。”

船长喊了一声：“奥克勒福大副！”

大副回答：“到！”

船长问道：“还有多少分钟？”

“20分钟。”

“够了，”船长说，“让每个人都到小艇上去。奥克勒福大副，你的手枪在吗？”

“在，船长。”

“哪个男人胆敢在女人前面，你就开枪打死他。”

大家立时不出声了。没有一个人违抗他的意志，人们感到有一个伟大的灵魂出现在他们的上空。

“玛丽”号也放下救生艇，赶来搭救由于它肇祸而遇难的人员。救援工作进行得井然有序，几乎没有发生什么争执或殴斗。事情总是这样，哪里有可卑的利己主义，哪里也会有悲壮的舍己救人。

哈尔威巍然屹立在他的船长岗位上，指挥着，主宰着，领导着大家。他把每件事和每个人都考虑到了，面对惊慌失措的众人，他镇定自若，仿佛他不是给人而是在给灾难下达命令，就连失事的船舶似乎也听从他的调遣。

过了一会儿，他喊道："把克莱芒救出去！"

克莱芒是见习水手，还不过是个孩子。

轮船在深深的海水中慢慢下沉。

人们尽力加快速度划着小艇在"诺曼底"号和"玛丽"号之间来回穿梭。"快干！"船长又叫道。

20分钟到了，轮船沉没了。

船头先下去，须臾，海水把船尾也浸没了。

哈尔威船长，他屹立在舰桥上，一个手势也没有做，一句话也没有说，犹如铁铸，纹丝不动，随着轮船一起沉入了深渊。人们透过阴惨惨的薄雾，凝视着这尊黑色的雕像徐徐沉进大海。

哈尔威船长的生命就这样结束了。

在英伦海峡上，没有任何一个海员能与他相提并论。

他一生都要求自己忠于职守，履行做人之道。面对死亡，他又运用了成为一名英雄的权利。

（法）雨果

小丑的眼泪

圣诞夜的前一天上演的马戏开演了。大地上覆盖着厚厚的积雪，所有的屋檐下都挂着耀眼的冰凌，但是马戏团的帐篷里却既温暖又舒适。

帐篷里不但像往常一样散发着皮革和马厩的气味，而且还弥漫着葱姜饼干、胡椒花生以及圣诞枞树的芬芳。

327个孩子和他们的父母在观赏马戏表演。今天下午，这些小男孩和小姑娘们是他们父亲所在工厂的客人。早在11月份，厂主就说过："今年我们工厂很走运。因此大家一定要好好庆祝一番今年的圣诞节，要比往年隆重。我建议我们大家一起去看马戏。有孩子的人把孩子也带着。我也把我的三个孩子带去。"

因此，与324个孩子一起，厂长的两个女孩和一个男孩，也正坐在他们的父母身旁。盼望已久的圣诞节庆典像预料的那样盛况空前。

接着，马戏表演开始了。

这对孩子们来说是最引人入胜的。他们满心喜悦地坐在巨大的帐篷里。当黑色的矮马跳舞时，他们欣喜若狂；当雄狮怒吼时，他们毛骨悚然；当穿着银白色紧身衣的漂亮女郎在半空中荡秋千时，他们惊恐得大叫。

啊，小丑出场了！他刚在跑马道上跌跌绊绊地出现，孩子们就欢快地扯开他们的嗓门尖叫起来。

从那一刻开始，人们就连自己的说话声都听不见了。孩子们大笑着，帐篷在他们的笑声中颤抖。他们笑得那么厉害，以至眼泪蒙住了视线。

这个小丑可真了不起！他的滑稽表演是那样扣人心弦，连厂长都张大了嘴巴。在此之前，还从来没有人看到过厂长张嘴吸气哩！

“这小丑根本不说话。他用不着说话就妙趣横生。他在孩子们面前表演着他们想看的哑剧。他一会儿装小猪，一会儿装鳄鱼，一会儿装跳舞的熊。装兔子的时候，他简直滑稽极了。

突然，这个年迈的著名小丑紧张起来。他发现一个头上扎着红蝴蝶结的小姑娘。

小姑娘和她的父母坐在紧挨跑马道的第一排。她是一个长着聪明俊秀的面庞的漂亮姑娘，身上穿着一套节日的蓝衣服。坐在她身旁的父亲在笑，母亲也在笑，只有这个扎着红蝴蝶结的小姑娘不笑。在327个孩子中，只有她一人不笑。

年迈的小丑想：亲爱的，让我来试试，看我能不能把你也逗笑！于是他又专为这个坐在第一排的小姑娘卖力地表演起来。

年迈的小丑从没有表演得如此精彩。

然而……无济于事。那姑娘仍然毫无笑意。她瞪着滚圆而呆滞的眼睛看着小丑，连嘴角都没有动一下。她真是个迷人的小姑娘，只是她一点也不笑。

小丑莫名其妙。过去，他的每一次插科打诨都知道什么时候观众开始笑，什么时候停止笑。因此他的逗乐总是恰到好处。他与观众能够进行融洽的交流。这场为孩子们做的表演对于他来说是很轻松的，因为孩子们是天真无邪的观众，可以与他们轻而易举地交流感情。但是那个小姑娘却高深莫测。

年迈的小丑正在模仿兔子，他突然感到一阵不知所措的悲戚和束手无策的恐惧。他真想中断表演。他觉得，如果坐在第一排的那个小姑娘还是那样瞪着他，他就无法再继续表演了。

于是他走到小姑娘面前，有礼貌地问："告诉我，你不喜欢我的表演吗？"

小姑娘友好地回答："不，我很喜欢。"

"那么，"小丑问，"其他的孩子都在笑，你为什么不笑呢？"

"请问，我为什么应该笑呢？"

小丑沉思后说："比如说，为了我。"

姑娘的父亲想插嘴，但小丑向他做了个手势，表示希望姑娘自己回答。

"请您原谅，"她回答，"我不是想使您难过，但我确实不觉得您可笑。"

"为什么？"

"因为我看不见你。我是瞎子。"

当时，整个帐篷里像死一般的寂静。小姑娘沉默而友好地坐在小丑对面。

小丑不知道该说什么好。他就这么呆站了很久。

母亲解释道："爱丽卡从来没有看过马戏！我们给她讲过不少关于马戏表演的情况。"

"所以这一次她无论如何要来。她想知道马戏究竟是怎么回事！"父亲说。

小丑郑重地问："爱丽卡，你现在知道马戏是怎么回事了吗？"

"是的，"爱丽卡高兴地回答，"我当然已经都知道了。爸爸和妈妈给我解释了这里的一切。我听到了狮子的怒吼和小马的嘶鸣。只有一件事还不清楚。"

"什么事？"小丑虽然明白，但还是问道。

"为什么您那么可笑？"扎着红蝴蝶结的爱丽卡说，"为什么大家对您发笑？"

"是这样。"小丑说。马戏场里又是一阵死一般的寂静。过了一会儿，著名的小丑像要作出重大决定似的，鞠了一个躬，说道："听着，爱丽卡，我向你提一个建议。"

"请说吧。"

"如果你真想知道我为什么可笑……"

"当然想知道。"

"那么好吧。如果你的父母方便的话，明天下午我到你家里去。"

"到我家里？"爱丽卡激动地问。

"是的。我将表演给你看，同意吗？"

爱丽卡高兴得直点头。她拍着双手喊："多好啊！爸爸妈妈，他到我们家来！"

小丑问明地址后说："6点钟怎么样？"

“行！”爱丽卡说，“啊，我多高兴啊！”

小丑伸手摸了摸她的头发，深深吸了一口气，就像一个刚从肩上卸下千斤重担的人。他向观众喊道：“女士们，先生们，表演继续进行。”

孩子们鼓起掌来。他们都对瞎眼的小爱丽卡十分羡慕，因为这个伟大的小丑将去拜访她……

当夜大雪纷飞，第二天仍然下个不停。5点半钟时，爱丽卡家里的圣诞树上蜡烛通明。小姑娘摸遍了桌子上摆的所有精美礼物。她吻了吻父亲，又吻了吻母亲。但是她总在不停地问：“你们认为他会来吗？你们认为他真的会来吗？”

“当然，”母亲说，“他亲口答应的。”

他准时到达。起居室的座钟正在打点。

她握着他的手，激动得结结巴巴地说：“真……真……真太好了。您真的来了！”

“当然，我答应过的。”小丑说。他向她的父母致意，然后把他给爱丽卡的礼物交给她。那是3本盲文书。爱丽卡已经读过一些盲文书籍，她十分高兴又得到3本新书。

“可以给我一杯香槟酒吗？”年迈的小丑说。

他把香槟喝完，牵着爱丽卡的手，把爱丽卡安顿在圣诞树前的沙发上，自己在她的面前跪下。

“摸摸我的脸，”他说，“还有脖子，接着是肩膀，然后还有手臂和腿。这是第一步。你必须准确地知道我是什么样子。”

小丑既没戴面具，又没穿戏装，完全没有化装。他自己没有把握他的实验能不能成功。

“好了吗？”他终于问。

“嗯。”爱丽卡说。

“你知道我的长相了？”

“清清楚楚。”

“那好，我们开始吧！”小丑说，“但是请不要让手离开我。你要不停地摸着我，这样你才能知道我在干什么。”

“好的。”爱丽卡说。

于是年迈的小丑开始表演。他把他在马戏团表演的全套节目从头做起。父母相互紧握着对方的手，站在门旁看着。

“现在小熊在跳舞。”年迈的小丑说。当他模仿熊跳舞时，爱丽卡细嫩的小手抚摩着他，但是她的面容仍然呆滞不变。

虽然这是他毕生最困难的表演，但是小丑一点也不畏缩。他又开始学鳄鱼，然后学小猪。渐渐地，爱丽卡的手指从他的脸上滑到了肩上，她的呼吸急促起来，嘴巴也张开了。

仿佛爱丽卡用她的小手看到了其他孩子用眼睛看到的东西。她在小丑装小猪的时候哧哧地笑起来，笑得短促而轻柔。

年迈的小丑更有信心地表演起来。爱丽卡开始欢笑了。

“现在是兔子。”小丑说，同时开始表演他的拿手好戏。爱丽卡大笑起来，声音越来越响。她高兴得喘不过气来。

“再来一遍，”她兴奋地喊，“请再来一遍！”年迈的小丑又装了一遍兔子，一遍又一遍。爱丽卡还是没个够。她的父母面面相觑，爱丽卡还从来没有这么快活过。

她笑得气喘吁吁。她高喊：“妈妈！爸爸！现在我知道小丑是怎么回事了！现在我什么都知道了！这真是世界上最美的圣诞节啊！”她细小的手指仍在跪在她面前的老人脸上摸来摸去。

突然，爱丽卡吃了一惊。她发现这个伟大的小丑哭了！